GLADIATRIX

*Mae hon i Llinos fy chwaer
a fyddai wedi gwneud hymdingar o gladiator*

Bethan Gwanas
GLADIATRIX

y Olfa

Diolch:

I Marika Fusser am wirio fy Lladin i.

I Guto Rhys am ei gymorth efo'r hen enwau.

I Llinor Williams a'i disgyblion yn Ysgol Botwnnog, Cadi Fflur a'i chyfeillion yn Ysgol Godre'r Berwyn a Margaret Phillips am eu cymorth i ddewis teitl y nofel.

Argraffiad cyntaf: 2023
© Hawlfraint Bethan Gwanas a'r Lolfa Cyf., 2023

Mae hawlfraint ar gynnwys y llyfr hwn ac mae'n anghyfreithlon llungopïo neu atgynhyrchu unrhyw ran ohono trwy unrhyw ddull ac at unrhyw bwrpas (ar wahân i adolygu) heb gytundeb ysgrifenedig y cyhoeddwyr ymlaen llaw

Llun y clawr: Teresa Jenellen
Cynllun y clawr: Sion Ilar

Rhif Llyfr Rhyngwladol: 978 1 80099 377 8

Dymuna'r cyhoeddwyr gydnabod cymorth ariannol
Cyngor Llyfrau Cymru

Cyhoeddwyd ac argraffwyd yng Nghymru
ar bapur o goedwigoedd cynaliadwy gan
Y Lolfa Cyf., Talybont, Ceredigion SY24 5HE
e-bost ylolfa@ylolfa.com
gwefan www.ylolfa.com
ffôn 01970 832 304

Mapiau o'r Cyfnod Rhufeinig

Ewrop tua 60 oc

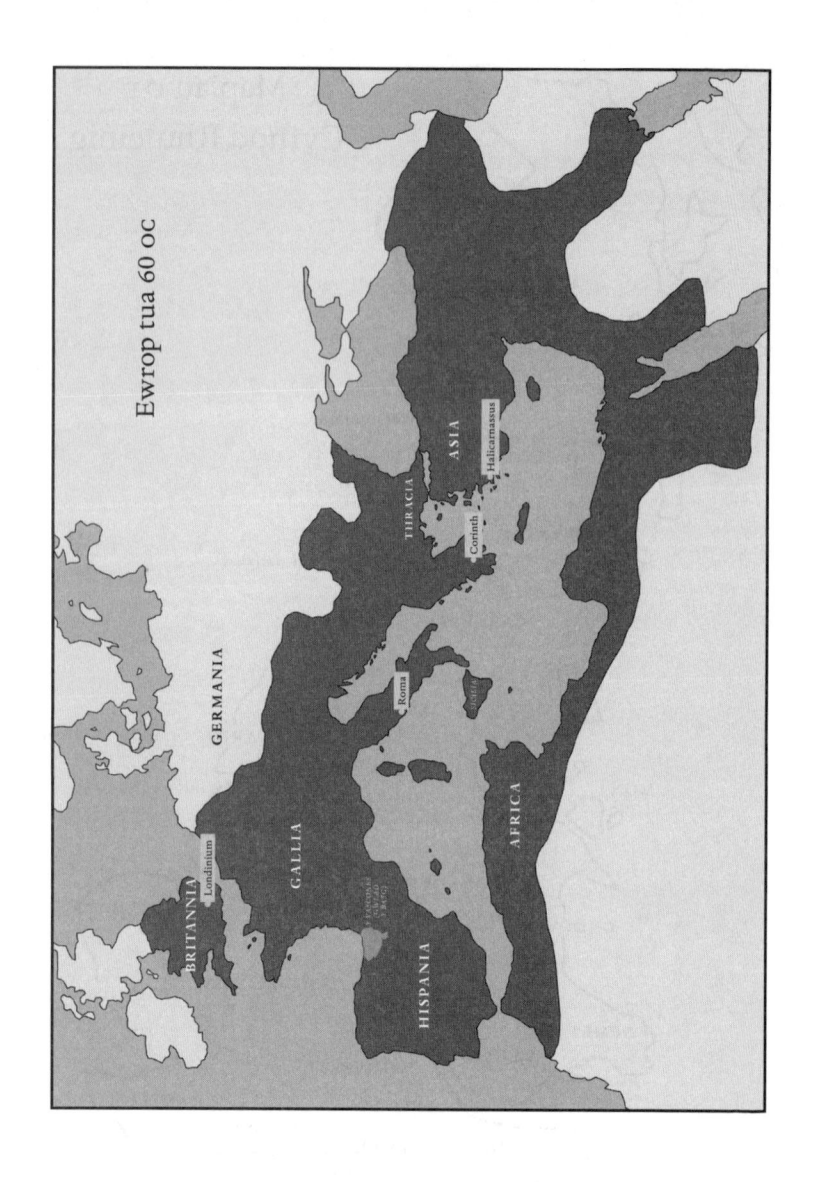

BRITANNIA
Londinium
GALLIA
GERMANIA
HISPANIA
Roma
AFRICA
THRACIA
ASIA
Corinth
Halicarnassus

'Paid rhoi fyny ar yfory, cerdda mla'n.'
Tecwyn Ifan

'A woman is like a tea bag – you can't tell how strong she is until you put her in hot water.'
Eleanor Roosevelt

'So, stick to the fight when you're hardest hit –
It's when things seem worst that you must not quit.'
John Greenleaf Whittier

'Dw i'n ymladd nid fel un o'r bonedd ond fel rhywun sydd, fel chi, wedi colli ei rhyddid. Dw i'n ymladd dros fy nghorff sy'n friwiau i gyd a thros anrhydedd fy merched... Ond bydd y duwiau'n gofalu y cawn ni ddial... Ystyriwch faint ohonon ni sy'n ymladd a pham. Wedyn mi welwch chi fod angen i ni ennill y frwydr hon neu farw. Dyna'r hyn rydw i, fel merch yn bwriadu ei wneud. Geith y dynion fyw fel caethweision os mai dyna yw eu dymuniad. Wna i ddim!'
Buddug, Brenhines yr Eceni. Tua 60 neu 61 Oed Crist.

1

Roedd dyn a'i geffyl yng nghanol y Fenai, ac yn amlwg mewn trafferth. Beth oedd ar ei ben o'n ceisio croesi i'r ynys o fan'na? meddyliodd Rhiannon.

Rhedodd a llithrodd Rhiannon drwy'r llaid a'r gwymon at y dŵr a gweiddi nerth ei phen ar y dyn y dylai anelu ati hi. Roedd hi'n siŵr ei fod o wedi ei chlywed hi, ond doedd y creadur ddim i'w weld yn gallu gwneud llawer. Roedd o'n nofio ar ei gefn ac yn gwneud ei orau i dynnu ac annog y ceffyl blinedig yn ei flaen, ond roedd y cerrynt yn tynnu mwy. Hen ast oedd y Fenai yn aml, ac os nad oedd rhywun yn ei nabod hi'n iawn, byddai'n eich boddi a'ch bwyta ac weithiau, dim ond weithiau, yn poeri eich esgyrn allan wythnosau'n ddiweddarach.

Mae hwnna'n geffyl rhy dda i fod yn fwyd i bysgod, meddyliodd Rhiannon, gan dynnu ei chlogyn a'i sach fechan a'u gosod ar garreg fawr. Yna camodd i mewn i'r dŵr. Roedd o'n oer, ond roedd hi wedi hen arfer.

Daliai ei gwaywffon yn ei llaw dde ac roedd wedi rhoi rhaff dros ei hysgwydd rhag ofn y gallen nhw fod o ddefnydd iddi. Roedd y dŵr at ei chanol am hir a phan gyrhaeddodd ei hysgwyddau, penderfynodd symud yn ei hôl, rhag i'r cerrynt cryfion gydio ynddi hithau. Roedd hi'n nofwraig gref, yn gallu edrych ar ôl ei hun yn iawn, ond edrych ar ôl y ddau yma oedd y nod y tro hwn.

'Hoi!' gwaeddodd ar y dyn, gan chwifio ei gwaywffon uwch ei phen, er mwyn iddo fedru gweld pa mor fas oedd y dŵr yno. Efallai y byddai'r ceffyl yn ddigon call i weld hynny hefyd a chodi ei galon – a'i goesau. Ond na, roedden nhw'n dal i fustachu a phen y ceffyl yn mynd yn is yn y dŵr. Byddai'n rhaid iddi nofio allan atyn nhw.

Am unwaith, diolchodd Rhiannon mai dim ond pren syml oedd ei gwaywffon, heb lafn haearn ar ei flaen. Ciciodd yn gryf gyda'i choesau hirion ac roedd hi'n agos atyn nhw o fewn dim. Dyn ifanc oedd o, ond yn ddigon hen i fod â blewiach trwchus dan ei drwyn, fel pob Brython gwrywaidd. Roedd ei lygaid yn las ac yn llawn ofn.

'Cymer hon,' meddai gan estyn ei gwaywffon iddo, 'gwthia hi o dy flaen a chicia, ac mi wna i fynd at y ceffyl. Mi fydd yn haws dod allan yn nes i lawr yr afon.' Nofiodd Rhiannon at ben y ceffyl a rhoi ei llaw ar ei wddf i drio rhoi hyder iddo. 'Ty'd. Fyddi di'n iawn,' meddai wrtho'n glên a digynnwrf. 'Jest gad i'r dŵr fynd â ti am chydig... ia, fel yna, mi fydd hi'n haws yn fuan iawn, gei di weld. Dwi'n nabod y Fenai 'ma, sti.' Pan welodd hi wyneb y dŵr yn newid, dechreuodd hi gicio'n galetach ac annog y ceffyl i wneud yr un fath. 'Dyna ti! Dal ati! Dal ati!'

O'r diwedd, roedd y dyn a'r anifail yn gallu cyffwrdd y gwaelod ac er bod y gaseg yn llithro ac yn baglu'n arw yn y llaid ar ei choesau crynedig, cyrhaeddodd pawb y lan yn ddiogel. Eisteddodd y dyn ifanc yn swrth ac ysgwyd ei ben.

'Diolch,' meddai wrth Rhiannon, wedi iddi dreulio rhai munudau yn cysuro ac yn sibrwd yn dawel yng nghlustiau'r gaseg.

'Iawn, siŵr,' atebodd hithau, gan wasgu'r dŵr allan o groen blaidd oedd wedi ei glymu ar gefn yr anifail. Yna, allai hi ddim peidio: 'Oeddet ti ar frys, dwi'n cymryd? Gan dy fod ti wedi methu aros i rywun ddangos y ffordd hawsa i groesi i ti.'

'O'n,' atebodd. 'Dwi wedi bod yn gyrru'r gaseg 'ma ers deuddydd er mwyn cyrraedd Ynys Môn mewn pryd.'

'Mewn pryd i be?'

'I weld y Derwyddon,' meddai. 'Mae gen i neges bwysig iddyn nhw. Ofnadwy o bwysig.'

Edrychodd Rhiannon arno gyda mwy o ddiddordeb. Roedd hi wedi gweld cannoedd o ddieithriaid yn teithio dros y Fenai i weld y Derwyddon dros y blynyddoedd. Byddai rhai'n dod am gyngor, rhai am swyn neu weddi anarferol o gref i'r duwiau a'r rhan fwyaf i gael eu hyfforddi i fod yn Dderwyddon eu hunain, gan mai yma ym Môn oedd cadarnle Derwyddon Prydain gyfan, a hynny ers cyn cof. Roedd hi'n cymryd blynyddoedd i ddysgu a chofio'r holl wybodaeth a sgiliau roedden nhw wedi eu casglu dros y canrifoedd. Wedyn byddai rhai'n gadael i wasanaethu fel Derwyddon lleol, am fod gan bob ardal ei Derwydd doeth ei hun, rhywun i weinyddu cyfiawnder, i ganiatáu rhyfela, i oruchwylio seremonïau geni, aeddfedu a marw. Ond byddai eraill yn aros ym Môn am byth, i gyd-weddïo a dysgu, i drafod ystyr a goblygiadau digwyddiadau mawr fel stormydd neu wyntoedd mwy na'r cyffredin, sychder anarferol neu gysgod dros y lleuad. Neu oleuadau yn gwibio drwy'r awyr yn y nos. Neu salwch rhyfedd, anesboniadwy – neu ryfel.

Doedd hwn ddim yn edrych fel darpar dderwydd. Fyddai rhywun oedd yn ddigon clyfar i gael ei ystyried ar gyfer yr hyfforddiant ddim wedi mentro croesi'r Fenai heb wneud ei ymchwil yn gyntaf.

'Dwyt ti ddim wedi dod i gael dy hyfforddi, felly,' meddai Rhiannon.

'Fi? Ha! Nac ydw, negesydd cyffredin ydw i, un cyflym ar droed ac ar gefn ceffyl – ar dir beth bynnag,' meddai. 'Dwi rioed wedi gorfod croesi afon mor gryf a dwfwn â hon o'r blaen.'

'Dwfwn? Dwfn ti'n feddwl, dwi'n cymryd. Mae dy acen di fymryn yn wahanol i f'un i...' meddai Rhiannon.

'Un o lwyth y Tegeingl ydw i, dyna pam,' meddai'r negesydd. 'I'r dwyrain, y pen pellaf un, ar y ffin efo'r Cornowi.' Nodiodd Rhiannon ei phen, er nad oedd hi wedi clywed am fodolaeth y Cornowi erioed. Efallai mai pobl â chyrn yn tyfu allan o'u pennau oedden nhw, hyd y gwyddai hi. 'Iolo ydw i, gyda llaw,' aeth y negesydd yn ei flaen. 'Ga i ofyn dy enw di?'

'Cei. Rhiannon, ferch Alwen, un o ddewinesau llwyth yr Orddwig ym Môn.'

Agorodd llygaid Iolo'n fawr.

'Ti'n ferch i ddewines? Dyna pam dy fod ti fel pysgodyn yn y dŵr?'

Chwarddodd Rhiannon. Doedd hi ddim wedi meddwl am hynny o'r blaen. Roedd hi wedi dysgu nofio'n ifanc iawn, fel nifer o blant eraill yr arfordir oedd yn gorfod casglu cregyn gleision a gwichiaid bron o'r funud roedden nhw'n gallu cerdded. Ond roedd hi'n bendant yn gryfach a chyflymach na llawer un, ac efallai wir mai hud ei mam oedd yn gyfrifol am hynny. Efallai mai dyna pam nad oedd hi byth yn sâl chwaith. Ond ar y llaw arall, efallai mai cofio'n well na phlant eraill pa aeron a phlanhigion i beidio â'u bwyta oedd yn gyfrifol am hynny.

'Siŵr o fod,' meddai wrth Iolo. 'Mae Mam yn andros o ddewines. A Nain hefyd. A dwy o fy modrybedd.'

'Ie, mae pethau felly yn y teulu, tydyn? Negesydd oedd fy nhad i hefyd, nes i griw o Silwriaid ei ladd o.' Ochneidiodd, yna sythodd yn sydyn. 'Sôn am fynd â neges, does gen i ddim amser i falu awyr fel hyn. Wyddost ti lle ga i fenthyg ceffyl?'

Doedd Rhiannon erioed wedi rhedeg pob cam at Lannerch Sanctaidd y Derwyddon, ond roedd cerdded yno ac yn ôl yn cymryd diwrnod: yng ngogledd orllewin yr ynys oedd fan'no wedi'r cwbl, a hwythau ar arfordir y de. Roedd hi'n eithaf siŵr y byddai rhywun oedd â chorff rhedwr fel hwn yn gallu symud yn gyflym, hyd yn oed drwy Gors Ddyga, er y byddai dilyn yr arfordir yn haws, yn enwedig os oedd y llanw allan. Ond roedd o'n amlwg wedi blino ac yn bendant, byddai ceffyl newydd, ffres yn llawer cyflymach. Roedd hi ar dân eisiau gwybod beth yn union oedd ei neges hynod bwysig, ond doedd o'n amlwg ddim am ei datgelu iddi – eto.

Arweiniodd hi'r ddau, Iolo a'i gaseg, drwy goedwig, yna heibio caeau o ŷd a gwenith a oedd newydd eu cynaeafu a thai crynion to gwellt a chriwiau o blant bychain a chŵn yn chwarae'n swnllyd mewn afon. Yfodd y gaseg yn hir o'r dŵr glân, clir. Ond wedyn, penderfynodd rhai o'r plant a'u cŵn eu dilyn dros y bont bren.

'Hei! Rhiannon! Pwy ydi dy ddyn diarth di?'

'O ble ddoist ti, ddieithryn?'

'Croen blaidd ydi hwnna?' gofynnodd un gyda choes hynod gam, gan gyffwrdd y croen blewog ar gefn yr anifail.

'Ia, gad lonydd,' meddai Iolo'n chwyrn ac esgus anelu dwrn at y plentyn busneslyd.

'Ceffyl ydi'r marc 'na ar dy fraich di?' holodd plentyn arall. Roedd Rhiannon hefyd wedi hen sylwi ar yr addurn hardd o hanner ceffyl ar ei groen, ac wedi bwriadu holi yn ei gylch.

'Ia. Achos mai fel ceffyl dwi am i fy enaid ddod yn ôl wedi i mi farw. Dwi'n cymryd mai llygoden fusneslyd fyddi di…'

Chwarddodd y plant, yn cynnwys y 'llygoden fusneslyd'.

'Wedi dod i weld y Derwyddon wyt ti?'

'Ia. Neges bwysig. Rhy bwysig i falu awyr efo chi.'

'Pa neges?'

'Gadewch lonydd iddo fo!' meddai Rhiannon wrthyn nhw'n chwyrn, 'I ffwrdd â chi! Rŵan!' Ufuddhaodd y plant yn syth gan frysio'n ôl i chwarae ar lan yr afon, y cŵn wrth eu sodlau.

'Maen nhw'n dy barchu di,' meddai Iolo wrthi, ond dim ond crychu ei thrwyn fymryn wnaeth Rhiannon. Rhwbiodd yntau ei freichiau. Roedd o wedi oeri ac roedd y gwynt o'r dwyrain â dannedd hydrefol. Ysai am gael gwisgo'i glogyn croen blaidd, ond nid nes byddai hwnnw wedi sychu'n well.

'Mae croen gwlyb yn well na dim yn y gwynt main yma,' meddai Rhiannon, fel petae hi wedi darllen ei feddwl o. Edrychodd arni'n hurt am eiliad, nes cofio ei bod yn ferch i ddewines. Cytunodd a rhoi'r croen tamp am ei ysgwyddau. Roedd hi'n iawn, roedd o'n bendant yn well na dim.

'Anrheg gan fy nhad am ladd fy ngharw cynta,' eglurodd. 'Dwi wedi lladd ugeiniau o fleiddiaid fy hun ers hynny, ond mae'r croen hwn ag ôl dwylo fy nhad arno.'

'Dydi'r plant yna erioed wedi gweld blaidd,' meddai Rhiannon. 'Mi gafodd yr un ola ar yr ynys ei ladd pan ro'n i eu hoed nhw. Dwi'n cofio mynd i'r seremoni pan gafodd ei gorff ei daflu i ganol Llyn Cerrig Bach. Does 'na'r un o fleiddiaid y tir mawr wedi meiddio nofio draw yma ers hynny.'

'Braf arnach chi,' meddai Iolo. 'Mae hi gymaint haws magu defaid a gwartheg heb orfod poeni am fleiddiaid dragwyddol. Mae'n Derwydd lleol ni'n cynnal seremonïau i gael gwared arnyn nhw bob hyn a hyn, ond dydi'r swyn byth yn para'n hir iawn.'

Daeth dau blentyn arall i'r golwg ar y llwybr: un yn amlwg yn ddall a'r llall, un llawer iau, yn ei arwain gerfydd ei law.

'Dydd da, Rhiannon – a dy gyfaill,' meddai'r un bychan.

'Pwy ydi'r cyfaill?' gofynnodd yr un dall gan synhwyro'r awyr. 'A pham bod ei geffyl o mor ofnadwy o flinedig?'

Iechyd, roedd y plant yma'n fusneslyd, meddyliodd Iolo wrth i Rhiannon egluro'n amyneddgar. Ond dyna ni, plant oedden nhw. Roedd yntau wedi bod fel regarŷg, yr aderyn undonog hwnnw, yn 'pwy' a 'be' a 'pham' dragwyddol yn eu hoed nhw. Ond o leiaf roedd o wedi gallu tyfu'n ddyn, meddyliodd yn sydyn; doedd wybod a fyddai'r rhain yn cael byw'n ddigon hir i dyfu blew, ddim os oedd y straeon o'r de yn wir.

Diflannodd y plant o'r diwedd, ac aeth Rhiannon ag o i dŷ crwn gyda thri cheffyl a phum buwch yn pori mewn cae cyfagos. Roedd y perchennog yn hogi pladur yn y cefn ac wedi egluro pwysigrwydd ei daith iddo, roedd caseg Iolo'n cael ei harwain i bori o fewn dim a chaseg ddu arall yn cael ei pharatoi ar ei gyfer. Rhoddodd gwraig y perchennog ddarn o fara a chaws iddo hefyd.

'Wyt ti'n gwybod pa ffordd i fynd?' gofynnodd Rhiannon. 'Mi alla i fynd efo ti os wyt ti angen cymorth.'

'Mi fydda i'n iawn. Anelu am y gorllewin nes y gwela i ddarn o dir sy'n troi'n ynys mewn llanw uchel, yna dilyn yr arfordir i'r gogledd a throi i'r dwyrain pan fydd y traeth hir, hir yn dod i ben.'

'Ia, dyna ti. Mi fydd hynny'n llawer haws na cheisio cymryd llwybr llygad drwy ganol yr ynys. Mae fanno'n gorsydd a choedwigoedd go drwchus i gyd.'

'Ond dim bleiddiaid.'

'Na, dim bleiddiaid,' gwenodd Rhiannon. 'Dim ond ambell ddraig flin a theirw gwyllt efo dau ben a dannedd deirgwaith maint rhai bleiddiaid.'

'Lwcus mod i ddim am gymryd y llwybr llygad felly,' gwenodd Iolo'n ôl arni. 'A diolch eto.'

'Croeso. Mi gawn ni i gyd wybod be oedd dy neges gyda hyn, mae'n siŵr.'

'Mae'n siŵr. Yn y cyfamser, cymer ofal, Rhiannon. Bydded i Taranis edrych ar dy ôl di. Dydi fy neges i ddim yn un o newyddion da.'

'Ro'n i wedi amau. A phob lwc i titha, Iolo.'

Gwyliodd Rhiannon y gaseg ddu yn diflannu dros y gorwel a chydio'n dynn yng nghylch y duw Taranis a wisgai ar ddarn o ledr am ei gwddf. Roedd o wedi edrych ar ei hôl yn dda ers dau haf ar bymtheg ac roedd ganddi berffaith ffydd ynddo. Ond daeth cwmwl i guddio'r haul yr union eiliad honno ac aeth ton oer drwyddi.

2

Roedd Llywarch, brawd Iolo wedi cael ei ddewis i gael ei hyfforddi fel Derwydd ddeng mlynedd ynghynt. Byddai unrhyw blant oedd yn dangos gallu arbennig i glywed lleisiau'r duwiau yn eu breuddwydion ac i gofio straeon a cherddi hirion air am air, a hynny'n gyflym, yn cael eu dewis gan y penaethiaid i gael eu profi gan Dderwydd lleol. Dyna ddigwyddodd i frawd Iolo.

Roedd o wedi mynd i fyw gyda'r Derwydd yng Nghoedwig Llechwedd am dri mis a neb wedi gweld siw na miw ohono drwy gydol y cyfnod hwnnw. Chafodd Iolo byth wybod yn iawn beth fuon nhw'n ei wneud am y tri mis hwnnw, ond daeth Llywarch yn ei ôl i adael i'w deulu wybod ei fod wedi llwyddo i brofi bod deunydd Derwydd da ynddo a'i fod yn mynd i Ynys Môn i gael hyfforddiant llawn. Roedd ei fam wedi crio gyda balchder, ond hefyd gyda thristwch gan ei bod yn gwybod nad oedd yn debygol o weld ei mab hynaf eto am flynyddoedd lawer, os o gwbl.

'Sgwn i faint fydd o wedi newid?' meddyliodd Iolo gan gnoi ar y darn caws. Roedd Llywarch wastad wedi bod yn glyfar, ond mae'n siŵr ei fod hyd yn oed yn glyfrach bellach, yn gwybod bron popeth am y byd hwn a'r Arallfyd, am yr haul a'r lleuad a'r sêr, am hanes a hawliau ac yn fwy na dim, am y duwiau a'r dyfodol. 'Gobeithio y ca'i ei weld o,' meddyliodd. 'A gobeithio y bydd o a'r Derwyddon eraill yn gwybod be i'w wneud ar ôl clywed fy neges i.'

Pan welodd Iolo y goedwig dderw gyda dwy ywen gam

yn ffurfio mynedfa iddi, gwyddai ei fod wedi cyrraedd y Llannerch Sanctaidd. Llithrodd oddi ar y gaseg a'i harwain ar hyd y llwybr cul o dan y canghennau. Yma ac acw, crogai esgyrn a phenglogau gwahanol anifeiliaid ac adar, rhai'n llachar o wyn a rhai wedi mwsogli, ynghyd â chasgliadau o blu, brigau ac esgyrn wedi eu clymu'n daclus i greu swynion yn uchel yn y canghennau. Roedd o wedi gweld ambell swyn tebyg i'r rhain yng Nghoedwig Llechwedd ac mewn mannau hud eraill ar y daith hon i Fôn. Doedd ganddo ddim syniad beth yn union roedden nhw'n ei olygu, dim ond y Derwyddon oedd yn gwybod hynny, ond gwyddai eu bod yn hynod bwerus ac yn negeseuon un ai gan, neu i'r duwiau. Dyna pam na fyddai neb yn eu cyffwrdd, byth.

O'r diwedd, gwelodd ddau ddyn mewn gwisgoedd hirion, gwynion yn cerdded tuag ato. Roedden nhw'n amlwg mewn oed, eu cefnau'n grwm a'u barfau gwynion bron â chyffwrdd eu traed. Edrychai am eiliad fel petae pwysau'r barfau'n gyfrifol am dynnu eu hysgwyddau am i lawr. Ond mae'n siŵr bod cymaint o wybodaeth wedi ei gasglu yng nghof y ddau erbyn hyn, mae'n debyg mai eu pennau nhw sy'n drwm, meddyliodd Iolo.

Cyfarchodd y ddau yn nerfus ac egluro ei fod wedi teithio'n bell gyda neges o bwys mawr.

'Rhanna hi felly, fachgen,' meddai'r talaf o'r ddau.

Roedd Iolo wedi disgwyl mwy o seremoni na hyn, ond adroddodd ei neges yn ufudd a phwyllog. Trodd y Derwyddon i edrych ar ei gilydd, yna ymbalfalodd yr un byrraf o dan ei wisg hir a thynnu corn buwch allan ohoni. Chwythodd yn hir arno i'r pedwar gwynt, wrth i'r Derwydd arall blycio yn llawes Iolo a'i dynnu ar ei ôl i grombil y goedwig.

O fewn dim, daeth Derwyddon eraill i'r golwg o'r chwith a'r dde a brysiodd pawb i'r un cyfeiriad.

Roedd hi'n amlwg mai'r llannerch fawr gyda chromlech yn ei chanol oedd pen y daith. Gosodai'r Derwyddon, hen ac ifanc, eu hunain mewn cylch mawr, a chafodd Iolo ei arwain i'r canol gan yr hen Dderwydd. Syllodd mewn braw ar wynebau'r duwiau a rythai arno o bob rhan o'r gromlech. Roedd o'n meddwl am eiliad mai wedi eu cerfio i mewn i'r bonion coed gan rywun medrus oedden nhw, ond na, roedden nhw'n llawer rhy odidog i hynny fod yn wir; allai'r un bod meidrol fod wedi cerfio wynebau mor berffaith, mor hyfryd a brawychus.

Taranis oedd hwn gyda'r wyneb blin a'r cyrn tarw; Cernunnos neu Hu Gadarn oedd y wyneb balch gyda chyrn carw; Arawn o'r Arallfyd oedd yr un ag un llygad efydd wedi'i chau a Lleu, duw'r goleuni oedd yr un â wyneb haul, yn aur hardd i gyd, ac Arianrhod oedd y wyneb lleuad. Roedd yno ugeiniau o dduwiau eraill.

Teimlai Iolo yr angen i ddisgyn ar ei liniau o'u blaenau, ond roedd yr hen Dderwydd yn ei wthio tuag at dri Derwydd arall, un ohonyn nhw mor ofnadwy o hen, roedd ei lygaid yn wyn a'i groen wedi crebachu'n union fel madarchen wedi sychu. Deallodd mai Cynyr Hen oedd ei enw, ac roedd y dorch efydd hardd a wisgai am ei wddf yn dangos mai fo oedd yr Arch Dderwydd. Roedd Cadog Farfog gryn dipyn yn iau, yn dal ac yn fain gyda phob math o ddeiliach a chregyn wedi eu clymu a'u plethu i mewn i'w farf hir, ddu, ac roedd y trydydd, Mordaf Foel, yn gwbl foel ac yn farciau gleision, cywrain dros ei ben a'i wyneb, fel milwr ar fin mynd i ryfel.

Safodd Iolo'n nerfus wrth i'r hen Dderwydd sibrwd yng nghlustiau'r tri cyn iddyn nhw i gyd sythu a throi i edrych arno.

'Pwy wyt ti ac o ble cefaist ti'r neges?' holodd Cadog Farfog.

'Iolo, fab Edryd fab Gwion Gam ydw i, o lwyth y Tegeingl ar lannau'r Ddyfrdwy,' cyhoeddodd Iolo mewn llais clir. Roedd o wedi hen arfer cyhoeddi ei hun fel yna. Ond roedd dweud ei neges yn fater arall. Llyncodd ei boer. 'Daeth y Brigiaid â negeseuon brys i ni; roedden nhw am i ni eich rhybuddio bod y Rhufeiniaid ar eu ffordd i Ynys Môn. Maen nhw wedi cyhoeddi eu bod am gael gwared ohonoch chi, y Derwyddon unwaith ac am byth.'

Syllodd y Derwyddon arno'n fud am rai eiliadau, yna,

'Aros di funud... pam fyddai'r Brigiaid am ein rhybuddio?' gofynnodd Mordaf Foel, 'Maen nhw wedi hen blygu glin i'r diawliaid.'

'Mae gan nifer fawr ohonyn nhw gywilydd am hynny mae'n debyg,' atebodd Iolo, 'ac maen nhw'n dal yn gandryll efo'u brenhines am fradychu Caradog.' Gwyddai y byddai'r Derwyddon yn hen gyfarwydd â hanes Caradog, pennaeth y Catuvellauni. Wedi colli brwydr yn erbyn y Rhufeiniaid, roedd o wedi llwyddo i ddianc at y Frenhines Cartimandes, dim ond i'r gnawes honno ei roi mewn cadwynau a'i gludo'n ôl i ddwylo'r Rhufeiniaid.

'Fe ddaw hynny yn ôl i'w brathu hi...' meddai'r Derwydd dall, Cynyr Hen.

'A da hynny, ond yn y cyfamser, mae hi a'i phobl yn weision bach i'r Rhufeiniaid,' meddai Mordaf Foel, 'felly pam ddylen ni gredu neges gan Frigiaid?'

'Oherwydd ei fod yn wir, pob gair,' meddai Cynyr Hen gan droi at Iolo gyda'i lygaid gwynion. 'Mae'n amlwg ers blynyddoedd mai bwriad y Rhufeiniaid yw dwyn a rhwygo popeth allan nhw o diroedd Ynys Prydain er mwyn gyrru'r cyfoeth yn ôl i Rufain. Maen nhw wedi gorchfygu talpiau mawrion o'r de a'r dwyrain, ond wedi methu yma yn y gorllewin a hynny o'n herwydd ni a'r duwiau.'

'A dyna pam eu bod nhw ar eu ffordd yma i ymosod arnoch chi,' meddai Iolo. 'A'r Cadfridog Suetonius Paulinus ei hun sy'n eu harwain nhw.'

'Suetonius Paulinus? Yr un sy'n ddigon digywilydd i alw ei hun yn Llywodraethwr Prydain gyfan?' meddai'r un barfog. 'Y fath hyfdra a'r un Rhufeiniwr erioed wedi mentro'n agos aton ni fan hyn!'

'Ond maen nhw am fentro y tro yma,' meddai Iolo. 'Ac mi allen nhw fod yma ymhen llai nag wythnos – maen nhw eisoes bron â chyrraedd tiroedd y Cornowi. Ond bydd fy mhobl i'n gwneud popeth o fewn eu gallu i'w harafu.'

'Wrth gwrs. Disgwyl dim llai gan y Tegeingl,' meddai Mordaf Foel. 'Fe godwn ninnau niwloedd a stormydd i'w harafu hefyd.'

'Pob dim y gall y duwiau eu taflu atynt a mwy,' meddai Cynyr Hen. 'Ond gwell rhannu'r neges gyda phawb yn awr.'

Trodd y tri Derwydd i wynebu'r dorf. Trodd Iolo hefyd a dychryn o weld cymaint o bobl: llond y lle o Dderwyddon wrth gwrs, i gyd mewn dillad llaes, y rhan fwyaf yn wyn, ond nifer yn fwy lliwgar, wedi eu lliwio gan aeron a mwyar yn wyrdd a phorffor. Roedd rhai â barfau digon hir i faglu ynddyn nhw a nifer ohonynt wedi eu plethu; roedd eraill yn amlwg ddim ond wedi dechrau eu tyfu ers ychydig flynyddoedd. Gwisgai pob un ohonynt dorchau, cadwyni a mwclis am eu gyddfau; rhai wedi eu gwneud o aur neu efydd, eraill o bren, esgyrn a phlu, gydag ambell fflach o aur neu gopr.

Ai Llywarch ei frawd oedd hwnna mewn gwisg werdd a

thorch o ddeiliach am ei ben? Doedd Iolo ddim yn siŵr gan fod ei wallt a'i farf yn cuddio cymaint o'i wyneb.

Gwelodd hefyd rai ugeiniau o ferched mewn gwisgoedd hirion, duon. Y rhain oedd y dewinesau, y merched fyddai'n gofalu am iechyd pawb, yn casglu a thrin y planhigion oedd â'r gallu i wella a thrwsio'r corff a'r meddwl; y merched fyddai'n croesawu bywyd newydd i'r byd drwy helpu i eni babanod trafferthus ac yn gofalu bod y meirw yn croesi'n llwyddiannus i'r byd arall; y merched â doniau hud, cyfrinachol; y merched fyddai'n cyd-weithio â'r Derwyddon, weithiau'n cyd-fyw, weithiau'n caru, weithiau'n canolbwyntio ar fod yn Dderwyddon eu hunain; y merched na ddylech chi eu croesi; y merched roedd angen eu parchu.

Roedd rhai ohonynt yn hen a rhai yn llawer iau, ond pob un â gwalltiau hirion wedi eu plethu a'u clymu'n daclus, gyda dail, plu a blodau wedi eu clymu a'u gosod i mewn i'r plethiadau. Syllai pob un ar y tri phrif Dderwydd – ac ar Iolo, ac roedd o'n siŵr bod golau hud yn dod o'u llygaid, golau oedd yn gallu tyllu i'w ben a'i berfedd.

Gwelodd fod cannoedd o bobl gyffredin wedi dod hefyd ac yn dal i gyrraedd: rhai â'u hoffer ffermio yn eu dwylo, rhai yn cario pysgod a hwyaid gwylltion dros eu hysgwyddau. Sefai plant yma ac acw yn eu canol, yn syllu a rhythu gyda llygaid mawrion, a'r plantos bychain yn cael eu dwrdio a'u siarsio gan y rhai hŷn i aros yn llonydd a thawel.

Roedd yno wyddau hefyd, rhai'n siglo eu ffordd drwy goesau'r dorf a rhai'n sefyll yn union fel petaen nhw'n bwriadu gwrando ac yn disgwyl deall pob gair. Ond efallai y bydden nhw, meddyliodd Iolo. Fyddai'r Derwyddon byth yn bwyta gwyddau, na sgwarnogod chwaith. Wedi'r cwbl, roedd pawb yn gwybod bod Arawn, duw yr Arallfyd, yn tueddu i yrru eneidiau Derwyddon a Dewinesau meirw yn ôl i'r byd hwn ar ffurf gwyddau neu sgwarnogod. Felly mae'n debyg mai hen gyfeillion y Derwyddon o'i gwmpas oedd y gwyddau hyn.

'Gyfeillion,' meddai Cadog Farfog, mewn llais dwfn a chlir. 'Diolch am ateb galwad y corn. Anaml y byddwn yn eich galw fel hyn, dim ond ond pan fydd hi'n fater o bwys mawr. A da chi, cofiwch rannu yr hyn sy gynnon ni i'w ddweud wrthach chi heddiw gyda gweddill trigolion yr ynys.' Roedd pawb, hyd yn oed y plant lleiaf, hyd yn oed yr ieir, y geifr a'r cŵn yn berffaith dawel, yn gwrando'n astud, ac yn nerfus.

'Roedden ni wedi gweld yr arwyddion ers blynyddoedd,' aeth y Derwydd yn ei flaen. 'Roedd y duwiau a'r sêr wedi ein rhybuddio ac roedden ni'n gwybod yn iawn y bydden nhw, y dieithriaid – y Rhufeiniaid – yn cyrraedd Ynys Môn yn hwyr neu'n hwyrach.'

Dechreuodd y dorf aflonyddu a mwmian yn ofnus. Roedd pawb wedi clywed am y Rhufeiniaid ac wedi rhyfeddu at y straeon am y miloedd ar filoedd o filwyr o ben draw'r byd oedd wedi llwyddo i orchfygu, lladd a dofi cymaint o lwythi Ynys y Cedyrn dros y blynyddoedd. Cwta ddeng mlynedd oedd wedi mynd heibio ers iddyn nhw guro'r enwog Caradog, ac yntau ar y pryd yn arwain byddin o'u llwyth eu hunain, yr Orddwig, yn ogystal â Silwriaid. Roedd y beirdd wedi canu droeon am hanes y frwydr ger Cerrig y Dewrion a byddai plant ac oedolion yn gofyn yn aml i gael clywed hanes Caradog a'i ddynion yn ymladd mor hynod o ddewr, dim ond i'r Rhufeiniaid ddal a charcharu ei wraig a'i ferch. Ildio wnaeth ei frodyr, ond llwyddodd Caradog i ddianc i'r gogledd at y Brigiaid. Ond yno, cafodd ei dwyllo a'i fradychu gan y sguthan Cartimandes 'na. Wyddai neb ddim o'i hanes ers hynny. Ond fyddai neb, byth yn ei anghofio, diolch i'r beirdd a'u caneuon hyfryd yn canmol Caradog i'r cymylau.

Ond doedd neb yn teimlo fel canu rŵan.

'Mae'n debyg eu bod ar eu ffordd yma ac yn bwriadu ein difa. Ond peidiwch â phoeni!' meddai Cadog Farfog yn uwch, o glywed rhai yn ebychu mewn ofn. 'Chaiff neb, byth ein difa. Ni yw Derwyddon Prydain! Derwyddon Ynys y Cedyrn! Rydan ni'n bod ers cyn cof ac mi fyddwn ni'n dal yma pan fydd y Rhufeiniaid wedi hen ddiflannu a phydru ac yn ddim byd ond llwch ac atgofion cas.'

'Byddwn yn eu gyrru'n ôl o lle daethon nhw, a'u cynffonnau rhwng eu coesau!' cyhoeddodd Mordaf Foel, mewn llais oedd bron yn canu. 'Fel y gwnaeth Derwyddon y de gan mlynedd yn ôl, pan geisiodd Cesar ei hun ein gorchfygu, byddwn yn creu stormydd i'w drysu a'u chwalu. Yn enw Taranis!'

'Yn enw Taranis!' bloeddiodd y dorf.

Cododd Cynyr Hen ei ddwylo i'r awyr ac aros nes bod pawb yn gwbl dawel eto.

'Ond bydd angen rhoi anrhegion iddo ac i'r duwiau i gyd. Bydd angen nerth, ffydd a hud a lledrith mwy na'r cyffredin i gadw'r gelyn draw y tro hwn. Pan fydd yr haul yn gwawrio yfory, awn i'r llyn sanctaidd, Llyn Cerrig Bach, gyda'n hoffrymau. Bydd angen cleddyfau, gwaywffyn a tharianau i fendithio ein milwyr, ond bydd angen rhywbeth hardd, rhywbeth o werth neilltuol i'n bendithio ni, y Derwyddon. Felly mi fydda i yn offrymu fy nhorch efydd,' meddai gan daro ei dorch gyda'i ddyrnau. 'Yn enw Lleu, duw'r goleuni!' gwaeddodd.

'Yn enw Lleu, duw'r goleuni!' bloeddiodd pawb arall.

'A'r tro hwn, bydd angen offrymu gwaed...' cyhoeddodd Cynyr Hen. 'Yn enw Arawn, duw'r Arallfyd!'

'Yn enw Arawn, duw'r Arallfyd!' bloeddiodd y dorf, a'u cynnwrf yn crynu yn eu lleisiau.

'Ewch i gasglu'r offrymau,' meddai Cadog Farfog, 'rhannwch y neges, a byddwch wych. Yn enw Cernunnos, duw'r nos!'

'Yn enw Cernunnos, duw'r nos!'

'A gofynnwn i bob gof ar yr ynys i ofalu bod yma ddigon o arfau!' bloeddiodd Mordaf Foel. 'Go brin y bydd eu hangen, ond bydd pob tinc a thonc o gân yr ordd yn plesio'r duwiau.'

'Yn enw'r duwiau!'

O fewn dim, roedd y dorf wedi gwasgaru, ac o'r diwedd, gallai Iolo ymlacio. Roedd wedi gwneud ei waith a byddai popeth yn iawn. Doedd gan y Rhufeiniaid ddim gobaith.

3

Aeth y newydd o amgylch yr ynys fel tân gwyllt a phan gododd yr haul y bore wedyn, roedd cannoedd ar gannoedd wedi heidio at Lyn Cerrig Bach. Gwyliodd pawb y Derwyddon yn galw ar y gwahanol dduwiau, yn llefaru'r geiriau hud ac yn paratoi'r offrymau ar gyfer y ddefod o'u cyflwyno i ddŵr sanctaidd y llyn.

Roedd Iolo yno gyda'i frawd, y Derwydd ifanc oedd wedi rhoi pryd o fwyd a gwely iddo.

'Rwyt ti'n lwcus,' meddai Llywarch yn ei glust, 'nid pawb sy'n cael gweld defod mor bwysig â hon. Mi fyddi di'n cofio hyn am weddill dy oes.'

Doedd Iolo'n amau dim. Roedd yr awyrgylch yn wefreiddiol a'r olygfa yn codi'r blew ar ei war.

Roedd Rhiannon yn meddwl yr un peth yn union. Roedd hi a'i theulu wedi neidio allan o'u gwelyau a brysio am Lyn Cerrig Bach y funud glywson nhw Gwion y gof yn gweiddi'r neges yn oriau mân y bore. Roedden nhw wedi rhoi eu nain ar yr unig geffyl oedd ganddyn nhw ac roedd pawb arall wedi trotian ar eu traed eu hunain bob cam yn y tywyllwch. Roedd hyd yn oed y rhai iau wedi hen arfer rhedeg am bellteroedd, ond erioed mor bell â hyn, ond roedd y cynnwrf wedi eu cadw rhag cwyno gormod. Er hynny, pan sylwon nhw fod y ddau ieuengaf yn arafu, cododd Rhiannon ei brawd bach ar ei chefn, a gwnaeth Heledd yr un peth gyda bach y nyth. Dim ond dau aeaf oedd rhwng Rhiannon a Heledd, ac er nad oedd coesau Heledd cyn hired â rhai Rhiannon, roedd hi'r un mor gyflym – ond ddim hanner mor gystadleuol. Gwenu'n fodlon fyddai Heledd bron drwy'r dydd, bob dydd, ac roedd hi'n gwenu fel yr haul y funud hon ar lan Llyn Cerrig Bach.

Syllodd pob un ohonynt yn fud ar y golau'n dechrau melynu'r awyr. Roedd siapiau'r coed a phennau ac ysgwyddau'r dorf yn ddu yn ei erbyn, ac yna, roedd y rheiny hefyd yn goleuo wrth i fysedd oren, melyn ac aur Lleu, duw'r goleuni eu cyrraedd a'u bendithio. Gwenodd Rhiannon wrth i ddŵr y llyn droi'n aur a gwasgodd law Heledd wrth ei hochr. Roedd hi, a phawb arall, yn gwybod i sicrwydd bod Lleu gyda nhw, yn gwenu arnyn nhw.

Cododd un Derwydd ar ôl y llall i daflu cleddyfau, cyllyll ac arfau o bob math, offer cerbydau rhyfel, cadwyni a thorchau hardd i'r llyn.

'Derbyniwch ein rhoddion!' galwodd llais dwfn Caradog Farfog. 'Lleu, Taranis, Arawn, Dôn, Llŷr, Cernunnos, Arianrhod a Gwernhidw! Rydan ni'n galw arnoch chi, yn erfyn arnoch chi, i'n cynorthwyo i rwystro'r Rhufeiniaid rhag cyrraedd yr ynys sanctaidd hon. Maen nhw'n gwybod am allu a phwerau y Derwyddon, yn gwybod am ein perthynas ni â chi, y duwiau; felly mae arnyn nhw ein hofn ni! Oherwydd hynny, maen nhw eisiau'n chwalu a'n darnio, eisiau troi'r Fenai'n goch efo'n gwaed! Ni, geidwaid y gwirionedd, ni, y rhai sanctaidd sy'n cadw trefn y duwiau ar Ynys Prydain ers cyn cof!'

Camodd Cynyr Hen ymlaen, yn rhyfeddol o urddasol o ystyried ei oed.

'Ac er mwyn sicrhau mai gwaed y Rhufeiniaid fydd yn llifo, ac nid ein gwaed ni,' meddai yn uchel a phwyllog, 'derbyniwch rodd byw!'

Daeth Mordaf Foel i'r blaen gyda chyllell hir, finiog a'i llafn yn disgleirio yng ngolau'r wawr. Daliodd dau Dderwydd arall afr ifanc o'i flaen, un fywiog, aflonydd, oedd yn brefu mewn ofn – nes i Mordaf dorri ei gwddf yn sydyn gyda'i gyllell. Cafodd ei thaflu i'r dŵr fel bod ei gwaed yn llifo allan ohoni i'r dyfroedd sanctaidd, tywyll.

Dechreuodd Cynyr Hen ganu ac ymunodd y Derwyddon eraill, yna'r dorf gyfan yn y gân; hen, hen eiriau gydag alaw syml ond hynod bwerus, gyda ffyn a phastynau pren yn taro'r llawr yn gyfeiliant iddi.

Wedi'r nodyn olaf, ymgrymodd pawb ac aros â'u pennau'n cyffwrdd y ddaear am hir, heb yngan gair. Dim ond sŵn y gwynt yn siffrwd yn y coed a'r brwyn, ac ambell frân yn y pellter oedd i'w clywed. Yna codod pawb a'u llygaid i gyd yn hapusach ac yn llawn ffydd.

Gwelodd Rhiannon a Iolo ei gilydd yn y dorf wrth i bawb ddechrau hel am adref.

'Diolch am ddod â'r neges,' meddai Rhiannon wrtho.

'Diolch am dy gymorth i ddod â'r neges,' meddai Iolo, cyn cyfarch aelodau ei theulu wrth iddo gael ei gyflwyno iddyn nhw. Roedden nhw i gyd yn dal ac yn gryf fel Rhiannon, er bod y tad yn amlwg wedi cael anaf drwg i'w goes rai blynyddoedd yn ôl ac yn sefyll yn gam o'i herwydd.

'Wyt ti am fynd adre'n syth neu wyt ti am aros yma nes bydd y Rhufeiniaid wedi rhedeg am adra?' gofynnodd y chwaer iau o'r enw Heledd, oedd â gwallt tywyllach na'i chwaer hŷn, ac a oedd yn fyrrach na hi o fymryn, tua hyd bys yr uwd, efallai.

'Wel, mi fydd angen negesydd i fynd i ddeud wrth bawb bod y Derwyddon wedi ennill y dydd, mae'n debyg,' meddai Iolo.

'Mae gen ti ryw ddiwrnod i gicio dy sodlau felly,' meddai

Rhiannon. 'Ond mae gynnon ni lawer i'w weld yma ym Môn.'

'Wyt ti'n cynnig dangos yr ynys i mi, Rhiannon?' gofynnodd Iolo gan godi ei aeliau'n chwareus. Gwenu wnaeth Rhiannon ac edrych ar ei mam, Alwen y Ddewines, oedd wedi bod yn gwrando'n astud ar eu sgwrs. Chwarddodd honno a rhowlio ei llygaid.

'Mae 'na hen ddigon o waith i ni i gyd wrth reswm, ond mae'r cyfan yn nwylo'r duwiau bellach ac mae'r gŵr ddaeth â'r neges i ni o'r dwyrain yn haeddu rhyw fath o ddiolch am wn i,' meddai, cyn cydio ym mraich dyn cyfagos a chael gair yn ei glust. 'Iawn, mae Peredur am roi benthyg ei ferlod i chi, felly dos i ddangos rhyfeddodau Môn iddo fo, ond gofala dy fod yn ôl cyn iddi dywyllu. Bydd angen i bawb ymgynnull ar lan y Fenai i groesawu'n hymwelwyr o Rufain yn y bore.'

'Bydded i Lleu a Gwernhidw ofalu amdanoch chi,' meddai nain Rhiannon wrthyn nhw. 'A pheidiwch â phoeni am y Rhufeiniaid. Mae Taranis yn gyrru tywydd drwg atyn nhw rŵan, y munud yma, ac mi fydd hynny'n eu harafu nhw'n arw, ac mae Cadwgan y Bardd wedi dechrau odli am y fuddugoliaeth yn barod!' ychwanegodd gyda chwerthiniad oedd yn dangos ei bod wedi colli nifer o ddannedd dros y blynyddoedd. 'Ond dwi'n dal i ddeud y byddai offrymu tarw iach, cryf wedi bod yn well na rhyw hen afr gyffredin...'

'Mam, nid eich lle chi ydi beirniadu penderfyniadau'r Derwyddon,' meddai Alwen, gan roi gwên fach ymddiheurol i Iolo.

'Dwi'm yn eu beirniadu nhw!' protestiodd yr hen wraig. 'Dim ond deud y byddai tarw yn offrwm llawer mwy gwerthfawr na gafr – yn enwedig un gwyn. A byddai plentyn un o'r caethweision yn well fyth.'

'Mam! Ers pryd dan ni'n offrymu bodau dynol?' meddai Alwen rhwng ei dannedd.

'Roedd ein hynafiaid yn gneud...' meddai ei mam, fymryn yn bwdlyd. 'Ond dim ond pan fyddai pethau'n wirioneddol ddrwg, a ddaw hi ddim i hynny efo'r Rhufeiniaid 'ma. Ddim yma ar Ynys Môn. 'Dan ni'n berffaith ddiogel.' Gwenodd a chrafu ei gên gyda'i hewinedd hirion, yna ychwanegodd: 'Ond byddai tarw wedi'n gneud ni hyd yn oed yn fwy diogel, dyna i gyd.'

'Cymeriad ydi dy nain di,' meddai Iolo wrth Rhiannon wrth i'r ddau farchogaeth am y gogledd.

'Mae hi'n un am siarad yn blaen, yn sicr,' meddai Rhiannon.

'A doedd hi na gweddill dy deulu di'n poeni dim dy fod yng nghwmni dyn diarth ar dy ben dy hun?'

'Maen nhw'n gwybod mod i'n gallu edrych ar ôl fy hun,' atebodd Rhiannon. 'Ac mae Mam a Nain yn ddewinesau, cofia.'

'Cofio'n iawn. Ydi hynna'n golygu dy fod ti'n un hefyd?'

'Nac ydi. Mae Heledd yn dangos mwy o ddoniau dewines na fi,' atebodd Rhiannon. 'Er mod i'n dallt anifeiliaid yn dda a hwythau'n fy nallt i – yn enwedig ceffylau. Ond dwi'n debycach i fy nhad,' meddai, 'hela ac ymladd ydi fy mhethau i – a physgota dynion diarth allan o'r Fenai.'

Chwarddodd Iolo.

Roedden nhw bellach wedi cyrraedd afon arall.

'Mae'r ynys 'ma'n afonydd i gyd!' meddai.

'Dŵr hallt ydi hwn,' meddai Rhiannon, 'ac ynys arall, dipyn llai sydd yr ochr arall iddi, Ynys Feilw. Ond mae'n werth croesi iddi. Mae'n lle gwych i ddal adar a morloi a phob math o bysgod, yn un peth. Ac mae hi'n ddel.'

Bu bron i Iolo ddweud bod Môn yn llawn o bethau del, ond llwyddodd i lyncu ei eiriau mewn pryd. Roedd ganddo deimlad nad oedd Rhiannon am ei glywed yn dweud pethau felly, rhywsut. Ddim eto, o leiaf.

Dywedodd Rhiannon fod angen iddyn nhw aros i'r llanw gilio er mwyn gallu croesi'n haws, felly dringodd y ddau oddi ar eu ceffylau. Roedd hi'n amlwg bod yr afon yn berwi gyda physgod a'r rheiny'n rhai mawr, cryfion oedd yn rhoi ras dda i'r morloi a'r pysgod llawer iawn mwy oedd yn nofio ar eu holau. Pwyntiodd Rhiannon at greigiau ymhellach i lawr a gwelodd Iolo gath wyllt yn dal un pysgodyn ar ôl y llall gyda'i phawen.

'Ddeudis i ei fod o'n lle da i ddal pysgod, yn do?'

'Oes 'na eirth yma hefyd?' holodd Iolo.

'Siŵr o fod,' atebodd Rhiannon. 'Pam? Oes gen ti eu hofn nhw?'

'Nag oes, ond dwi ddim isio ffraeo dros bysgodyn efo un.'

Doedden nhw ddim yn gorfod aros yn hir iawn i'r dŵr gilio digon i ddangos rhyd o gerrig mawrion ar draws rhan gulaf yr afon. Doedd y ceffylau ddim eisiau defnyddio'r cerrig, ond roedd y dŵr yn ddigon isel iddyn nhw groesi yn ddigon didrafferth.

Wedi crwydro Ynys Feilw a dotio at y creigiau a'r traethau a lliw gwyrdd y môr, gwelodd Iolo ynys fechan arall yn ymestyn i'r gorllewin. Roedd hi'n dew gyda miloedd ar filoedd o adar o bob math: adar drycin, huganod ac adar pâl gyda'u pigau amryliw.

'Ynys Lawd,' meddai Rhiannon. 'Nefoedd yr adar. Mi alla i ddringo lawr a chroesi yna os wyt ti awydd pâl bach i lenwi dy stumog heno. Maen nhw'n flasus iawn,' ychwanegodd pan sylweddolodd na fyddai Iolo'n gyfarwydd ag adar y môr.

Edrychodd Iolo i lawr ar y tonnau'n chwipio'r creigiau.

'I lawr fan'na? Wyt ti'n gall?'

Cododd Rhiannon ei hysgwyddau a gwenu: 'Mi fydd criw ohonon ni'n mynd yno bob gwanwyn i gasglu wyau ac adar,' meddai, 'ond mae'n haws mewn criw, dwi'n cyfadda.'

'Dwi'n berffaith hapus efo wyau ieir a hwyaid a chig geifr, diolch i ti,' meddai Iolo. 'Ond dach chi'n bendant yn bobl anturus ar yr ynys yma, tydach?'

'Weithia.'

'Wyt ti wedi meddwl erioed be sy y tu draw i'r môr yna?' gofynnodd Iolo yn sydyn, gan graffu ar y gorwel. 'Fyddwch chi'n mentro allan yn bell ar gychod?'

Cydiodd Rhiannon mewn llygad y dydd a dechrau tynnu'r petalau i ffwrdd fesul un. 'Mae 'na rai wedi mynd yn o bell,' meddai. 'Pan fyddan nhw'n hela morfil neu haid mawr o benwaig. Ond mae 'na rai na welson ni byth mohonyn nhw wedyn. Felly dwi'm isio meddwl gormod am be sy y tu draw i'r môr yna, diolch yn fawr.'

Edrychodd Iolo arni gyda diddordeb.

'Felly dwyt ti ddim mor anturus â hynny wedi'r cwbl,' meddai, a gwenodd wrth ei gweld yn sythu.

'Does gen i ddim ofn pethau dwi'n eu nabod,' meddai hi. 'Y Fenai, dringo i lawr fan'na, eirth a chathod gwyllt... Er, dwi rioed wedi bod yn rhy hoff o lygod,' ychwanegodd yn sydyn.

'Llygod?' chwarddodd Iolo.

'Ia, dwi'n gwbod. Mae'n swnio'n hurt, ond mae'n stumog i'n troi bob tro fydda i'n gweld neu deimlo un. Mae'n rhaid bod un wedi trio nghnoi i pan o'n i'n fabi neu rwbath.'

'Mi fedra i ddallt hynny,' gwenodd Iolo, 'gwenyn meirch sy'n fy nychryn i. Mi wnes i sefyll mewn nyth pan o'n i tua chwech neu saith gaea oed ac mi ges fy mhigo'n rhacs ulw.'

'Felly mae rhywun yn tueddu i ofni pethau sydd wedi eu brifo neu eu dychryn ym more eu hoes...' meddai Rhiannon yn fyfyriol. 'Ac yn hŷn wedyn, oherwydd mae pethau diarth fel Rhufeiniaid a be bynnag sy'n gyfrifol am beidio gadael i'n pobol ni ddod adra'n ddiogel o'r môr mawr yn codi ofn arna i hefyd.'

'Does gen ti ddim ffydd yn Llŷr, duw'r môr?'

Petrusodd Rhiannon. 'Oes, ond mae'r duwiau'n gwneud penderfyniadau sy'n anodd i'w deall weithia.'

Syllodd Iolo arni'n taflu'r blodyn di-betal i ffwrdd.

'Pwy wnaeth ddim dod yn ôl o'r môr mawr, Rhiannon?' holodd yn y diwedd.

Wedi tawelwch am rai eiliadau,

'Fy mrawd i,' meddai hi. 'Aeth o efo pump o ddynion eraill y pentre am y gorllewin, i hela haid anferthol o bysgod penfras. Roedd hynny dri gaea yn ôl a welson ni byth mohonyn nhw wedyn.'

'Roedd gen ti dipyn o feddwl ohono fo.'

'Oedd.' Roedd hi wedi dechrau pluo blodyn anffodus arall. 'Fo ddysgodd bob dim i mi,' meddai, 'sut i hela ac ymladd, sut i ddarllen tymhorau a thymherau'r Fenai a sut i ddringo lawr fan hyn at Ynys Lawd, fel mae'n digwydd. Ond mae ei gorff o, esgyrn fy mrawd mawr i, ar waelod y môr rŵan neu'n pydru rhwng dannedd rhyw fwystfil. Gwastraff o ddyn da.'

'Heddwch i'w esgyrn,' meddai Iolo gan ysgwyd ei ben yn llawn cydymdeimlad. 'Ond mae 'na bosibiliadau eraill, cofia,' ychwanegodd.

'Ia, dwi'n gwbod, mae ei enaid o'n dal yn fyw mewn rhyw anifail yn rhywle, ond dwi'm wedi ei nabod yn llygaid unrhyw anifail eto.' Roedd hi wedi syllu i fyw llygaid ugeiniau o gŵn a gwyddau a channoedd o sgwarnogod a morloi ers colli ei brawd a chael dim yn ôl gan yr un ohonyn nhw.

'Daeth fy nhad i yn ei ôl fel ci,' meddai Iolo. 'Mi fyddai'n dilyn Mam i bob man fel cysgod.' Gwyliodd y ddau walch y pysgod yn plymio i'r tonnau oddi tanynt a dod yn ôl gyda chlamp o bysgodyn yn ei big. 'Efallai mai hwnna ydi o?' cynigiodd Iolo, ond ysgwyd ei phen wnaeth Rhiannon. Rhoddodd Iolo gynnig arall arni: 'Efallai fod y duw Llŷr wedi ei ddewis o i fod wrth ei ochr yn rheoli'r tonnau. Mae'n andros o waith i un duw. Neu efallai mai dod o hyd i rywle gwell na fan hyn wnaethon nhw a phenderfynu aros.'

'Rhywle gwell na fan hyn? Paid â malu awyr!' meddai Rhiannon. 'Does 'na nunlle gwell nag Ynys Môn, siŵr! Pam wyt ti'n meddwl bod y Rhufeiniaid ar dân i ddod yma, y? A ph'un bynnag, mi fyddai 'mrawd wedi dod yn ôl i ddeud wrthon ni os oedd o wedi dod o hyd i rywbeth neu rywle anhygoel.'

'Ond bosib ei fod o wedi methu cofio'r ffordd adre?'

'Llŷr? Byth. Roedd o'n gallu darllen y sêr.'

'Llŷr oedd ei enw o? O...'

'Ia, yr un enw â duw'r môr. Dyna un rheswm pam ei fod o mor hyderus mewn cwch.'

Nodiodd Iolo ei ben yn araf. Doedd o ddim yn siŵr beth i'w ddweud nesaf, gan ei fod yn gallu gweld bod sglein yn llygaid gleision Rhiannon, sglein oedd yn dangos bod dagrau yn cronni. Os oedd cwch ei brawd wedi mynd am y gorllewin, roedd hi'n bosib mai wedi taro ar griw o Wyddelod gwyllt a gwallgof oedden nhw, ond doedd o ddim yn meddwl y dylai grybwyll hynny.

'Mae Mam yn meddwl iddyn nhw gael eu dal gan Wyddelod,' meddai Rhiannon, 'ond fyddai Llŷr byth wedi gadael i neb ei ddal o.'

Penderfynodd Iolo mai bod yn dawel oedd gallaf, a chydiodd yntau mewn llygad y dydd a dechrau tynnu'r petalau fesul un, nes i Rhiannon gyhoeddi ei bod hi'n bryd iddyn nhw droi'n ôl, cyn i'r llanw ei gwneud hi'n amhosib iddyn nhw groesi'n ôl dros y rhyd.

Oedodd y ddau dan goeden nid nepell o Lyn Llywenan a chiniawa ar slaff o bysgodyn roedd Rhiannon wedi ei ddal o fewn dim. Roedd y llyn yn berwi gyda physgod er bod ugeiniau o ddyfrgwn yn llithro i mewn ac allan o'r dŵr yn gyson ac eryrod a gwalchod yn hedfan i ffwrdd gydag un pysgodyn ar ôl y llall yn eu crafangau.

'Mae 'na ddigon i bawb a phopeth ym Môn, ti'n gweld,' gwenodd Rhiannon wrth wylio arth frown ar ochr arall y bae bychan yn ceisio dysgu ei phlant i ddal eu pysgod eu hunain. 'Mi faswn i'n hoffi teithio chydig ryw dro, baswn, ond ddim yn rhy bell, fel mod i wastad yn gallu dod yn ôl yma.'

'Dealladwy,' meddai Iolo. 'Dwi wastad wedi teimlo mod i ddim am grwydro'n rhy bell o fy nheulu a fy ffrindiau chwaith. Er, dwi wedi gweld llefydd hyfryd wrth fynd â negeseuon o gwmpas, ond dwi fel arfer ar ormod o frys i'w gwerthfawrogi nhw'n iawn, nac i ddod i nabod pobl yn ddigon da i gael fy nhemtio i aros…' Roedd o wedi gobeithio mynd ymlaen i sôn y gallai Rhiannon ei demtio i aros ym Môn, ond torrodd hi ar ei draws:

'Wel, fory, mi gei di fynd adre yn dy bwysau, ar ôl i ni hel y Rhufeiniaid yn eu holau.'

Nodiodd Iolo yn bwyllog, y siom yn drwm yn ei stumog, yna gofynnodd: 'Ydi o'n mynd i ddigwydd mor sydyn â hynny?'

Gwgodd Rhiannon.

'Curo'r Rhufeiniaid? Ydi, siŵr! Dyna ddywedodd y Derwyddon, yn de? "Byddwn yn eu gyrru'n ôl o lle daethon nhw a'u cynffonnau rhwng eu coesau!"'

'Ie...' cytunodd Iolo. 'Ond wnaethon nhw ddim deud pa mor sydyn fyddai hynny'n digwydd, naddo? Mae'r Rhufeiniaid 'ma'n dipyn o ryfelwyr wedi'r cwbl.'

Ochneidiodd Rhiannon yn ddiamynedd.

'Mi fydd yn digwydd yn sydyn – chydig oriau, diwrnod efallai – ydi o'r ots? Mae'r duwiau a'r Derwyddon ar ein hochr ni ac all neb ddifa'r Derwyddon. Does gen ti ddim ffydd, Iolo?'

'Oes, siŵr!' atebodd yn syth, gan gochi wrth i'w llygaid ffyrnig hi rythu arno yng ngolau'r tân. Y peth olaf roedd o wedi bwriadu ei wneud oedd ei gwylltio. Roedd o wedi gobeithio y gallen nhw dreulio'r noson ym mreichiau ei gilydd, ond byddai'n dipyn o dasg meirioli hon bellach. Wrth gwrs bod ganddo ffydd yn y Derwyddon, ond doedd Derwyddon y Galiaid ddim wedi llwyddo i ddal y Rhufeiniaid yn ôl, na Derwyddon y de ddwyrain. Ceisiodd grybwyll hynny wrthi, yn ofalus wrth anelu'n ôl am waelod yr ynys.

'Felly dwed bod rhyw hud newydd, hynod bwerus gan y Rhufeiniaid yma, a'u bod nhw'n ein curo ni er gwaetha popeth, efallai mai fory fydd ein diwrnod ola ni ar y ddaear 'ma.'

'Paid â bod yn wirion!' wfftiodd Rhiannon. 'A ph'un bynnag, does gen i ddim ofn marw. Mae merched ein teulu ni yn cael eu hail-eni fel sgwarnogod, yn ôl Mam, ac mi fyddwn i'n fwy na hapus i gael byw fel sgwarnog. Dychmyga fedru rhedeg fel'na...' meddai'n freuddwydiol.

'Dyna pam mod i'n gweddïo mai ceffyl fydda i,' meddai Iolo gan gyffwrdd y marc cain, du a glas o geffyl ar ei fraich. Estynnodd Rhiannon ei bysedd i'w gyffwrdd hefyd. Caeodd Iolo ei lygaid am eiliad. Roedd ei bysedd yn hyfryd o feddal ar ei groen. Trodd i edrych arni. 'Ond dwi isio byw'r bywyd hwn yn llawn yn gynta, dwyt ti ddim? Profi popeth y gall bod dynol ei brofi...'

'Be? Oes 'na rywbeth dwyt ti ddim eto wedi ei brofi, Iolo?' gofynnodd Rhiannon gyda gwên ddireidus. Gwenodd yntau'n ôl arni.

'"Profa'r hyn sydd dda" fyddai fy nhad wastad yn ei ddeud, a dwi wedi profi pethau hyfryd iawn... wyt ti?' ychwanegodd Iolo gan edrych i fyw ei llygaid.

Chwarddodd y ddau.

4

Roedd y Fenai'n donnau i gyd y bore tyngedfennol hwnnw, ond doedd hynny'n poeni dim ar y tri bachgen a groesodd mewn cwch bychan i'r tir mawr. Roedden nhw wedi hen arfer. Roedden nhw hefyd wedi arfer dringo'r coed uchaf un i gadw golwg am anifeiliaid peryglus neu flasus neu ymwelwyr nad oedd croeso iddyn nhw. Roedd un bachgen mewn coeden gyferbyn â'r traeth a'r ddau arall wedi mynd ymhellach i fyny'r arfordir, i fyny coed lle gallent yrru negeseuon at ei gilydd yn hawdd ond heb i'r ymwelwyr oddi tanynt eu gweld. Roedd dail diwedd haf o gymorth wrth reswm, ond hyd yn oed pe bai'n ganol gaeaf a'r coed yn noeth, roedd y bechgyn wedi hen berffeithio'r grefft o feddalu i mewn i'r rhisgl.

Setlodd y tri yn y canghennau i ddisgwyl.

Roedd pawb arall un ai'n hogi eu harfau, yn paentio eu hwynebau â nod glas, yn cynnig gweddïau munud olaf i'r duwiau neu'n dal i osod coediach yn y coelcerthi oedd wedi eu pentyrru ar hyd y traeth. Roedd mam a nain Rhiannon ymysg y Dewinesau oedd yn barod i rannu'r diodydd a'r bwydydd fyddai'n rhoi nerth a dewrder, fel llond crochan o gymysgedd o sudd aeron uchelwydd a madarch a gwaed a chalonnau amrywiol greaduriaid. Roedd Iolo wedi ei flasu o'r blaen, droeon, pan fyddai llwyth y Tegeingl angen rhyfela yn erbyn eu cymdogion a doedd o erioed wedi gallu arfer gyda'r blas, ond roedd yr effaith yn rhyfeddol. Teimlai fel duw bob tro, duw anorchfygol oedd eisiau chwalu pob dim roedd o'n ei weld.

'Fydd dim rhaid i ti ymladd, cofia,' meddai Rhiannon wrtho, 'mae angen i ti gadw dy nerth i fynd â'r neges yn ôl at dy bobl.'

'Be? Dwyt ti rioed yn disgwyl i mi sefyll yna'n eich gwylio chi wrthi heb godi bys i'ch helpu chi?' meddai Iolo gan gyffwrdd carn ei gleddyf. 'Mi wna i fy rhan, a mynd â'r neges am y fuddugoliaeth i bedwar ban wedyn, paid ti â phoeni.'

Edrychodd ar y ffermwyr a'r pysgotwyr yn paentio wynebau ei gilydd â'r nod glas llachar a'r dewinesau yn agor eu plethiadau a chribo eu gwalltiau am yn ôl at y gwreiddiau fel eu bod yn fawr ac uchel a ffyrnig yr olwg. Maen nhw'n edrych yn union fel cathod wedi gwylltio, meddyliodd. Gweddïo a llafarganu a wnâi'r Derwyddon, a phan aeth Iolo at ei frawd i ddymuno'n dda iddo, chlywodd Llywarch mohono. Roedd Iolo'n siŵr na welodd o mohono chwaith, gan fod canhwyllau ei lygaid yn annaturiol o fawr ac yn rhythu i nunlle. Wedi yfed y ddiod hud, meddyliodd, neu efallai fod hynny'n digwydd wrth ganolbwyntio cymaint ar weddïo.

'Pob lwc i ti beth bynnag, frawd,' meddai wrtho cyn ymuno â Rhiannon a'i chriw oedd yn ymarfer gyda'u cleddyfau.

Doedd o'n synnu dim bod Rhiannon yn edrych fel pe bai hi wedi ei geni â chleddyf yn ei llaw, ond roedd ei chwaer iau, Heledd, yn gyflym ac yn gryf hefyd. Doedd hi'n sicr ddim mor dal a chyhyrog â'i chwaer, ond roedd ei hysgwyddau'n lletach ac roedd hi'n gallu troi, osgoi a neidio fel wiwer, a symud y cleddyf yn syndod o gyflym.

Dynion a bechgyn oedd y rhan fwyaf o'r gweddill, yn union fel yn ei lwyth ei hun. Byddai bechgyn a merched fel ei gilydd yn cael eu dysgu sut i ymladd yn ifanc iawn, ond oherwydd nad oedd pawb yn gwirioni'r un fath, dim ond y goreuon o'r merched fyddai'n dal ati i ymarfer a hyfforddi'n gyson wedi pasio Oed y Gwaedu. Roedd canran uchel iawn o ferched yr Orddwig yn cael eu cyfrif ymysg y goreuon.

Yn sydyn, daeth gwaedd o'r traeth: roedd y gwylwyr yn y coed wedi gweld y gelyn.

Edrychodd pawb ar ei gilydd. Roedd y rhan fwyaf yn gwenu, yn edrych ymlaen at falu pennau Rhufeiniaid, ond roedd yr ofn yn amlwg yn llygaid un neu ddau. Efallai eu bod nhw'n cytuno efo nain Rhiannon, y byddai wedi bod yn well offrymu tarw na gafr.

'Ydi hi'n rhy fuan i gymryd y ddiod hud?' gofynnodd Heledd i Rhiannon.

'Anodd deud,' meddai Rhiannon. 'Dibynnu pa mor gyflym fyddan nhw'n gallu croesi'r Fenai, tydi? Dydyn nhw erioed wedi bod yma o'r blaen a fydd gynnyn nhw ddim clem lle mae'r lle calla i groesi. Ac mae'r llanw ar ei ucha rŵan.'

'Felly gwell aros nes byddan nhw hanner ffordd drosti?'

'Ia, neu pan fydd eu hanner nhw wedi boddi!' Roedd hyder Rhiannon yn heintus a chwarddodd pawb, yn cynnwys Iolo, oedd yn cofio'n iawn am y sioc gafodd o wrth ddarganfod mor gryf oedd cerrynt y Fenai. Cafodd fraw arall wrth sylweddoli mai dim ond echdoe oedd hynny. Teimlai fel petae wedi bod ar yr ynys ers wythnosau.

Roedden nhw wedi dechrau cynnau'r coelcerthi ar y traeth, y fflamau'n clecian a chodi a dawnsio'n felyn ac oren a'r mwg yn chwyrlïo i bob cyfeiriad. Taflai plant ac oedolion fwy o frigau a changhennau arnynt, gan chwerthin a chanu ynghanol y cawodydd o wreichion. Roedd angen i'r fflamau fod yn rhybudd clir i'r Rhufeiniaid.

Dechreuodd y gwragedd gwalltog rannu powlenni o gawl, bara, caws, crancod a physgod. 'Mi fyddwch chi angen eich nerth i gyd a dyma nerth y tir a'r tonnau i chi!' Brathodd

39

a sglaffiodd a llyncodd pawb yn llawen, yn cynnwys y Derwyddon.

Mae'n teimlo fel diwrnod gŵyl, meddyliodd Rhiannon gan fwynhau clywed lleisiau ei theulu, ei chyfeillion a'i chymdogion o'i chwmpas ac aroglau'r bwydydd a'r tanau yn llenwi ei ffroenau. Wrth i leisiau dwfn y Derwyddon ganu mawl i'r duwiau eto, aeth ton o rywbeth drwyddi: cariad neu falchder – neu'r ddau. Roedd hi'n caru'r bobl yma gyda phob mymryn ohoni ac yn caru'r ynys ei hun â'i holl enaid. Trodd yn ei hunfan yn araf fel hedyn dant y llew yn y gwynt, gan wenu ar y wynebau o'i hamgylch, ar y coed uwch ei phen a'r glaswellt dan ei thraed. Fu hi erioed mor falch ohonynt. Pa hawl oedd gan y Rhufeiniaid i hyd yn oed ddychmygu ceisio eu difa?

Roedd cwch bychan newydd lanio. Wrth i ddyn ei lusgo o'r golwg i'r coed, rhedodd tri bachgen i fyny at y Derwyddon: y bechgyn fu'n cadw golwg o'u cuddfan yn y coed. Doedden nhw ddim wedi gallu cyfrif faint o filwyr oedd ar eu ffordd, am fod cymaint ohonyn nhw, cannoedd ar geffylau a channoedd – os nad miloedd – ar droed. A phob un yn canu a sŵn eu traed yn atsain am bellteroedd.

'Ac roedden nhw'n sgleinio! Maen nhw'n gwisgo rhywbeth tebyg i aur, sy'n dal y golau – fel yr eryr maen nhw'n ei gario o'u blaenau!'

'Ydi hynna'n golygu bod Lleu, duw'r goleuni yn eu ffafrio nhw?' gofynnodd un arall o'r bechgyn yn nerfus.

'Paid â siarad yn wirion!' meddai Cadog Farfog. 'Eu taro â'i oleuni er mwyn i ni eu gweld mae Lleu a gadael i ni wybod ei fod o gyda ni.'

Gwenodd y bechgyn a mynd ymlaen i egluro bod y Rhufeiniaid ar hyn o bryd yn ceisio penderfynu lle i groesi.

Roedden nhw wedi gyrru dyn ar geffyl ar draws Traeth Lafan i ddechrau, dim ond i garnau'r ceffyl druan suddo yn y tywod a methu rhyddhau ei hun.

'Mae o'n dal yno hyd y gwn i,' meddai'r bachgen. 'Felly dyna un ceffyl yn llai.'

'Dacw nhw!' daeth llais o goeden uwch eu pennau. Trodd pawb i edrych lle roedd y fraich yn pwyntio, at res o ddynion mewn helmedau arian pluog yn cerdded yn bwyllog draw ar lan y tir mawr, yn codi eu pennau yn rheolaidd i edrych tuag at yr ynys a'r tanau. Y tu ôl iddyn nhw, roedd dynion ar geffylau yn gwau eu ffordd drwy'r coed ac roedd gan un ohonyn nhw rywbeth mawr coch, siâp enfys ar ben ei helmed.

'Eu pennaeth nhw ydi hwnna sy'n edrych fel ceiliog,' meddai Iolo.

'Suetonius Paulinus,' meddai llais dwfn Mordaf Foel y tu ôl iddyn nhw. 'Yr un sydd â'r wyneb i alw ei hun yn Llywodraethwr Prydain. Ar ôl dofi'r de a'r dwyrain, mae o wedi bod yn gwneud ei orau i ymosod arnon ni fan hyn ers tro. A dyma fo. Ond dyma'r tro olaf fydd o'n mentro yma,' poerodd.

'Yn enwedig y ffordd yna!' chwarddodd un o'r pysgotwyr. 'Roeddech chi yn llygaid eich lle yn mynnu pentyrru cymaint o'r coelcerthi fan hyn; mae o wedi gweithio. Maen nhw am fentro croesi yn union gyferbyn â ni, edrychwch!'

Gofynnodd Iolo i Rhiannon pam bod pawb wedi cyffroi gymaint.

'Am mai fan hyn mae'r cerrynt mwya peryglus,' meddai, 'yn enwedig adeg lleuad llawn pan mae'r llanw ar ei gryfa.' Pwyntiodd at donnau a throbyllau bychain gan egluro mai creigiau yn agos at y wyneb oedd yn eu creu, a'u bod yn beryg bywyd.

Gwyliodd pawb filwr ar geffyl yn mentro i'r dŵr. Doedd yr anifail yn amlwg ddim yn hapus ond roedd y milwr yn mynnu, ac yn cicio ac yn chwipio'n flin. Doedd gan y ceffyl ddim dewis ond brwydro yn ei flaen, ond o fewn dim, roedd y cerrynt wedi ei ddal ac yn ei sgubo o a'i filwr i ffwrdd ar gyflymdra rhyfeddol. Ond doedd y Rhufeiniaid yn amlwg ddim yn dwp: roedden nhw wedi amau mai dyma fyddai'n digwydd ac roedden nhw wedi gosod milwyr gyda rhaffau a pholion hirion i fyny ac i lawr y glannau a llwyddodd y rheiny i dynnu'r dyn a'r anifail yn ôl at y lan yn ddiogel.

'Erbyn meddwl, os ydyn nhw wedi llwyddo i deithio'r holl ffordd o Rufain, maen nhw wedi hen arfer darllen afonydd a moroedd,' meddai'r pysgotwr. 'Mi fyddan nhw'n aros am y distyll rŵan, damia nhw, ac yn chwilio am rywle mwy diogel i groesi.'

'Distyll?' holodd Iolo.

'Pan mae'r llanw ar droi a'r cerrynt ar eu gwanna,' eglurodd Rhiannon, 'ac edrych,' meddai gan amneidio at res o geffylau a throliau yn cludo pethau a edrychai'n debyg iawn i gychod. Rhai plaen, gwastad a hyll, ond cychod oedden nhw, yn bendant. 'Maen nhw wedi gneud cychod yn barod.'

'Na phoenwch!' meddai llais Cynyr Hen, 'bydd y duwiau'n gofalu amdanon ni! Ond gadewch i ni godi ofn ar yr estroniaid digywilydd yn y cyfamser. Ewch i yfed y ddiod hud a gwneud iddyn nhw feddwl ddwywaith am groesi draw i dir sanctaidd Môn!'

5

Gwenodd Rhiannon wrth weld Heledd yn ceisio peidio â chyfogi wrth yfed y ddiod hud am y tro cyntaf yn ei byw. Roedd y blas yn afiach, ond y canlyniad yn rhyfeddol. O fewn dim, roedd y bobl glên a ffeind o'u hamgylch wedi troi'n fwystfilod ffyrnig oedd yn ysu am ffrae. Llifodd merched a gwrachod i lawr at y coelcerthi i gynnau eu ffaglau a dechrau dawnsio a sgrechian gyda lleisiau brawychus a oedd yn gyrru cryndod drwy'r creigiau. Cerddodd rhai o'r derwyddon tuag atyn nhw, gan wynebu'r tir mawr a'r gelyn a chodi eu breichiau tua'r awyr gan lafarganu hen, hen swynion mewn lleisiau cryfion oedd yn cael eu chwyddo a'u cludo gan y duwiau er mwyn i feidrolion eu clywed o bell.

Cododd y Rhufeiniaid eu pennau i rythu'n hurt arnyn nhw. Roedden nhw'n rhy bell i weld eu llygaid, ond roedd hi'n amlwg o'u hosgo eu bod wedi dychryn. Rhewodd y rhai oedd yn gweithio ar y cychod a chamodd nifer yn ôl am y coed.

Doedd dim golwg o Suetonius Paulinus a'i grib ceiliog. Wedi mynd i orffwys a gwledda tra roedd ei filwyr yn chwysu i roi'r cychod at ei gilydd, mae'n siŵr.

'Ty'd,' meddai Rhiannon, gan gydio ym mraich ei chwaer a'i thynnu yn nes at y dŵr. 'Dawnsia efo fi a gwaedda nerth esgyrn dy ben be fyddwn ni'n neud i unrhyw Rufeiniwr fydd yn ddigon dwl i fentro draw yma!'

Daeth mwy a mwy atyn nhw ar y traeth gan gynyddu'r sŵn a'r hud nes bod breichiau Rhiannon yn groen gŵydd i gyd a gwallt ei phen yn boeth. Roedd ei synhwyrau i gyd ar dân!

Gallai weld, clywed ac arogli yn gliriach nag erioed, fel petae hi ddim ond lathenni i ffwrdd o'r tir mawr; gallai arogli chwys y Rhufeiniaid, chwys oer, llawn ofn; gallai weld y creithiau ar eu hwynebau, yr ansicrwydd a'r arswyd yn eu llygaid, ac roedd hi bron yn siŵr ei bod yn gallu clywed eu dannedd yn cecian a'u stumogau'n troi.

'Maen nhw'n crynu yn eu sandalau...' meddai wrth Heledd. Chwarddodd honno'n uchel a chydio mewn pentwr mawr o wymon gan ddawnsio gydag o a'i ysgwyd yn ffyrnig.

'Fel hyn fyddwn ni'n ysgwyd eich pennau chi – naci, eich perfedd chi!' gwaeddodd Heledd dros y Fenai. 'Ac mi wna'i ddefnyddio fy nannedd i gnoi eich pidlenni bach chi i ffwrdd – a chithau'n dal yn fyw!' ychwanegodd, gan frathu darn o wymon a'i boeri ar y tywod. Chwarddodd Rhiannon. Doedd hi erioed wedi gweld ei chwaer fach yn ymddwyn fel hyn o'r blaen. Roedd y ddiod hud yn bendant yn gallu gwneud gwyrthiau.

Yna, 'Edrycha, maen nhw'n rhedeg i ffwrdd yn barod!' meddai Heledd. Roedd hi yn llygad ei lle: roedd y milwyr wedi cilio i'r coed a doedd dim golwg o'r un ohonynt ar y lan.

'Be sy'n bod arnoch chi, y babis dail?' chwarddodd Rhiannon. 'Dach chi rioed yn mynd adre'n barod?'

Bloeddiodd a chwibanodd pawb ar y traeth. Roedd hyn wedi bod cymaint yn haws na'r disgwyl. Cyfaddefodd nain Rhiannon bod offrymu'r afr yn amlwg wedi bod yn hen ddigon. Dechreuodd Cadwgan y Bardd fathu ei gwpled agoriadol, gan geisio cael rhywbeth i gyflythrennu gyda 'gorchfygu', naci 'gwrhydri', naci, 'cynffonnau rhwng coesau...'

Doedden nhw ddim i wybod nad oedd Suetonius Paulinus yn un am ildio'n hawdd ac nad oedd ganddo ddim bwriad o adael i'w filwyr godi cywilydd arno. Roedd ganddo ei enw da i'w gadw. Fo, wedi'r cwbl, oedd wedi dofi'r gwrthryfel ym Mauretania ddeunaw mlynedd ynghynt, fo oedd yr arweinydd cyntaf o Rufain i groesi mynyddoedd yr Atlas, a fo, oherwydd ei lwyddiannau, oedd wedi cael ei benodi yn rheolwr Prydain gyfan gwta dair blynedd yn ôl. Roedd yn enwog am ei allu i gadw ei ben ynghanol brwydr, am ei feddwl craff a'i benderfyniadau doeth. Byddai rhai yn ei alw'n oer, ond roedd angen cadw'r meddwl yn oer er mwyn gorchfygu'r gelyn a dofi pobl wyllt, wallgo fel yr Ordoficiaid.

Roedden nhw wedi llwyddo i ddofi'r gwahanol lwythi Prydeinig yn y de a'r dwyrain; roedd y rheiny wedi hen ddysgu beth oedd nerth Rhufain, ond gwyddai mai ar y derwyddon oedd y bai am wneud gweddill y wlad yn llai ufudd. Gwyddai eu bod yn pregethu am beidio â phlygu glin i'r Rhufeiniaid ac yn annog y bobl i frwydro a gwrthryfela, a'i alw yn Rhyfel Sanctaidd o bopeth! Roedden nhw'n ddraenen fawr bigog yn ei ystlys, felly roedd angen eu difa, unwaith ac am byth. Arnyn nhw oedd y bai am wneud iddo orfod trampio drwy'r wlad oer, damp a gwlyb yma, lle roedd pawb yn drewi am na fydden nhw byth yn cael bath, a'u gwalltiau'n llawn llau a chwain. A doedd y Prydeinwyr byth yn gwenu – nid gyda'u llygaid o leiaf. Roedden nhw'n bobl slei, anniolchgar ac roedd llwyth yr Ordoficiaid yn waeth na'r un. Pam na allen nhw weld mor hurt oedd mynnu byw mewn llwythi bychain a glynu'n styfnig at draddodiadau a chredoau eu cyn-deidiau – pobl oedd yn byw mewn ogofâu? Dim rhyfedd bod y Prydeinwyr yn ffraeo a checru ymysg ei gilydd dragwyddol. Roedden nhw angen y Rhufeiniaid i ddangos iddyn nhw beth oedd trefn a sut i fyw yn waraidd – er eu lles eu hunain.

Er lles Rhufain – a'i ddyfodol yntau, roedd angen dofi

Prydain gyfan a doedd hynny ddim yn mynd i ddigwydd tra roedd y derwyddon felltith yn bod. Felly pan redodd ei lumanwr ato fel iâr wedi gweld llwynog i ddweud bod y milwyr wedi dychryn am eu bywydau a ddim am groesi'r Fenai, cyfrodd i ddeg cyn codi o'i gadair, sodro'i helmed am ei ben a chamu allan i gael trefn eto fyth.

O fewn yr awr, roedd y cychod i gyd yn barod, a'r milwyr ar fin croesi. Roedd Suetonius Paulinus wedi penderfynu nad gyferbyn â sioe wirion y derwyddon oedd y lle gorau i groesi; roedd y cerrynt yn llawer llai pwerus yn uwch i fyny, ac roedd y llanw bellach ar ei wannaf. Roedd yn paratoi i roi'r gorchymyn i'w ddynion fynd i'r dŵr, ond drapia, roedd y derwyddon wedi sylwi eu bod ar fin croesi ac wedi sgrialu yn eu cannoedd at y traeth gyferbyn, gyda'u hen wrachod gwallgof a'u ffaglau tân, yn sŵn a sgrechian i gyd eto fyth.

Gwelodd y milwyr yn syth. Camodd ambell un yn ôl mewn ofn. Dechreuodd ambell un arall grynu. Trodd eraill eu hwynebau at Suetonius Paulinus, eu llygaid yn ymbil arno. Ochneidiodd Suetonius. Dyna'r broblem gyda'r criw yma: roedd rhai yn dod o Rufain fel fo, wedi eu magu i fod yn filwyr, wedi eu geni'n gwybod mai Ymerodraeth Rhufain oedd y gryfaf yn y byd, a bod y duw Mars yn gofalu amdanyn nhw, doed a ddêl. Ond roedd nifer fawr ohonyn nhw yn hanu o rannau eraill o'r byd, fel yr Affrig – ac yn waeth byth, o Gâl, lle roedd y bobl â'u derwyddon eu hunain ac yn dal i gredu mewn hen lol hud a lledrith ac yn siŵr o fod yn gwlychu eu hunain wrth feddwl am ladd derwydd.

Gallai gydymdeimlo i raddau. Roedd yr olygfa yn un ddigon brawychus: cannoedd o hen wrachod mewn gwisgoedd duon gyda gwalltiau fel llwyni drain yn chwifio ffaglau mewn modd anghynnes tu hwnt ac yn sgrechian yn ddigon uchel i godi'r meirw. Yna'r derwyddon eu hunain yn eu gwisgoedd llaes a'u gwalltiau a'u barfau hyd yn oed yn fwy llaes yn estyn eu breichiau tua'r cymylau gan adrodd a chanu mewn lleisiau isel, dyfnion oedd fel petaen nhw'n gwneud i'r graig dan ei draed grynu. Roedd yno ryfelwyr hefyd gyda'r paent glas arferol yn chwifio eu cleddyfau'n fygythiol, ond doedd gan filwyr Rhufain fawr o ofn y rheiny. Ymladd fel unigolion fyddai'r Prydeinwyr yn hytrach na fel tîm a doedd ganddyn nhw ddim gobaith yn erbyn disgyblaeth a dulliau Rhufain. Naci, y gwrachod a'r derwyddon oedd y broblem. Er cymaint eu ffydd yn Mars, duw rhyfel, roedd llawer gormod o'r milwyr yn ofergoelus ac yn gwir ofni hud a lledrith tywyll, a gwrachod yn fwy na dim. Ac er eu bod wedi eu hyfforddi a'u dysgu ers blynyddoedd mai hen ddynion gwallgof fyddai'n lladd a bwyta plant oedd y derwyddon mewn gwirionedd, roedden nhw'n mynnu parhau i'w trin gyda rhyw barchedig ofn.

Ond roedd Suetonius wedi colli amynedd erbyn hyn. Gyrrodd ei geffyl i'r dŵr a throi i wynebu ei filwyr.

'Filwyr Rhufain! Beth yn enw'r duwiau sy'n bod arnoch chi?' gwaeddodd mewn llais allai dreiddio i mewn i'r helmed galetaf un. 'Ers pryd mae arnoch chi ofn hen wragedd tila a llwyth o hen ddynion sy'n rhy ddiog i eillio ac sy'n hanner pan ar fadarch hud? Sioe wirion i geisio'ch dychryn chi ydi hyn, dyna i gyd! Mae'n rhaid eu difa – mae'n rhaid i NI eu difa! Os awn ni adre rŵan â'n cynffonnau rhwng ein coesau, bydd yr hanes yn magu traed fel tân gwyllt, a'r bobl yn credu bod y derwyddon yn gryfach na ni, filwyr Rhufain! Wedyn bydd ein holl waith da yn wastraff llwyr, yn dda i ddim. Bydd hyd yn oed pobl ddof Camulodunum a Londinium yn codi yn ein herbyn! Bydd ein cyfeillion wedi marw'n ofer!' Cododd ei gleddyf i'r awyr yn ddramatig, cyn bloeddio:

'Dewch, filwyr! Yn enw Rhufain, yn enw Nero, ac yn enw ein cyfeillion a fu'n brwydro wrth ein hochrau bob cam ac sy'n edrych i lawr arnom yn awr wrth draed Mars, duw'r milwyr: *Semper invicta*! Byth yn colli! Dewch – ymlaen!'

Roedd effaith ei eiriau a'i angerdd fel chwip. Gydag un floedd uchel, neidiodd ei filwyr i mewn i'r cychod, dechreuodd y rhwyfwyr hollti'r dŵr a chamodd y ceffylau i mewn ar eu holau. Daliai'r milwyr di-rwyf eu tarianau o'u blaenau a thros eu pennau, a hynny mor agos at darianau eu cymdogion, roedden nhw'n cyffwrdd. Felly pan ddechreuodd y saethau siffrwd a chwibanu tuag atyn nhw, dim ond bownsio i ffwrdd wnaethon nhw. Felly doedd hud y derwyddon ddim yn ddigon cryf i dyllu tarianau Rhufeinig... roedd Suetonius yn iawn! Teimlai hyd yn oed y milwyr o Gâl yn fwy hyderus yn syth.

Diolch i nerth, profiad – a hyder newydd y rhwyfwyr, symudai'r cychod rhyfedd yr olwg yn syndod o gyflym tuag at Fôn.

Yr eiliad roedd y dŵr yn ddigon bas, rhoddwyd bloedd arall a neidiodd y Rhufeiniaid allan gan frysio i greu wal hir o darianau. Rhuthrodd y Monwysiaid tuag atyn nhw gyda'u gwaywffyn a'u cleddyfau hirion gan sgrechian a gweiddi fel gwallgofiaid. Llwyddodd ambell un i daro braich neu ysgwydd Rufeinig, ond cael eu taro'n fud wnaeth nifer fawr wrth i gleddyf byr, slei chwipio'n sydyn fel tafod neidr rhwng y tarianau a chladdu ei hun mewn stumog neu gorn gwddw.

Symudodd y mur Rhufeinig i fyny'r traeth. Pan lwyddodd y gof i glwyfo un o'r milwyr gyda'i ordd, caewyd y gofod yn syth a dim ond ychydig funudau barodd y gof anffodus wedyn. Sgrechiai'r gwragedd hirwallt gan chwifio'u ffaglau a'u tafodau o flaen y Rhufeiniaid, dim ond i gael eu trywanu'n hawdd a didrugaredd.

Gwelodd Rhiannon, Heledd a Iolo hyn i gyd a phenderfynu cadw'n ddigon pell o'r wal o darianau hirion nes gweld sut gallen nhw eu rhwystro. Roedd gan yr Orddwig darianau hefyd, rhai bychain, crwn oedd yn effeithiol pan oedden nhw'n ymladd un yn erbyn un, ond nid fel hyn. Roedd hyn yn ffordd gwbl ddiarth o frwydro, ac roedden nhw'n agosáu at y Derwyddon, oedd yn dal i sefyll mewn un criw mawr gyda'u breichiau'n ymbil i fyny ar y duwiau. Roedden nhw'n amlwg yn dal yn hyderus y byddai Taranis neu Lleu neu rywun yn eu hachub, ond doedd Rhiannon ddim yn rhannu'r un hyder bellach. Doedd hi erioed wedi gweld peiriant ymladd mor effeithiol â hyn.

'Mae'n rhaid i ni eu gwahanu nhw!' gwaeddodd Rhiannon dros sŵn erchyll y brwydro.

'Oes, ond sut?' gwaeddodd Iolo yn ôl.

'Y gwartheg!' meddai Heledd. 'Mae 'na rai yn y cae acw – brysiwch!'

Rhedodd y tri am y cae, a chyda ffyn a sgrechfeydd, mi lwyddon nhw i wylltio a dychryn y gwartheg yn llwyr a'u gyrru mewn un haid flin o stêm a charnau tuag at y Rhufeiniaid. Bloeddiodd Iolo'n uchel wrth weld y milwyr yn sgrialu o ffordd yr anifeiliaid, a dyna gyfle i'r Orddwig neidio i mewn a dechrau brwydro yn eu dull arferol. Ond roedd y Rhufeiniaid yn gryf ac yn gyflym, ac roedd llawer mwy o'r cyrff â phaent glas drostynt yn disgyn yn swp i'r llawr nag o'r rhai mewn sgertiau cochion.

Yn sydyn, sylwodd Rhiannon fod ei mam yn rhedeg tuag at y Rhufeiniaid, yn sgrechian melltithion ac yn chwifio ffagl a hudlath o'i blaen. Roedd hud ei mam yn bwerus, gwyddai hynny, ond oedd o'n ddigon pwerus i orchfygu'r ymladdwyr anhygoel hyn? Brysiodd ar ei hôl, mewn pryd i weld cleddyf yn plymio'n ddwfn i mewn i stumog ei mam. Gwelodd yr hudlath a'r ffagl yn syrthio i'r llawr, yna ei mam yn suddo ar ei phengliniau, wedyn y milwr yn claddu ei gleddyf ynddi eto. Ac eto.

Sgrechiodd Rhiannon gyda braw a chynddaredd. Roedd hi eisiau taflu i fyny, roedd hi eisiau rhedeg at ei mam, i gydio ynddi, gafael yn ei llaw, edrych i fyw ei llygaid cyn i'w henaid adael ei chorff, ond gallai weld y byddai'n rhy hwyr erbyn iddi ei chyrraedd; roedd hi eisoes wedi mynd. Ond roedd ei mam yn llawer rhy ifanc i fynd i'r Arallfyd, a gwyddai Rhiannon y byddai eisiau dial. Gwthiodd ei theimladau i waelod ei stumog a gadael i'w dicter ei rheoli. Hoeliodd ei llygaid ar y milwr gyda gwaed ei mam ar ei gleddyf a dechrau symud tuag ato.

Welodd hi mo'r Derwyddon yn cael eu taro, eu trywanu, eu hollti'n ddarnau. Iolo welodd hynny, a gwingo wrth weld ei frawd yn cael ei ladd mor hawdd. Doedd yr un ohonyn nhw wedi codi bys i frwydro'n ôl; roedden nhw mor siŵr y byddai'r duwiau'n eu hachub. Ond doedd dim ots ganddyn nhw am farw beth bynnag, gan y byddai'r duwiau'n rhoi ail fywyd iddyn nhw. Ond roedd y griddfan a'r gweiddi yn dangos eu bod mewn poen. Oedden nhw wedi disgwyl marw fel hyn? Oedd gwingo a chropian dros y tywod a'r gwymon, a'r gwaed yn llifo o glwyfau ffyrnig, ffiaidd, yn rhan o'r cynllun? Ai Cynyr Hen oedd y pentwr llonydd acw o gadachau? Cadog Farfog oedd hwnna wrth ei ochr; roedd Iolo'n adnabod ei wisg, er na fyddai neb, byth yn gallu ei adnabod o'r hyn oedd yn weddill o'i wyneb. Roedd Mordaf Foel yn dal i geisio adrodd y geiriau hud, er bod y gwaed a lifai o'i geg a'i stumog yn dangos na fyddai wrthi fawr hirach.

Dyma'r neges fydd raid i mi ei chludo adre at y Brigiaid, meddyliodd Iolo: mae Derwyddon Môn wedi cael eu lladd, bob un; mae'r Rhufeiniaid wedi ennill, mae eu duwiau nhw yn llawer mwy pwerus na'n duwiau ni, a fydd ein bywydau ni byth yr un fath eto.

Welodd Iolo mo'r milwr tal y tu ôl iddo, na theimlo'r cleddyf yn hollti ei benglog nes ei bod yn llawer rhy hwyr. Fyddai neb yn mynd â'i neges i unman.

6

Roedd Rhiannon yn ddall i bob dim heblaw'r milwr laddodd ei mam. Roedd o'n dal i gamu dros gyrff, yn chwilio am rywun arall i'w ladd. Cydiodd hi'n dynn yn ei chleddyf â'i dwy law. Roedd y milwr yn fawr, dwywaith ei maint hi, ond roedd o'n mynd i ddifaru ymosod ar Alwen, Dewines fwyaf bwerus Môn.

Byddai'n anodd ei anafu ac yntau'n gwisgo arfwisg a helmed. Dim diben ceisio ei daro ar ei ben. Ond dim ond sgarff denau oedd am ei wddf. Roedd hi y tu ôl iddo, a doedd o ddim wedi ei gweld hi. Dyma ei chyfle. Cododd ei chleddyf yn uchel dros ei hysgwydd dde ac anelu ei hergyd at y mymryn o gnawd noeth rhwng ei ysgwydd a gwaelod ei helmed.

Doedd hi ddim yn siŵr pwy sgrechiodd – fo neu hi. Ond roedd o wedi disgyn ar ei liniau. Ac roedd ei law ar ei war a gwaed yn pistyllio rhwng ei fysedd.

'Dyna be ti'n ei haeddu ar ôl lladd Dewines! Fy mam i!' chwyrnodd Rhiannon, gan anelu ergyd arall ato. Ond cydiodd llaw gref yn ei braich a'i rhwystro. Trodd i roi cic i berchennog y llaw, ond roedd ei goes fel bonyn coeden o galed. Milwr arall oedd o, un â breichiau fel y gof. Sgrechiodd Rhiannon a throi a throsi fel yslywen er mwyn rhyddhau ei hun, ond roedd o'n dal i gydio'n sownd ynddi. Taflodd ei hun ato i geisio suddo ei dannedd yn ei drwyn – ei foch – ei arddwrn – unrhyw le. Roedd hi'n meddwl ei bod hi wedi blasu gwaed ond gan ei bod hi fel corwynt, roedd yn anodd deud. Ciciodd yn wyllt rhwng ei goesau, ond roedd ganddo stribedi caled, poenus o ledr ac efydd yn crogi oddi ar felt am ei ganol. Er hynny, roedd hi'n gwybod o'r sŵn wnaeth o ei bod hi wedi ei frifo.

Clywodd rhywun yn chwerthin: milwr arall ar y chwith iddi. Dywedodd rywbeth yn eu hiaith ddiarth wrth y milwr a cydiai yn ei braich a chwyrnodd hwnnw. Dyna pryd sylwodd Rhiannon bod ei drwyn yn gwaedu. Clywodd sgrech gyfarwydd ac yna roedd Heledd yn hedfan tuag atyn nhw gyda'i chleddyf yn un llaw a'i gwaywffon yn y llall, a'i hwyneb yn waed i gyd. Taflodd ei gwaywffon at y dyn oedd yn cydio yn Rhiannon, ond cododd hwnnw ei darian jest mewn pryd. Llaciodd ei afael yn Rhiannon am eiliad er mwyn gwneud hynny ac roedd hynny'n ddigon iddi. Tynnodd ei hun o'i afael a neidio i gyfeiriad Heledd.

'Cefn wrth gefn! Brysia!' meddai wrthi. Roedd hi'n amlwg nad oedd gan yr un o'r ddwy unrhyw fath o obaith yn erbyn y milwyr hyn, ond fe fydden nhw'n ymladd hyd y diwedd.

'Dowch, 'ta'r diawliaid!' rhuodd Heledd gan ddal ei chleddyf yn barod â'i dwy law.

'Nid cachgwn mo Orddwig Môn!' bloeddiodd Rhiannon, 'hyd yn oed os mai dim ond dwy ohonon ni sydd ar ôl!'

Roedd hi wedi disgwyl i'r Rhufeiniaid ddod atyn nhw fel wal o darianau eto, ond na, roedden nhw jest yn sefyll yn sbio arnyn nhw, ac ar y milwr tal laddodd ei mam, oedd bellach yn reit gelain ei hun. Dechreuon nhw sgwrsio ac yna pwyntio – ati hi.

'Ia, fi laddodd o!' gwaeddodd, gan daro ei brest yn falch, 'a fi nath i titha waedu fel mochyn!' poerodd at y dyn oedd wedi cydio yn ei braich ac a edrychai fel petae wedi colli darn go lew o'i drwyn.

'Ti 'di bod yn brysur…' meddai Heledd wrthi.

'Weles i hwnna'n lladd Mam,' atebodd gan amneidio

at y corff ar y llawr. Wedi cymryd rhai eiliadau i dreulio'r wybodaeth, poerodd Heledd ar gorff y milwr marw.

'Mae Nain a Dad a'n modrybedd i gyd – pawb – wedi cael eu lladd,' meddai Heledd, heb dynnu ei llygaid oddi ar y milwyr oedd yn araf ffurfio cylch o'u hamgylch. 'Ond mi laddais i'r un laddodd Nain,' ychwanegodd gyda chrygni yn ei llais.

'Da iawn ti,' meddai Rhiannon, gan wybod eu bod ill dwy eisiau wylo a galaru. Ond nid dyma'r amser. 'A'r rhai bach?' gofynnodd. 'Gwion? Alwen?'

'Dwi'm yn siŵr. Welais i mo'nyn nhw. Mae'n bosib eu bod nhw wedi llwyddo i guddio neu ddianc.'

'Do, dwi'n siŵr eu bod nhw,' meddai Rhiannon gyda rhyddhad. Roedd ei brawd a'i chwaer fach yn llawer rhy ifanc i adael byd y byw. 'Bydded i Lleu ofalu amdanyn nhw, ac i Arawn, duw'r Arallfyd, ofalu am bawb arall.'

'A ni.'

'A ni. Ond dwi'n siŵr y gall Taranis helpu rhywfaint arnan ni i falu chydig mwy o bennau yn gynta,' meddai Rhiannon drwy ei dannedd o weld bod y milwyr yn cau amdanyn nhw.

'Mae'n fraint cael y frwydr ola efo ti, fy chwaer,' meddai Heledd.

'Dwi'n teimlo'r un fath yn union,' atebodd Rhiannon, gan anelu ei chleddyf at ben y milwr agosaf ati. Doedd yr un rhan arall o'i gorff i'w weld y tu ôl i'r tarianau hirion, felltith yna. Yn rhyfedd, doedd hi ddim yn teimlo ofn o gwbl. Oedd, roedd ei chalon yn rasio fel petae hi newydd fod yn rhedeg ar ôl sgwarnog, ond y rasio braf hwnnw oedd o, y rasio cyn gwneud rhywbeth cynhyrfus, fel neidio oddi ar graig uchel i'r môr, fel bod ar ganol helfa a'r ceirw neu'r baeddod yn sgrialu o'i blaen hi, fel carlamu ar gefn ceffyl ar hyd traeth hirfaith Traeth Coch... gallai deimlo ei chroen yn pigo, ei llygaid yn fflachio – a'i cheg yn gwenu. Roedd hi'n mynd i fwynhau hyn a doedd y Rhufeiniaid byth yn mynd i anghofio brwydr olaf y ddwy ferch o Fôn.

Doedden nhw ddim wedi disgwyl i rwyd gael ei thaflu drostyn nhw. Rhwyd drom a'u tarodd i'r llawr ac a brofodd yn amhosib cicio, brathu na chleddyfa eu ffordd allan ohoni. O fewn dim, roedd y ddwy wedi eu clymu'n sownd gan raffau ac yn cael eu llusgo at un o'r cychod ar y traeth. Er iddyn nhw regi a phoeri a bytheirio, doedd o'n amlwg yn gwneud dim blewyn o wahaniaeth gan nad oedd y milwyr yn deall gair, er bod yr emosiwn yn berffaith amlwg.

Wrth basio pentyrrau o gyrff gwaedlyd Derwyddon a Dewinesau, aeth y ddwy yn dawel. Cymaint o wybodaeth, cymaint o ddawn – wedi mynd. Pwy oedd ar ôl i basio'r holl wybodaeth ymlaen i'r genhedlaeth nesaf? Roedd Heledd yn bendant wedi etifeddu doniau Dewines, ond a hithau ddim ond wedi gweld pedwar gaeaf ar ddeg, roedd hi'n bell o fod wedi dysgu popeth gan ei mam a'i nain. Byddai cannoedd o Dderwyddon ar ôl ar y tir mawr fyddai wedi treulio cyfnodau gyda'r meistri ym Môn, ond a fyddai hynny'n ddigon?

Gwelodd Rhiannon batrwm cyfarwydd ar fraich corff a orweddai mewn pwll o waed. Yr hanner ceffyl hyfryd. Suddodd ei chalon. Felly ni fyddai Iolo'r negesydd o lwyth y Tegeingl fyth yn mynd â'r neges at lannau'r Ddyfrdwy. Châi ei deulu fyth wybod beth oedd wedi digwydd iddo fo a'i gôt croen blaidd. Na'i fod wedi cael croeso cynnes iawn ym Môn – nes i ryw gythraul o Rufeiniwr hollti ei benglog. Sylweddolodd fod ei dwylo yn ddyrnau a bod ei hewinedd yn tyllu i mewn i'w chnawd. Sgrechiodd. Un sgrech hir o boen a rhwystredigaeth.

Pwysodd Heledd ei phen yn erbyn ei hysgwydd. Ysai honno

am fedru lapio Rhiannon yn ei breichiau ond roedd y rhaffau tynn yn golygu mai dim ond ei phen allai hi ei symud. Yna daeth aroglau mwg i ffroenau'r ddwy. Roedd y Rhufeiniaid wedi dechrau llosgi eu cartrefi – a'r cyrff. Llifodd y dagrau i lawr drwy'r gwaed ar eu hwynebau.

Penderfynodd Suetonius Paulinus adael traean o'i fyddin i glirio'r llanast ar y traeth ac i chwilio am unrhyw un oedd wedi cuddio yn y tai crwn cyntefig. Rhoddodd orchymyn i gadw unrhyw offer a bwydiach defnyddiol, ac yna i losgi popeth arall. Yna aeth â'r gweddill o'i ddynion i'r gogledd i chwilio am allorau aflan y derwyddon er mwyn eu dinistrio. Gwyddai am beth i chwilio ers gwneud yr un peth yng ngwlad Gâl: llannerch oer a thywyll o goed derw, y canghennau wedi clymu a phlethu yn ei gilydd i rwystro unrhyw belydrau haul rhag dod drwyddynt, ac yn diferu gyda thrychiolaethau 'hud' o blu a phenglogau; allorau yn gacen o waed a chnawd dynol y plant a phobl fydden nhw'n eu hoffrymu. Byddai'n gofalu bod ei filwyr i gyd yn deall mai gwaed dynol oedd o. Roedden nhw eisoes yn credu bod y derwyddon yn bwyta plant; roedd wedi bod o fudd mawr i Ymerodraeth Rhufain i bawb gredu'r gwaethaf am yr anwariaid hirwallt, blêr.

'Ond mae'r rhain yn debycach i esgyrn geifr a defaid, Gadfridog,' meddai milwr wrtho wedi cyrraedd llannerch oedd â chromlech yn ei chanol ac ugeiniau o gerfiadau o'u duwiau di-ddim.

'Maen nhw'n offrymu'r rheiny hefyd,' atebodd yn syth. 'Anifeiliaid, pobol, maen nhw'n eu trin yr un fath yn union. Neu, yn hytrach, dyna roedden nhw'n ei wneud.'

'Ha! Ia, yn hollol,' meddai'r milwr. 'Ac rydach chi am i ni

dorri a llosgi'r coed yma i gyd i'r llawr? Mi fydd yn cymryd amser.'

'Ydw, bob un. Bydd chwalu eu coed "sanctaidd" yn chwalu unrhyw hud a lledrith oedd ar ôl yma. Dwi ddim isio i ni adael unrhyw arwydd bod y derwyddon wedi bodoli o gwbl. Dwi isio eu dileu o'r ynys, o'r wlad ac o gof y bobl yn llwyr.'

'Llosgi'r cerfiadau acw hefyd felly, ia?'

Syllodd Suetonius ar y cerfiadau pren ac efydd. Oedd, roedd yr Ordoficiaid yn grefftwyr, os oeddech chi'n mwynhau'r math yna o beth. Roedd o wedi bod ym Mhrydain yn ddigon hir i wybod mai Taranis oedd hwn, yr un efo cyrn yn union fel rhai tarw, ond doedd o ddim yn gyfarwydd â'r un efo cyrn carw... tybed ai hwn oedd Cernunnos? Roedd o'n gorfod cyfaddef bod 'na dipyn o ôl gwaith ar y rhain beth bynnag; bron nad oedden nhw'n gain. Ddim chwarter cystal â'r cerfluniau godidog Rhufeinig a Groegaidd wrth gwrs, oedd yn portreadu cyrff dynion a cheffylau yn union fel roedden nhw, neu'n well os rhywbeth; na, roedd gwaith pobl Prydain yn llawer mwy amrwd, yn fwy o syniad nag o lun go iawn. Er, roedd hi'n amlwg mai duw'r haul oedd hwn gyda'r darnau efydd ar y dde, fel eu Sol nhw yn Rhufain, ond doedd ganddo ddim syniad am y llall, yr un efo wyneb od, tywyll gydag un llygad ar gau. Roedd o'n edrych fel rhyw fath o wyneb o leiaf. Ond roedd y llygad arall yna'n gwneud iddo deimlo'n anghyffordus – roedden nhw i gyd yn gwneud iddo deimlo'n anghyffordus.

'Ia, llosgwch nhw i gyd.'

7

Roedden nhw wedi disgwyl cael eu cam-drin ac yna'u lladd, ond cael eu gorfodi i weithio i'r Rhufeiniaid fu hanes Rhiannon a Heledd: dim byd gydag arfau miniog (roedd rhywun yn amlwg wedi sôn am eu dawn gyda chleddyfau) ond tasgau diflas fel golchi llysiau a llestri coginio, malu hadau cwbl ddiarth oedd yn rhyddhau aroglau rhyfedd, paratoi bara, pluo gwyddau a godro'r gwartheg. Roedd y ddwy wedi ceisio peidio wrth gwrs, ond wedi cael sawl cic, chwip a bonclust, wedi sylweddoli bod ufuddhau yn haws, ac y byddai'n gyfle iddyn nhw astudio'r Rhufeiniaid nes iddyn nhw weld eu cyfle i ddianc.

'Maen nhw'n ofnadwy o drefnus,' meddai Heledd ar yr ail fore, wrth wylio'r milwyr yn llwytho'r cychod gyda'r nwyddau roedden nhw wedi eu bachu o stordai'r ynys.

'Ofnadwy,' cytunodd Rhiannon yn bigog. 'Dyna sut lwyddon nhw i'n curo ni a lladd pawb...'

Edrychodd ei chwaer yn syn arni. Doedd Heledd ddim wedi clywed Rhiannon yn defnyddio llais blin fel yna gyda hi ers blynyddoedd, ddim ers i Heledd roi gweddillion llyffant yn ei chawl hi. Dim ond ychydig o hwyl oedd hynny i fod, a nag oedd, doedd o ddim yn ddoniol iawn, ond plentyn gwirion oedd Heledd ar y pryd. Roedd Rhiannon wastad wedi bod yn gallach – nes iddi golli ei thymer. Fyddai hi ddim yn gwylltio'n aml, ond pan fyddai hi'n gwylltio, byddai'n ffrwydro. Wnaeth Heledd ddim meiddio rhoi unrhyw beth anghynnes yng nghawl ei chwaer fawr wedi hynny.

Doedd Rhiannon ddim wedi ffrwydro rŵan wrth gwrs, dim ond chwyrnu. Ond roedd y chwyrnu'n arwydd ei bod hi angen beio rhywun am y sefyllfa roedden nhw ynddi. Doedd hi ddim yn gallu ymosod ar y Rhufeiniaid, nid gyda'r cyffion am ei fferau, a'r boi mawr gyda chwip oedd yn cadw golwg arnyn nhw, ac roedd 'na chydig mwy ohonyn nhw na hi, felly Heledd oedd y targed hawdd. Fel arfer, byddai wedi ateb yn ôl. Ond nid heddiw. Nid rŵan. Efallai mai dyma ffordd Rhiannon o ddelio gyda cholli cymaint. Penderfynodd Heledd gadw'n dawel. Aeth yn ôl at ei thasg o falu gwenith er mwyn i'r Rhufeiniaid gael bara. Efallai y câi gyfle i roi llyffant yn eu cawl nhw ryw ben.

Cyfarthodd Dyn y Chwip rywbeth ac amneidio ar Rhiannon i fynd at y gwartheg a'r geifr oedd wedi eu clymu mewn rhes.

'Iawn, ti isio i mi odro,' meddai Rhiannon dan ei gwynt. Cyfarthodd y dyn rywbeth arall a phwyntio at y pentwr o bowlenni roedd Rhiannon newydd eu glanhau. 'Iawn, mi fydd angen powlen i ddal y llefrith. Dwi'm yn dwp.'

'Cofia boeri ynddo fo,' meddai Heledd wrth iddi ei phasio.

Y noson honno, wedi cael bob i bowlen o'r bwyd rhyfedd a'r bisgedi caled fyddai'r milwyr yn eu mwynhau, gorweddai'r ddwy ar eu boliau yn y gwair yn edrych allan dros y Fenai a mynyddoedd Eryri yn y pellter. Roedd Dyn y Chwip wedi eu clymu gerfydd eu cyffion i goeden y tu ôl iddyn nhw.

'Wsti be? Dwi wir ddim yn meddwl eu bod nhw'n mynd i'n lladd ni,' meddai Heledd.

'Na finna, neu mi fasen nhw wedi gneud hynny erbyn hyn,' meddai Rhiannon.

'Felly be ti'n feddwl maen nhw am neud efo ni?'

'Dwy hogan ifanc, gre fel ni?' atebodd Rhiannon. 'Ein cadw ni fel caethweision – i neud eu gwaith budur nhw, fel ein caethweision ni. Neu ein gwerthu ni i rywun, er mwyn i'r rheiny gael gneud be fynnan nhw efo ni.'

'Be? Fel be?'

Caeodd Rhiannon ei llygaid am eiliad. Roedd ei chwaer fach yn gallu bod mor boenus o ddiniwed weithiau.

'Defnyddio'n cyrff ni, Heledd...'

'Be? Fel caru efo ni? Dyna ti'n feddwl?'

Penderfynodd Rhiannon beidio ei hateb â'i llais, dim ond edrych i fyw ei llygaid. Wedi eiliadau hirion, trodd Heledd i ffwrdd a gollwng ei thalcen ar y gwair. Brathodd Rhiannon ei gwefus a chau ei llygaid. Doedd hi ddim wedi bwriadu dweud hynna. Gwyddai'n iawn nad oedd Heledd eto wedi dewis pa hogyn o blith Orddwig Môn fyddai'n cael y fraint o fod y cyntaf i garu gyda hi. Roedd y Caru Cyntaf yn achlysur pwysig a sanctaidd, ac roedd Rhiannon wedi edrych ymlaen at gael helpu i'w pharatoi ar ei gyfer, trwy blethu blodau yn ei gwallt a phigo patrymau cywrain dros ei chroen i nodi'r achlysur. Go brin y byddai hynny'n digwydd bellach. Trodd ei stumog wrth feddwl am hen ddynion blewog, brwnt yn byseddu ei chwaer fach a chwalu ei diniweidrwydd. Nid caru fyddai hynny.

'Bydd y duwiau yn gofalu amdanan ni, Heledd,' meddai Rhiannon yn sydyn, gan estyn am ei llaw a'i gwasgu. 'Fydd Taranis a Lleu a Cernunnos, heb sôn am Gwernhidw, byth yn anghofio amdanon ni.'

Edrychodd Heledd arni am hir, digon hir i Rhiannon sylweddoli mor wag oedd ei geiriau'n swnio.

'Felly wyt ti wir yn meddwl y bydden nhw'n gofalu amdanon ni'n dwy, ond ddim y Derwyddon?' meddai Heledd – ond doedd o ddim yn gwestiwn go iawn. Ddim yn un y gallai Rhiannon ei ateb beth bynnag. Cyffyrddodd wyneb Taranis ar y darn o ledr am ei gwddf. Roedd hi wedi gweddïo cymaint iddo fo, wedi offrymu cymaint – roedden nhw i gyd wedi treulio oriau, dyddiau yn talu gwrogaeth i'r duwiau i gyd, a phob dim wastad wedi bod yn iawn. Wel, fwy neu lai. Roedd ambell golled yn anorfod.

Tybed oedd ei brawd mawr yn edrych arnyn nhw o'r Arallfyd neu le bynnag oedd o rŵan? Neu oedd o'n rhy brysur yn croesawu ei rieni a'i nain a gweddill y teulu ato? Y cwbl a wyddai i sicrwydd oedd bod Llŷr wedi gadael twll anferthol yn ei bywyd, ei chalon a'i henaid, a bod y twll hwnnw'n lledu i wneud lle i weddill ei theulu.

Mae'n siŵr bod hyd yn oed y Rhufeiniaid wedi cael eu siâr o golledion. Tybed oedd 'na deulu'n mynd i hiraethu am y milwr tal 'na laddodd hi? Roedd ei gorff o'n dal i fudlosgi efo'r ychydig Rufeiniaid eraill gafodd eu lladd. Pentwr bychan oedd hwnnw, nid fel y mynyddoedd o gyrff Derwyddon a phobl Môn. Roedden nhw wedi dechrau llosgi'r rheiny ond wedi penderfynu bod hynny'n defnyddio gormod o danwydd, felly wedi gwneud tyllau anferthol i'w claddu driphlith draphlith, ac wedi taflu nifer i mewn i'r Fenai i fwydo'r pysgod. Doedd ganddi ddim syniad beth ddigwyddodd i gyrff ei theulu.

Efallai fod Iolo wedi bod yn iawn ac mai mewn Gwalch y Pysgod roedd enaid Llŷr bellach, ac os felly, efallai y byddai'n bwydo ar y pysgod fyddai'n gwledda ar gyrff ei theulu – os mai i'r Fenai aethon nhw. Cylch bywyd rhyfedd, ond un oedd yn ei phlesio am ryw reswm. Caeodd ei llygaid a gweddïo dan ei gwynt: 'Llŷr, duw y dyfroedd, gofala amdanyn nhw.'

Gwyddai Rhiannon mai fel sgwarnogod y byddai eneidiau ei mam a'i nain yn dychwelyd i'r byd hwn, ond ei thad? Efallai mai sgwarnog fyddai yntau hefyd, ond roedd ganddi deimlad mai gŵydd fyddai o. Yn barotach i gega ac i gwyno. Neu gath wyllt o bosib, gan fod y Rhufeiniaid yn ddigon amharchus i fwyta gwyddau. Ond fyddai hi a Heledd ddim yma i gael eu hadnabod beth bynnag. Fyddai neb yma i'w hadnabod. Oni bai fod y rhai bach, Gwion ac Alwen wedi llwyddo i ddianc mewn pryd.

Ochneidiodd yn drwm. Roedd holl seremonïau y diwrnodau a'r wythnosau diwethaf wedi bod yn ofer. Cydiodd yn dynn yn wyneb Taranis gan fwriadu ei rwygo oddi ar y darn lledr a'i daflu. Ond allai hi ddim. Fo oedd ei hoff dduw, ei phrif dduw! Y duw gafodd ei ddewis iddi y diwrnod gafodd hi ei geni. Doedd hi ddim yn gallu gwneud synnwyr o'r hyn oedd *wedi* digwydd, ond byddai Taranis yn siŵr o edrych ar ei hôl hi a Heledd yn y dyddiau a'r blynyddoedd i ddod, siawns? A Gwernhidw, duwies y nentydd a'r afonydd oedd y dduwies gafodd ei dewis ar gyfer Heledd, felly byddai honno'n eu cynorthwyo hefyd, siŵr. Onid oedd ei rhieni a'i nain, a Llŷr a'i theulu a'i chyn-deidiau i gyd yn sefyll wrth ysgwyddau'r duwiau yn yr Arallfyd, yn cadw golwg ar y ddwy ohonyn nhw?

Sylweddolodd fod Heledd yn crio eto. Llusgodd Rhiannon ei hun yn nes ati i roi ei braich amdani a dweud:

'Gwranda, os na chawn ni'n rhyddhau, 'dan ni'n siŵr o fedru dianc cyn bo hir, sti, unwaith byddan nhw wedi gorffen ysbeilio'r ynys. Dim ond i ni fod yn barod i fachu ar y cyfle lleia. Mi fydd y duwiau ac eneidiau'r Derwyddon yn siŵr o ofalu amdanan ni. Ffydd, Heledd, ffydd...'

8

Ar y pumed bore, wedi i'r ddwy orfod helpu i baratoi a rhannu uwd i'r milwyr, roedden nhw'n cario'r llestri budron at y dŵr i'w golchi pan welson nhw hanner dwsin o filwyr diarth yn croesi'r Fenai tuag atyn nhw. Heb wastraffu amser, aeth y criw yn syth at babell fawr y Cadfridog ac o fewn dim, roedd milwyr pwysicaf Suetonius Paulinus, y rhai efo'r helmedau crandiaf, yn brysio i gyfeiriad y babell honno hefyd.

Sylwodd Rhiannon ar y milwyr cyffredin yn sbio ar ei gilydd ac yn dechrau sibrwd a sgwrsio. Doedden nhw'n amlwg ddim wedi disgwyl y criw bach newydd yma.

'Negeswyr?' meddai Heledd.

'Edrych yn debyg. I ddeud bod Orddwig y tir mawr wedi hel byddin fawr ac ar y ffordd yma i ddial am ladd y Derwyddon, gobeithio,' meddai Rhiannon.

'Mi fyddai hynny'n newyddion gwych, rhaid i mi ddeud,' meddai Heledd. 'Ond ni fydd y rhai ola i gael gwybod ynde? Pam yn enw'r duwiau eu bod nhw'n gorfod siarad iaith mor anodd ei dallt?'

Amneidiodd Rhiannon ei phen i gyfeiriad milwr oedd yn chwifio'i freichiau o amgylch ei ben wrth drio trosglwyddo rhywbeth i gostrel.

'Weli di'r boi bach gwallt coch acw?'

'Gwela',' meddai Heledd. 'Be mae o'n neud? Dawnsio?'

'O fath. Dwi'n meddwl mai ein gwenyn mêl ni sy'n trio'i ddysgu o i beidio â dwyn mêl Môn.'

'Poenus.'

'Hynod. Ond, dwi bron yn siŵr ei fod o'n gallu siarad yr un iaith â ni,' meddai Rhiannon.

'O ddifri?'

'Wir i ti. Glywais i o'n bytheirio pan sathrodd un o'r gwartheg ar ei droed o, a doedd o ddim yn Lladin. Swnio'n fwy fel "Y sinach salw! Yr adyn afiach!" i mi. Felly dwi'n amau mai un o lwythi de ynys Prydain ydi o, y Belgae neu'r Regni, rhywun fel'na. Un o'r llwythi llywaeth o leia, achos mae o'n amlwg yn hapus i frwydro dros y Rhufeiniaid rŵan, yn erbyn ei bobl ei hun.'

'Gobeithio bydd 'na gannoedd o wenyn yn ei bigo fo, y cachwr,' chwyrnodd Heledd.

'Mae 'na ddwsinau wrthi ers tro, ddeudwn i. Ond y peth ydi, mae o'n gallu dallt a siarad iaith y Rhufeinwyr, tydi? Mi allai o fod yn ddefnyddiol i ni.'

'Gallai,' cytunodd Heledd. 'Ond dwi'm yn mynd ar ei gyfyl o nes bydd o wedi cael gwared â'r gwenyn blin 'na. Mae eu pigiadau nhw'n chwyddo fel mynyddoedd ac yn brifo am wythnosau yn fy achos i.'

'Mynyddoedd!' piffiodd Rhiannon. Roedd tueddiad ei chwaer i or-ddweud wastad wedi bod yn jôc deuluol.

'Iawn, bryniau, 'ta,' meddai Heledd. 'Ond os cofia i'n iawn, dydyn nhw'n effeithio bron dim arnat ti.'

Roedd hynny'n ddigon gwir. Roedd Rhiannon yn un o'r rhai lwcus nad oedd yn ymateb yn rhy ddrwg i bigiadau gwenyn mêl. Oedd, roedd o'n boenus i ddechrau, ond dim ond fel cael draenen yn ei chnawd. Byddai ei chroen yn cosi a chodi'n binc am chydig, ond yn diflannu wedyn.

'Iawn, wna i weld os ga'i fynd draw ato fo ar ôl i ni orffen y llestri 'ma. Mae Crinc y Chwip yn rhy brysur yn yfed y stwff *vinum* afiach 'na efo'i ffrindiau, yli.'

Roedd y ddwy wedi cael blasu'r hylif rhyfedd fyddai cymaint o'r Rhufeiniaid yn ei yfed, a phawb wedi chwerthin o'u gweld yn gwingo a'i boeri allan. Ond roedd Rhiannon wedi sylwi mai yfed cwrw neu fedd fyddai'r milwr gwalltgoch, ac nid fo oedd yr unig un: byddai'n aml yng nghwmni criw o ddynion tal gyda gwallt a chroen goleuach o dipyn na'r rhai fyddai'n yfed *vinum*. Doedd hi ei hun ddim yn rhy hoff o gwrw chwaith. Llaeth enwyn oedd ei hoff ddiod hi, yr hylif oedd ar ôl wedi corddi ac ysgwyd llefrith i wneud menyn, ond dyna hoff ddiod pob aelod o'r teulu hefyd felly doedd 'na byth ddigon i'w gael. Byddai digonedd o ddŵr ar gael i bawb wrth gwrs, ond roedd hi wedi sylwi bod y Rhufeiniaid yn gyndyn o'i yfed am ryw reswm.

Wrth osod y llestri coginio yn ôl yn y babell fwyd, sgrialodd rhywbeth ar draws troed Rhiannon. Llygoden. Roedd hi'n casáu llygod! Rhoddodd sgrech a gollwng y llestr pridd yn ei dwylo nes ei fod yn deilchion ar lawr. Allai Heledd ddim peidio â chwerthin.

'Ti a dy lygod... dwi'n dal methu credu dy fod ti, o bawb, yr hogan sy'n ofni dim, yn troi'n bwdin pan ti'n gweld llygoden!'

'O, cau hi,' meddai Rhiannon, ei bochau'n fflamgoch. Brysiodd i gasglu'r darnau cyn i un o'r swyddogion roi bonclust iddi. 'Dwi'm yn troi'n bwdin, maen nhw jest yn fy nychryn i am eiliad neu ddwy. Dwi'n iawn rŵan.'

'Ond 'di'r llestr 'na ddim. Ty'd, dyro fo yn y sach yma, nawn ni daflu'r darnau i'r Fenai nes mlaen pan fyddwn ni'n golchi llestri nesa. Y babi dail.'

Wedi esgus rhoi celpen chwareus i'w chwaer, sadiodd Rhiannon ei hun. Roedd ei hofn o lygod wedi bod yn destun cywilydd iddi hi ac yn destun hwyl i'r teulu erioed. Ond roedd y diawliaid yn berwi ar yr ynys. Byddai'r cŵn yn eu dal weithiau ond ddim yn hanner digon aml.

Ymlwybrodd Rhiannon tuag at y milwr gwalltgoch a'i wenyn. Gan fod cyffion am ei fferau o hyd, doedd hi ddim yn gallu symud yn gyflym iawn a dyna pam fod neb i'w gweld yn poeni y byddai'n gallu dianc. Er i ambell filwr edrych arni am eiliad, roedd ganddyn nhw fwy o ddiddordeb yn eu tasgau nag ynddi hi ac mae'n siŵr mai meddwl ei bod am fynd i wneud ei busnes yn rhywle oedd hi.

'Su'ma'i?' meddai wrth y milwr. Cododd hwnnw ei ben o'i grwybr mêl ac edrych yn rhyfedd arni.

'*Ave*,' meddai ar ôl ciledrych ar y milwyr eraill i weld a oedden nhw'n gwrando. Ymdrechodd Rhiannon i beidio â rhowlio ei llygaid, ond allai hi ddim peidio â gofyn:

'Dwyt ti rioed wedi anghofio sut i siarad dy famiaith?'

Gwgodd arni, yna sibrwd:

'Naddo siŵr, ond Lladin 'dan ni gyd fod i'w siarad rŵan. Dyna'r rheol.'

'Wela i,' meddai Rhiannon, gan nodio mymryn ar ei phen. 'Ond gan na fedra i siarad Lladin, mae gen ti esgus dros lacio'r rheol chydig, does?'

'Pam? Be wyt ti isio?'

Roedd o ar flaen ei thafod i ofyn am ymddiheuriad ganddo am ladd cymaint o'i theulu a'i ffrindiau a'r holl Dderwyddon, ond llwyddodd i frathu ei thafod mewn pryd. Calla dawo, meddyliodd. Am rŵan, o leiaf.

'Dim ond isio gwybod be sy'n mynd i ddigwydd i mi a fy chwaer,' atebodd yn ddiniwed i gyd. 'Mae'r boi efo'r chwip yn paldaruo pethau wrthon ni dragwyddol ond tydan ni ddim yn dallt gair, nacdan?'

'Aros funud,' hisiodd y milwr, 'sut oeddet ti'n gwbod mod i'n siarad yr un iaith â thi?'

Cododd Rhiannon ei hysgwyddau. 'Nifer o resymau deud gwir. Mi glywais i ti'n rhegi pan gest ti dy sathru gan un o'r gwartheg. A sylwi ar liw dy wallt di, a bod yn well gen ti gwrw na'r stwff *vinum* afiach 'na.'

'Wela i,' meddai'r milwr gwalltgoch, a sylwodd Rhiannon fod ei wefus yn brwydro i beidio â gwenu. 'Ti'n iawn, mae'n well gen i gwrw. A gwin fydden ni'n galw *vinum* gartre, a na, do'n i ddim yn disgwyl y byddai o wedi cyrraedd y parthau hyn. Mae o acw ers blynyddoedd, ond dyna fo, rydan ni, llwyth y Regni yn nes at Rufain a'r gwledydd poeth lle maen nhw'n creu *vinum*, tydan?'

Cafodd Rhiannon ei themtio i ddweud rhywbeth am dafodau a rhychau tin a bod yn rhy agos o beth coblyn at y Rhufeiniaid, ond penderfynodd beidio.

'Mynd i wneud medd wyt ti?' gofynnodd gan amneidio at y mêl mewn costrel a'r llond llaw o wenyn oedd yn dal i hofran o'i gwmpas.

'Go brin. Y Cadfridog a'i gyfeillion pwysig sy'n tueddu i gadw'r mêl iddyn nhw eu hunain. Maen nhw'n ei licio fo efo'u ffrwythau.'

'Ei gyfeillion pwysig o oedd rheina rŵan?'

'Be? Y rhai ddoth drosodd o'r tir mawr gynnau? Dim clem pwy oedden nhw.'

'Roedd fy chwaer a finna'n meddwl mai negeswyr oedden nhw, yn dod â'r newyddion bod 'na anferth o fyddin o Orddwig blin ar eu ffordd.'

Chwarddodd y milwr. 'Ha! Yn dy freuddwydion, ferch! Nes i'n llwythau ni ddysgu brwydro yn null y Rhufeiniaid, does gynnyn nhw ddim gobaith, dim ots pa mor anferthol y fyddin. A 'dan ni'n ffraeo ymysg ein gilydd ormod i greu byddin o unrhyw faint call, beth bynnag!'

Gallai Rhiannon deimlo ei thalcen yn llosgi a'i bysedd yn cosi. Roedd hi'n ysu am roi dwrn i hwn. Y bradwr dan din. Ar hynny, agorwyd llen pabell fawr Suetonius Paulinus. Cyfarthodd un o'r swyddogion rywbeth mewn llais rhyfeddol o uchel a throdd pob milwr o fewn clyw tuag ato. Camodd Suetonius Paulinus ei hun allan o'r babell a doedd o ddim yn edrych yn hapus. Gwaeddodd yntau am hir, cyn camu'n ôl mewn i'w babell gan roi chwip ddramatig i'w glogyn. Dechreuodd y milwyr symud i bob cyfeiriad yn syth: roedden nhw'n atgoffa Rhiannon o forgrug wedi i rywun godi carreg fawr, to eu cartref, a chwalu eu byd bach trefnus nhw.

Cyn i'r milwr a fu unwaith yn un o lwyth y Regni gael cyfle i fynd â'i fêl i nunlle, trodd Rhiannon ato a gofyn yn dawel ond yn daer:

'Be oedd hynna? Be sy'n digwydd?' Oedodd y milwr am rai eiliadau cyn penderfynu nad oedd pwynt cuddio'r gwirionedd.

''Dan ni'n gadael Môn rŵan – pawb, cyn gynted â phosib, ac yn mynd am y de-ddwyrain, reit i ochr arall Prydain. Mae 'na ryw ddynes wallgo wedi codi byddin yn erbyn Rhufain, ac wedi chwalu'r nawfed lleng, a lladd miloedd.'

Cododd Rhiannon ei llaw at ei chadwen Taranis.

'Dynes wallgo neu ddynes â'r duwiau y tu ôl iddi...?' meddai, wrthi ei hun, yn fwy na dim.

9

Roedd y ddwy chwaer wedi gobeithio y byddai'r Rhufeiniaid yn penderfynu eu gadael ar ôl, ond pwyntio at un o'r cychod wnaeth y Crinc â'r Chwip. Bu'n rhaid iddyn nhw ddringo i mewn dros fasgedi llawn cnydau'r ynys a rhannu'r daith ar draws y Fenai gyda dwsin o ieir, tair gafr, buwch a'i llo, hogyn ifanc nad oedden nhw'n ei nabod – a chwe milwr. Roedd un o'r chwech yn swnian am ryw 'Ffelis' oedd ar goll, ac wedi bod yn gwneud sŵn mewian hurt nes i'r swyddogion gael llond bol arno a'i orchymyn i mewn i'r cwch at y lleill. Roedd pob cwch wedi bod yn croesi'n ôl a mlaen yn gyson nes bod pob trol yn llawn a phob anifail wedi'i glymu'n sownd. Ar wahân i'r 'Ffelis'. Pan oedden nhw draean o'r ffordd drosodd, gwaeddodd y milwr fu'n mewian a phwyntio'n ôl am y traeth. Erbyn craffu, roedd yno anifail du nad oedd Rhiannon na Heledd wedi ei weld o'r blaen. Roedd o'n ddigon tebyg i gath wyllt, ond yn llawer llai a ddim hanner mor flewog, gyda rhywbeth a edrychai fel llygoden yn ei geg. Ond gwrthododd y milwyr droi'n ôl. Byddai'n rhaid i Ffelis aros ym Môn felly. O leiaf byddai digon o lygod i'w fwydo.

Roedd y fyddin ar frys mawr i ddechrau martsio am rywle o'r enw Camulodunum, y dref roedd y 'ddynes wallgo' o lwyth yr Eceni wedi ei llosgi i'r llawr.

Ar y tir mawr, cafodd Rhiannon a Heledd a'r bachgen eu gwthio i mewn i drol, i ganol y basgedi nwyddau a'u clymu'n sownd eto. Wedi i'r utgyrn adael i'r mynyddoedd wybod bod y

Rhufeiniaid ar eu ffordd, herciodd y drol yn ei blaen a chododd y ddwy chwaer eu pennau er mwyn syllu'n ôl dros y Fenai.

'Ti'n meddwl gawn ni ddod yn ôl yma, byth?' meddai Heledd.

'Dibynnu faint fyddwn ni wirioneddol isio dod yn ôl, am wn i.'

Oedodd Heledd i graffu ar y coed, y traethau bychain a'r creigiau lle cafodd ei magu cyn cyhoeddi â chrygni yn ei llais:

'Wel, mi fydda i'n dod nôl, hyd yn oed os fydda i ar fy ngwely angau, yn gorfod cropian ar fy mhedwar, neu fel rhith o'r Arallfyd. Ym Môn mae 'nghalon i a dyna fo.'

'Ond bosib na fyddi di'r un person.'

'Does 'na'm byd yn mynd i fy newid i,' meddai Heledd yn bendant.

Roedd Rhiannon yn gobeithio hynny hefyd; doedd hi ddim am i Heledd na hithau newid o gwbl. Ond gwyddai na fyddai eu bywydau yr un fath o bell ffordd o hyn ymlaen.

Gwyddai nad oedd hawliau gan bobl oedd wedi eu dal fel caethweision. Doedd ei nain ddim yn trin y Wyddeles, ei chaethferch hi, yn rhy ddrwg. Wel, ar wahân i roi celpen iddi weithiau a gwerthu ei phlentyn i rywun o'r tir mawr. Ia... efallai nad oedd hynny'n deg iawn. Dim rhyfedd nad oedd y greadures byth yn gwenu.

Ond dim ond talu'n ôl oedden nhw. Nid yn unig oherwydd yr hyn wnaeth Matholwch, brenin Iwerddon i Branwen a Bendigeidfran, ond hefyd am fod Gwyddelod yn dal i fachu pobl o Fôn, eu cludo'n ôl i Iwerddon a'u gorfodi i weithio'n greulon o galed.

'O fore gwyn tan nos!' meddai un gŵr ifanc gafodd ei ddal yn pysgota ar draeth Crigyll flynyddoedd yn ôl. 'Yn gneud

y gwaith doedd y Gwyddelod eu hunain ddim isio'i neud.'
Anwybyddodd y lleisiau a ddywedai wrtho mai dyna oedd hanes unrhyw gaethwas. 'Roeddan ni'n gorfod cario a gosod cerrig trymion yn y glaw a'r oerfel; a gneud gwaith drewllyd, budur fel hel baw a thail i domen a'i wasgaru dros y caeau pan oedd o wedi pydru ac yn drewi hyd yn oed yn waeth a gorfod ei gario efo'n dwylo a'i stwnsio i mewn efo'n traed noeth, achos fydden nhw byth yn rhoi rhawiau i gaethweision – rhag ofn.'

Er bod y gŵr ifanc hwnnw yn denau a gwan wedi blynyddoedd o waith caled ar 'chydig iawn o fwyd, llwyddodd i ddianc drwy ddwyn cwch pysgota – a llewygu pan gyrhaeddodd arfordir Môn. Un o fodrybedd Rhiannon ddaeth o hyd iddo ar y traeth a chael pedwar o blant iach efo fo ymhen amser. Go brin bod yr un ohonyn nhw'n fyw bellach chwaith, meddyliodd Rhiannon yn chwerw.

Dyna pryd sylwodd hi ar y dagrau yn llifo i lawr wyneb ei chwaer fach. Oherwydd y rhaffau a'r holl nwyddau, allai hi mo'i chofleidio na hyd yn oed bwyso ei phen ar ei hysgwydd. Bu'n rhaid iddi fodloni ar chwythu'n ysgafn ar ei gwallt, yn union fel y byddai'n gwneud i Gwion ac Alwen er mwyn eu suo i gysgu weithiau. Roedd cofio am y ddau fach fel dwrn yn ei stumog. Ond roedd rhywbeth yn dweud wrthi eu bod wedi llwyddo i ddianc mewn pryd. Ai ei chweched synnwyr neu dim ond gobaith oedd yn gyfrifol am y teimlad hwnnw? Doedd hi ddim yn siŵr. Ceisiodd reoli ei hawydd i udo.

'Mi fyddan ni'n iawn, sti. Dim ond i ni gadw'n pennau,' meddai.

'Ia, wel, does 'na'm sicrwydd o hynny chwaith, nag oes?' meddai Heledd, gan amneidio dros ysgwydd Rhiannon. Cododd hithau a throi – i weld pen gwaedlyd wedi ei osod ar bolyn. Pen gyda helmed Rufeinig. Roedd rhywun yn amlwg wedi clywed beth ddigwyddodd i'r Derwyddon a doedden nhw ddim yn hapus. Ond doedd y milwyr ddim yn hapus o gwbl i weld pen un ohonyn nhw yn pydru ar bolyn. Carlamodd dau filwr draw a thynnu'r pen i ffwrdd yn ofalus a'i roi mewn sach. Byddai'n cael ei gladdu gyda hyn mae'n debyg.

'Dwi byth isio dod yn ôl yma,' meddai'r hogyn ifanc oedd yn y drol efo nhw yn sydyn. Doedd o ddim wedi dweud gair o'i ben tan hynny ac edrychodd y ddwy arno'n hurt. Sylwodd Rhiannon fod ei lygaid yr un lliw â llygaid Gwion, ei brawd bach, yn wyrddlas trawiadol, fel cymaint o rannau o'r Fenai. 'Dwi ddim isio cofio be wnaethon nhw,' eglurodd y bachgen, 'ac os fydda i'n dod yn ôl yma, mi fydda i'n cofio.'

'Digon teg,' meddai Rhiannon, cyn gofyn: 'Be ydi dy enw di? Dwi ddim yn dy nabod di.'

'Cynyr,' meddai. 'O Ddin Lligwy. Ddim yn bell o'r gwaith efydd yn y gogledd.'

'Sut gest ti dy ddal?'

'Yn trio helpu nhad. Roedden nhw'n trio mynd â'n gwenith ni – a dwi'n amau'n gry mai dyna be dach chi'n eistedd arno fo rŵan,' ychwanegodd Cynyr yn swta. Edrychodd y ddwy ar y basgedi oddi tanynt a theimlo hyd yn oed yn fwy anghyffordddus.

'Gafodd dy dad ei ladd?' holodd Heledd.

'Roedd o ar ei liniau yn waed i gyd ac roedd un ohonyn nhw ar fin torri ei ben o i ffwrdd, ond wedyn nath yr un pwysica'r olwg ddeud rhywbeth a phwyntio ata i. Ro'n i wedi bod yn gweiddi fel mochyn gwyllt a chwifio gordd o gwmpas i'w cadw nhw draw. Mi wnes i ddallt yn y diwedd eu bod nhw'n cynnig gadael i Dad fyw taswn i'n rhoi'r ordd i lawr ac yn mynd efo nhw. Mi wnaethon nhw sbio ar fy chwaer i hefyd, ond mae ei braich chwith hi'n ddiffrwyth felly doedden nhw mo'i hisio hi.'

Edrychodd y ddwy arno'n fwy manwl. Hogyn cryf yr olwg, gyda gwallt hir, brown tywyll a llygaid trawiadol. Wyneb ifanc gyda thrwyn main, taclus a dim golwg o flewiach yn tyfu ar ei wyneb eto. Rhyw aeaf neu ddau yn iau na Heledd, efallai.

'Felly ni ydi'r caethweision delfrydol,' meddai Rhiannon. 'Ifanc, iach a chry a blynyddoedd o waith ynon ni.'

'Caethweision?' gofynnodd Cynyr, ei lygaid gwyrddlas yn fflachio. 'Dyna fyddwn ni?'

'Ia siŵr,' meddai Heledd. 'Pam? Be oedd gen ti mewn golwg? Cael dy neud yn filwr Rhufeinig?' Roedd hi'n amlwg o'r ffordd suddodd ysgwyddau'r hogyn bod Heledd wedi taro'r hoelen ar ei phen.

'Isio gallu lladd llwythi ohonyn nhw yn eu cwsg o'n i,' meddai'n flin.

'Paid â phoeni,' meddai Rhiannon wrtho, "dan ni mor ifanc, iach a chry, mi fyddan ni'n tri wedi dianc cyn bo hir ac ar ein ffordd yn ôl adra.' Wnaeth y ddau arall ifanc, iach a chry ddim hyd yn oed trafferthu codi eu pennau i edrych arni.

Roedd Suetonius Paulinus yn flin. Roedd o wedi gadael lleng gyfan, y Legio IX Hispana, ar ôl i ofalu am diroedd yr Eceni a'r Trinovantes tra byddai o'n cael trefn ar y derwyddon. Lleng y 9fed! Yn enwog am gynorthwyo i chwalu'r cnaf Caractacus 'na ddeng mlynedd ynghynt a rhoi stop ar wrthryfela'r Brigantes. Doedd neb wedi clywed smic o brotest gan y rheiny ers hynny. Ond roedd y negeswyr wedi taeru wrtho bod dynes – DYNES! – wedi arwain byddin o Brydeinwyr i ymosod ar Camulodunum, prif ddinas Rhufain ym Mhrydain. A'i bod hi wedi chwalu'r dref yn rhacs a lladd ac arteithio pawb welson nhw yno, a phan frysiodd Lleng y 9fed yno i amddiffyn y lle, roedden nhw, hefyd, wedi cael eu chwalu. Lleng gyfan! Dim ond y cafalri oedd wedi llwyddo i ddianc. Roedd y peth yn hurt, yn warth. A rŵan, roedd o, Suetonius wedi gorfod gadael ei waith ym Mona ar ei hanner; dim cyfle i weld faint o aur a mwynau gwerthfawr oedd yno, a doedden nhw ddim wedi cael cyfle i chwilio'n iawn am dderwyddon oedd wedi dianc – ond roedd o'n eithaf siŵr eu bod wedi cael y rhan fwyaf, yn cynnwys y prif rai. Na, roedd hi'n amlwg mai dim ond y fo oedd â'r gallu i gael trefn ar yr Eceni a'r Trinovantes eto. Iechyd, roedd isio gras.

O leiaf roedden nhw wedi gallu casglu tipyn o fwyd yr ynys a llond llaw o gaethweision. Byddai'r addurniadau aur oedd am yddfau a breichiau rhai o'r derwyddon a'u gwrachod yn help mawr i'r coffrau hefyd. Roedd hi'n amlwg bod digonedd o aur yn y creigiau yng nghyffiniau'r rhan yma o Brydain ac roedd o wedi bwriadu cael chwilio'n hamddenol amdano, ond na, roedd gwendidau ei swyddogion dwl wedi rhoi stop ar hynny, damia nhw.

Byddai ei filwyr wedi blino erbyn cyrraedd Camulodunum, ond roedd angen brysio, cyn i'r ddynes wirion 'ma – Budica ddwedon nhw? Allai o ddim cofio'n iawn, ond rhywbeth tebyg i hynna – gwraig Prasutagus beth bynnag – roedd angen dal y sguthan cyn iddi ymosod ar drefi eraill, tawel, gwaraidd a Rhufeinig.

'Dwedwch wrtha i eto pam ei bod hi wedi codi byddin yn ein herbyn ni yn y lle cynta?' meddai wrth y negesydd oedd agosaf ato. 'Wnaethon ni adael i Prasutagus gadw ei statws fel arweinydd yr Eceni, yn do, ac roedden nhw wedi bod yn dawel ac ufudd ers blynyddoedd.'

'Wel...' atebodd Cassius y negesydd yn nerfus, 'pan fu farw

Prasutagus, roedd o a'i bobl wedi meddwl ei fod o a ni wedi cytuno y byddai hanner ei deyrnas yn mynd i ni, a'r hanner arall i'w ddwy ferch a'i wraig o, Boudica.'

'Does gen i ddim cof o gytuno i hynna,' meddai Suetonius. 'Ac efallai fod y Brythoniaid yn hapus i ferched eu harwain nhw, ond doedd gen i ddim bwriad o adael i unrhyw ferch fod yn "frenhines". Roedd hi'n haerllug yn disgwyl hynny ac mae'n hen bryd i'r Brythoniaid 'ma ddysgu eu gwragedd i fod yn ferched go iawn, yn dawel ac ufudd, fel rhai Rhufain.'

'Wel, dwi'n meddwl ei bod hi a'r Eceni yn anhapus pan gollon nhw eu tir a'u ffermydd, yn enwedig pan godwyd y trethi.'

'Dwi'n gwybod hynny,' meddai Suetonius yn ddiamynedd, 'ges i wybod ei bod hi a'i merched yn gwrthod y telerau ac isio 'ngweld i, felly mi wnes i ddeud wrth Catus Decianus, y dyn gododd y trethi'n y lle cynta, i ddysgu gwers iddyn nhw.'

'Mae arna i ofn i'r wers honno fod fymryn bach yn... wel... yn rhy lawdrwm i rai,' meddai Cassius.

'Pam? Be wnaeth Catus iddyn nhw'n union?' gofynnodd Suetonius, gan gofio'n sydyn nad oedd Catus yn un o'r doethaf ymysg dynion.

'Cafodd Boudica ei chwipio o flaen torf, tra roedd rhai o'r milwyr yn... ym... cam-drin ei merched hi.'

'Cam-drin? Ambell slap neu fonclust, ti'n feddwl?'

Ysgydwodd Cassius ei ben. 'Fymryn mwy na hynny mae arna i ofn.'

'Be? Wnaethon nhw eu treisio nhw?'

Nodiodd Cassius. 'O flaen pawb – a'u mam.'

'O. Wela i,' meddai Suetonius yn araf, cyn sythu'n sydyn a chyhoeddi: 'Ond na, mae'r Brythoniaid ar gefnau ei gilydd drwy'r amser, tydyn? Roedd y ddwy wedi hen arfer dwi'n siŵr.'

Oedodd Cassius cyn ateb. Yna:

'Na, merched ifanc oedden nhw, a'r un o'r ddwy wedi cael ei chyffwrdd gan ddyn mae'n debyg. Ddim tan hynny.'

Tro Suetonius oedd hi i oedi cyn ymateb.

'O. Dwi'n gweld. Felly wnaeth hynna ddim plesio.' Ysgydwodd Cassius ei ben. 'A dyna pam a sut lwyddodd Boudica i hel byddin o 120,000 i godi yn ein herbyn ni.'

Nodiodd Cassius ac ochneidiodd Suetonius.

'Iawn, roedd hynna'n anffodus, ond *alea iacta est*, mae'n rhy hwyr i droi'n ôl. Mae'r Boudica 'ma'n mynd i ddysgu mai gwrthryfela yn erbyn Rhufain oedd y syniad gwiriona gafodd hi erioed.'

Penderfynodd fod angen iddo fo, y cafalri a charfan o'i filwyr cryfaf a chyflymaf adael gweddill y fyddin a brysio yn eu blaenau. Bydden nhw'n llawer cynt felly, a gallent gasglu mwy o filwyr yn Venonis neu Verulamium ar y ffordd. Gallent hyd yn oed droi'n ôl i aros am y gweddill os oedd byddin y ddynes 'ma'n rhy fawr. Meddwl craff, gofalus oedd ei angen i reoli pobl, yn enwedig anwariaid fel y rhain.

10

Roedd yn deimlad od gweld bron i chwarter y fyddin yn carlamu a throtian i ffwrdd, yn sŵn utgyrn a charnau a'r hoelion dan sandalau'r milwyr yn taro'r cerrig yn gyflymach nag arfer. Roedden nhw wedi diflannu dros y gorwel o fewn dim, gan adael dim ond cymylau o lwch. I chwilio am y ddynes wallgo, wych 'ma, meddyliodd Rhiannon. Da iawn hi, a gobeithio bydd ei henw yn cael ei ganu a'i glodfori am flynyddoedd lawer – be bynnag ydi ei henw hi.

Daliodd y gweddill ati i symud ymlaen ar y cyflymdra arferol, olwynion y troliau yn gwichian i gyfeiliant carnau'r ychen a thramp y traed. Pan fydden nhw'n pasio heibio pentref neu gasgliadau o dai, byddai'r oedolion yn cilio i'r cysgodion a dim ond cŵn, gwyddau a phlant bychain fyddai'n aros i'w cyfarch neu i gyfarth arnyn nhw. Byddai ambell blentyn dewr yn taflu carreg at y milwyr, ond ar wahân i roi chwyrniad isel neu edrychiad hyll i'r taflwr, dal i fynd fyddai'r milwyr.

Rhyfeddai Rhiannon at eu disgyblaeth. Pan fyddai trol yn mynd yn sownd mewn ffos, neu olwyn yn bygwth dod i ffwrdd, byddai wyth milwr yno'n syth, yn gweithio'n dawel, sydyn ac effeithiol heb gega na ffraeo a byddai'r drol yn ôl ar y llwybr o fewn dim.

Yn rheolaidd, byddai Dyn y Chwip yn gwneud i'r tri Monwysyn gerdded tu ôl i'r drol. Un ar y tro yn unig a rhaff wedi ei chlymu rhyngddyn nhw a chefn y drol. Byddai'n pwyntio at eu coesau a gwasgu cyhyrau eu breichiau gan chwerthin.

'Ydi o'n trio deud bod angen i ni gadw'n heini er mwyn bod yn gaethweision?' gofynnodd Cynyr, wrth ddringo dros ochr y drol eto fyth.

'Siŵr o fod,' meddai Rhiannon. 'Tydi caethwas gwan yn dda i ddim i neb, nacdi?'

'Ond 'dan ni'n gneud ein siâr o gario dŵr a choed tân a golchi eu llestri nhw bob tro 'dan ni'n stopio...' chwyrnodd Heledd.

'Wel, chwarae teg,' meddai Rhiannon, 'mae'r rhan fwya ohonyn nhw wedi gorfod cerdded drwy'r dydd a chario'u hoffer i gyd ar y polion 'na ar eu hysgwyddau. I feddwl mai ni ydi'r caethweision, mae hi'n haws arnan ni!'

'Mae gynnyn nhw rai eraill mewn trol yn nes at y cefn,' meddai Cynyr. 'Ond maen nhw'n eu cuddio nhw.'

Edrychodd y ddwy chwaer arno gyda diddordeb. Doedden nhw ddim wedi sylwi.

'Be? Caethweision eraill, ti'n feddwl?' gofynnodd Rhiannon.

'Wel, dwi'm wedi eu gweld nhw'n gorfod gweithio, ond maen nhw'n garcharorion. Mae'n rhaid eu bod nhw'n fwy peryglus na ni'n tri.'

Y noson honno, wrth gario dŵr, ceisiodd Rhiannon 'grwydro' yn agos at y troliau oedd â tho drostyn nhw, gan esgus mai mynd i roi sylw i'r ychen oedd hi. Gwyddai mai bwydiach oedd angen ei gadw'n sych oedd yn y ddwy drol gyntaf, fel ceirch, ŷd a blawd, ond roedd 'na filwr yn gwarchod y drydedd. Tybed? Penderfynodd chwibanu tiwn oedd yn gyfarwydd i bob Orddwig wrth iddi gerdded yn araf heibio, sef 'Mawlgan Taranis'. O fewn eiliadau, gallai glywed rhywun yn chwibanu'r un diwn o du mewn y drol. Cafodd ei themtio i ddweud neu sibrwd rhywbeth, ond chwyrnodd y milwr arni a gweiddi rhywbeth fel '*Abstinete!*' yn Lladin. Roedd hi'n cymryd mai 'cadwa draw' oedd hynny, felly plygodd ei phen gan ddweud '*Doleo*' gan ei bod yn gwybod bellach mai 'Mae'n ddrwg gen i' oedd ystyr hynny a brysio i ffwrdd cyn i'r milwr ei rhoi hithau yng nghefn y drol.

'Felly maen nhw'n un ohonon ni,' meddai Heledd pan gafodd glywed yr hanes.

'Un, efallai fwy,' meddai Rhiannon.

'Ond pwy?' meddai Cynyr. 'Pwy sy mor beryglus neu mor bwysig fel nad oes neb yn cael eu gweld nhw?'

Daeth yr ateb ddeuddydd yn ddiweddarach.

Roedden nhw newydd gyrraedd Llundain, tref farchnad oedd yn llawn o bobl yn gwerthu bob dim dan haul, yn cynnwys defnyddiau hardd, lliwgar a ffrwythau a llysiau na welwyd erioed eu tebyg ym Môn. Ffrwythau caled, crwn fel peli, rhai'n wyrdd a rhai'n goch; llysiau hirion, yr un siâp â phibonwy, dim ond bod rhain yn felyn neu'n biws a llysiau mawr crwn oedd yn biws a gwyn ar y tu allan ond yn wyn y tu mewn. Nwyddau wedi dod o Rufain mae'n rhaid, a hynny yn y llongau oedd wedi eu hangori ar lannau'r afon o'u blaenau. Llongau hardd, gyda hwyliau mawr ac ugeiniau o rwyfau hirion.

Glafoeriodd y tri wrth i aroglau gwahanol fwydydd nofio tuag atyn nhw: bara'n syth o bopty clai, cigoedd yn diferu dros dân, cawl llysiau a pherlysiau cyfarwydd a diarth. Roedd nifer o'r milwyr yn prynu a blasu, cnoi a llowcio yn werthfawrogol, ond doedd hi ddim yn edrych fel petae neb yn mynd i fwydo'r caethion mewn cadwyni yng nghefn y drol.

Gwelsant ddau ddyn ar gefn ceffylau hardd yn cyfarch Crinc y Chwip, ac wedi sgwrs fer gydag o, trodd llygaid y dynion atyn nhw ill tri. Gallai Rhiannon eu teimlo yn astudio pob darn ohoni, yn ei barnu fel bustach neu ddafad.

'Isio prynu caethweision maen nhw, ti'n meddwl?' meddai Heledd drwy ei dannedd.

'Edrych felly. Maen nhw'n gneud yn go dda hefyd yn ôl y graen sydd arnyn nhw,' meddai Rhiannon. Roedd y ddau yn amlwg yn cael digon o fwyd ac yn gallu fforddio prynu dillad a thlysau nad oedd y criw ifanc wedi gweld eu tebyg ym Môn.

'Os fydd un ohonyn nhw'n meiddio sbio sut ddannedd sydd gen i, mi gollith o hanner ei fysedd,' chwyrnodd Cynyr heb dynnu ei lygaid oddi arnyn nhw.

'Paid ti â meiddio,' meddai Rhiannon. 'Ddim os ti isio byw.'

Ac yna, roedd Dyn y Chwip wedi eu hanner annog, eu hanner llusgo allan o'r drol ac roedd y dynion diarth yn sefyll o'u blaenau.

'Wel, tynnwch amdanach, does gynnon ni ddim drwy'r dydd,' meddai'r un hynaf ohonynt mewn acen ryfedd.

Edrychodd Rhiannon a Heledd ar ei gilydd. Roedden nhw wedi hen arfer bod yn noeth. Fel yna oedd stad naturiol pobl; fel'na roedden nhw wedi dod mewn i'r byd. Byddai eu teulu a'u cyfeillion yn aml yn noeth yng nghwmni ei gilydd, er mwyn pysgota, neu er mwyn gwneud gwaith arbennig o fudr a gwaedlyd fel blingo a thorri corff bustach. Er mwyn ymladd hefyd: roedd nifer fawr o'r dynion fu'n brwydro yn erbyn dynion Suetonius ym Môn yn noeth, a'r gweddill yn hanner noeth. Rhywbeth i'w cadw'n sych a chynnes oedd dillad, ond er mwyn edrych yn hardd hefyd. Ac i ferched, er mwyn cuddio eu cyrff rhag llygaid dynion oedd yn cael trafferth rheoli eu nwydau.

'Pam?' gofynnodd Cynyr. 'Pam dach chi isio i ni dynnu'n dillad?'

Crechwenodd y dynion.

'Os oes raid i ti gael gwbod,' meddai'r hynaf, 'i ni gael gweld be'n union fyddwn ni'n ei brynu. Rhag ofn bod gynnoch chi ryw hen glwy afiach, neu'n cuddio rhyw wendid neu'i gilydd dan y dillad 'na. Rŵan, dowch 'laen, *festinate!*' ychwanegodd yn ddiamynedd.

Deallodd Dyn y Chwip ei fod yn flin a chamodd yn ei flaen gyda'i chwip ledr gan sgyrnygu i wneud yn siŵr bod y Brythoniaid dwl yn ei ddeall o.

Tynnodd y tri eu dillad. A throi yn eu hunfan yn araf pan ofynnodd y prynwyr caethweision iddyn nhw wneud hynny. Gallent weld y bobl oedd yn cerdded heibio yn edrych arnyn nhw – rhai gyda diddordeb, eraill heb ddim diddordeb o gwbl. Roedd y rheiny'n amlwg wedi gweld digonedd o gaethweision noeth.

Roedd ganddyn nhw eu siâr o greithiau, ond dim byd rhy frawychus ac roedd eu croen a'u dannedd yn iach, diolch i'r amrywiaeth o fwyd oedd i'w gael ar Ynys Môn, o bysgod a chig a wyau i wenith a ffa, a'r mafon a'r egroes a'r mefus bychain a chnau a dyfai'n wyllt yn eu tymor. Gwyddai Rhiannon fod ei chorff hi a'i chwaer yn iach a chryf, ac ie, yn hardd hefyd. Ac roedd hi'n amlwg y byddai Cynyr yn tyfu'n ddyn gwerth ei halen. Doedd o'n sicr ddim yn blentyn bellach.

Siaradodd y ddau ddyn â'i gilydd yn gyflym mewn iaith ddieithr; nid Lladin, ond doedd hi'n ddim byd tebyg i iaith yr Orddwig chwaith. Yna, wedi nodio a throi'n ôl at Ddyn y Chwip, bu cryn drafod ac ysgwyd pennau a thrafod eto, ac eto, nes iddyn nhw ysgwyd dwylo, ac yna gwenu'n fodlon wrth i Ddyn y Chwip dderbyn darnau arian yn ei law.

'Be sy'n digwydd?' gofynnodd Heledd i'w chwaer, wrth wisgo amdani eto. 'Ydyn nhw wedi'n prynu ni?'

'Gawn ni weld rŵan.'

Daeth y dynion atyn nhw.

'Dach chi lwcus,' meddai'r dyn iau mewn acen fymryn yn fwy chwithig na'i gyfaill. ''Dan ni cadw chi gyd efo gilydd. Dach chi dod efo ni dros môr.'

Dros y môr. Brathodd Rhiannon yn galed ar ei gwefus. Byddai gymaint yn fwy anodd dianc os fydden nhw wedi croesi môr cyfan.

'I ble? Rhufain?' gofynnodd Cynyr.

'Ha. Hogyn trwyn mawr! Aros i gweld.'

'Ond mi fydda i'n aros am hir i weld os 'dan ni'n mynd yr holl ffordd i Rufain! Mae'n bell, tydi?'

'Pell iawn. Bydd ti wedi tyfu... ym... *barbe*?'

'Dwi'm yn dallt,' meddai Cynyr.

'Trio deud mae fy nghyfaill,' meddai'r un mwy rhugl, 'bod Rhufain mor bell, byddi di wedi tyfu barf – *barbe* – erbyn i ti gyrraedd.'

'Iechyd! Go iawn?'

'Na. Dwi'n tynnu trwyn ti,' meddai'r un iau cyn piffian chwerthin yn uchel.

'Mae'r Rhufeiniaid yn deud eich bod chi'n ymladdwyr eitha da,' meddai'r un hŷn. 'Ond rydan ni hefyd, felly peidiwch â meiddio – peidiwch â meddwl – codi twrw gyda ni.'

'Iawn?' gofynnodd yr un iau, gan roi proc gas i Rhiannon yn ei hasennau gyda ffon hir.

'Iawn,' chwyrnodd hi pan gafodd ei gwynt yn ôl.

'A ti,' meddai'r dyn gan chwipio Heledd ar ei phen ôl gyda'r ffon, yna Cynyr dros gefn ei ben.

'Iawn!' meddai'r tri.

Edrychodd y dyn hynaf o'i gwmpas a throi at Ddyn y Chwip. Holi am fwy o gaethweision oedd o. Oedodd hwnnw cyn dweud dim, yna sibrwd yn ei glust ac amneidio at y drol oedd yn cynnwys y llais oedd wedi chwibanu 'Mawlgan Taranis'. Doedd Rhiannon na'r ddau arall wedi llwyddo i fynd yn agos at y drol ers hynny. Cododd y prynwr caethweision ei aeliau gyda diddordeb. Dweud rhywbeth am 'Roma' wnaeth Dyn y Chwip, a chwerthin.

'Felly 'dan ni gyd yn mynd i Rufain,' meddai Rhiannon, wrth i'r dynion fynd at stondin i ddathlu'r gwerthiant drwy yfed gwin.

'Alla i ddim credu mod i wedi cael fy mhrynu. Fy mhrynu!' ochneidiodd Heledd â dagrau yn ei llygaid.

Roedd Rhiannon ar fin rhoi braich am ysgwyddau ei chwaer fach pan sylwodd ar y milwr gwalltgoch yn gwibio heibio, fel petae'n chwilio am rywbeth.

'Hei! Wedi colli dy wenyn wyt ti?' galwodd arno.

'Ha, naddo. Chwilio am ffrwythau ydw i – aha! Dyma ni – afalau,' meddai, gan fyseddu'r ffrwythau crynion, caled. 'Dwi wedi cael blas ar rhain, rhaid i mi ddeud. Torri syched yn dda hefyd. Rydan ni wedi plannu cannoedd ohonyn nhw yn y de.' Prynodd hanner dwsin a'u rhoi yn ei sach, yna codi ei law arnyn nhw.

'Fyddan nhw'n dy helpu di yn erbyn y ddynes 'ma?' galwodd Rhiannon. 'Yr un sy wedi chwalu Camulodunum?'

'Fydd be yn fy helpu i?' gofynnodd y milwr yn ddryslyd.

'Yr afalau 'na. Oes 'na ryw hud ynddyn nhw fydd yn eich helpu chi i ymladd yn ei herbyn hi?'

'Y? Ddim hyd y gwn i. P'un bynnag, mae'r Eceni wedi plannu llwyth o goed afalau hefyd.'

'Ond mynd i ymosod ar yr Eceni ydach chi rŵan, yn de? Dy gymdogion di?' meddai Rhiannon, gan ei wylio'n ofalus.

'Mi wnaethon nhw wrthryfela. Mynd nôl ar eu gair – a lladd pawb, hyd yn oed y plant. Mae angen dysgu gwers i Buddug unwaith ac am byth.'

'Buddug?' meddai Heledd, heb ddiferyn o ddagrau yn ei llygaid bellach. 'Dyna ei henw hi, ia? A lle mae hi rŵan?'

'Be wn i? Ar y ffordd yma i Lundain o bosib. 'Dan ni'n aros i glywed. Mae 'na griw bychan ar geffylau wedi mynd i weld be welan nhw.'

'O? A faint o fyddin sydd ganddi?' gofynnodd Rhiannon.

Roedd y milwr wedi clywed ei bod wedi casglu byddin eithaf mawr at ei gilydd, ond doedd hynny ddim yn ei boeni gan fod y Rhufeiniaid yn gallu curo unrhyw un.

'Ac mae'r duw Mawrth, wel, Mars, yn gofalu amdanon ni,' ychwanegodd.

'Be? Wyt ti'n dilyn eu duwiau nhw rŵan?' meddai Cynyr, prin yn gallu credu ei glustiau. 'Be am Taranis a Cernunnos a–'

Torrodd y milwr ar ei draws: 'Mae'n amlwg bod Mars yn gryfach. A dydi Taranis na'r un o'ch hen dduwiau chi wedi gneud dim i achub y derwydd sy'n y drol acw, naddo?'

Rhythodd y tri arno'n fud. Derwydd?

'Aros, ro'n i'n meddwl eich bod chi wedi lladd y Derwyddon i gyd?' meddai Rhiannon, ei stumog yn corddi.

'Roedd Suetonius isio cadw hwn er mwyn mynd â fo i Rufain i'w ddangos i Nero,' meddai'r milwr, cyn troi'n sydyn o glywed utgorn yn galw arno. 'Mae'n rhaid i mi fynd,' meddai. 'Mwynhewch eich hunain yn Rhufain. Bosib wela'i chi yno ryw dro, dwi wastad wedi bod isio gweld y lle, mae o i fod yn rhyfeddol. *Valete* – hwyl.'

Roedd y tri'n dal i rythu'n fud ar ei gilydd pan garlamodd milwr arall i fyny a gweiddi rhywbeth wnaeth i'r bobl o'u cwmpas sgrechian a gwichian a dechrau rhedeg mewn cylchoedd. Neu felly roedd hi'n edrych. Wedi clecio eu gwin yn sydyn, brysiodd y ddau ddyn oedd wedi eu prynu tuag atyn nhw.

'Be sy'n digwydd?' gofynnodd Heledd. 'Pam bod–'

'Brysiwch!' cyfarthodd yr un hynaf. 'Mae pawb yn gorfod gadael Llundain ar frys!'

'Pam? Pwy sy'n deud?' gofynnodd Cynyr.

'Suetonius Paulinus! Mae Buddug a'i byddin ar eu ffordd, ac mae'n fyddin anferthol ac maen nhw'n lladd pawb maen nhw'n eu gweld!'

11

Roedd Damos a Tasco y masnachwyr caethweision mewn penbleth. Os oedd byddin Buddug ar ei ffordd i Lundain, roedden angen iddyn nhw adael y ddinas cyn gyflymed â phosib, ond roedd coesau tri o'u caethweision mewn gefynnau, a'r llall, yr un pwysicaf, mewn caets – ar drol. Roedd trol yn cael ei thynnu gan ychen yn mynd i'w harafu. Edrychodd y ddau ar ei gilydd.

'Wn i,' gwenodd Heledd. 'Rhag ein bod ni'n eich cadw chi, gewch chi'n gadael ni yma, ylwch.' Doedd hi ddim yn disgwyl yr ymateb gafodd hi. Doedd neb wedi ei tharo efo cefn llaw dros ei hwyneb fel yna o'r blaen. Oedd, roedd hi wedi cael sawl pelten galed wrth ymarfer ymladd, a mwy nag un gan y milwyr ymosododd ar Fôn, ond ymladd oedd hynny, pan oedd rhywun yn barod i dderbyn a rhoi. Mae cael pelten filain, annisgwyl – am ddim rheswm o gwbl – yn deimlad cwbl wahanol. Roedd tu mewn ei phen yn dal i ganu a chroen ei boch yn llosgi. Ac roedd hi'n berwi, yn ysu am gael rhoi pelten yn ôl i'r snichyn tal.

'Dysga gau dy geg!' chwyrnodd Damos. 'Ni sydd pia ti rŵan cofia! 'Dan ni wedi talu pres da amdanach chi a dach chi'ch tri'n dod efo ni! Tasco!' Dywedodd rhywbeth wrth y dyn arall, yn eu hiaith eu hunain ac aeth hwnnw at yrrwr y drol, dyn digon clên o'r enw Albus.

Un ai doedd dim digon o le iddyn nhw i gyd yn y cefn, neu doedd o ddim isio eu rhoi nhw yno, ond mynnu eu bod yn gwasgu i fyny ar y blaen gydag o wnaeth Albus.

O fewn dim, roedd y drol a'r ychen yn rhowlio drwy gymylau o lwch ar ôl Damos a Tasco ar eu ceffylau. Rhedai pobl, plant ac anifeiliaid wrth eu hochrau ac o'u blaenau ac ar draws ei gilydd. Galwai mamau enwau eu plant, galwai plant am eu mamau, sgrechiai ambell un ar ôl baglu a disgyn a chael eu sathru gan eraill oedd ar ormod o frys i'w helpu. Roedd pawb wedi clywed beth ddigwyddodd i drigolion Camulodunum, boed yn Rhufeiniaid neu'n Frythoniaid, a byddai'r ddynes wyllt, wallgo yma'n siŵr o wneud yr un peth i drigolion Llundain.

Wedi rhyw ugain munud o lwch a sŵn ofn, traed a charnau, 'Mae'r milwyr yn rhedeg i ffwrdd!' gwaeddodd rhywun. Er gwaethaf eu brys, trodd y rhan fwyaf i weld y baneri – y *signum* gyda'i ddisgiau crynion, yr *aquila* gydag eryr aur ar ei ben a'r *vexillum*, y sgwaryn o faner goch – yn amlwg uwch ben y llwch wrth i'r cafalri symud tua'r gogledd-orllewin, ar hyd yr hen, hen lwybr a arweiniai yn ôl at Ynys Môn.

'Wel, y bradwyr!' meddai mwy nag un.

'Y cachwrs!' gwaeddodd eraill.

'Mae hi ar ben arnan ni...' wylodd nifer.

'Mynd i gyfarfod gweddill y fyddin maen nhw, siŵr!' meddai un oedd â mwy o ffydd.

Ond doedd y tri o Fôn ddim yn deall Lladin eto, felly y cwbl allen nhw ei weld oedd bod byddin Buddug wedi codi ofn gwirioneddol ar y Rhufeiniaid. Roedden nhw wir eisiau gweld y fyddin honno'n ymosod ar Lundain, a wir eisiau gweld Buddug yn eu harwain.

'Arwres,' meddyliodd Rhiannon.

Ond doedd y dorf yn sicr ddim eisiau gweld Buddug, felly cyflymu eu camau wnaeth pawb a rhedeg a baglu am eu bywydau gyda'r ychydig eiddo roedden nhw'n gallu ei gario.

Roedd rhai yn ddigon cefnog i fedru defnyddio'u caethweision i gario'r nwyddau trymaf wrth gwrs.

Ar ôl awr arall o deithio, penderfynodd Damos oedi. Roedden nhw'n ddigon pell o grafangau Buddug a'i byddin bellach ac roedd yr ychen angen hoe a dŵr ar ôl symud yn gyflymach nag arfer, felly arweiniodd ei griw at lan afon. Tra roedd Cynyr yn helpu Albus i ofalu am yr ychen, sleifiodd y ddwy chwaer at gefn y drol.

Yr aroglau a'u tarodd gyntaf. Os oedd rhywun yma, doedd o ddim wedi cael dod allan i wneud ei fusnes ers gadael Môn. Roedd hi'n dywyll yno, a'r cwbl allai Rhiannon ei weld ar wahân i fasgedi llawn nwyddau oedd pentwr o sachau mewn math o gaets yn y gornel.

'Helô? Ydach chi'n iawn?' gofynnodd.

Dim ateb.

'Helô? Derwydd ydach chi?' gofynnodd Heledd.

Tawelwch.

'Efallai ei fod o wedi marw,' meddai Rhiannon.

Tawelwch llethol.

Dechreuodd Rhiannon ganu 'Mawlgan Taranis' yn isel ac ymunodd Heledd gyda hi. Yna, yn boenus o araf, dechreuodd y pentwr o sachau yn y caets symud.

Pan syrthiodd y sach oddi ar ei wyneb i ddangos ei lygaid gwynion, ebychodd y ddwy mewn sioc.

'Cynyr Hen?' sibrydodd Rhiannon. 'Chi sy 'na?'

Roedd o'n rhy wan i'w hateb yn iawn; dim ond griddfan allai o ei wneud, ond fo oedd o, yn sicr.

'Mae o angen dŵr,' meddai Heledd. Cydiodd Rhiannon mewn powlen bridd wag a brysio at yr afon yn ei gefynnau anghyffforddus. Roedd Albus yn sgwrsio'n hamddenol gyda'r ddau fasnachwr caethweision. Y diawl diog, meddyliodd, yn gadael i rywun orwedd yn ei faw ei hun fel yna.

Doedd cario'r dŵr yn ôl heb golli rhywfaint arno ddim yn hawdd gyda'r gefynnau yn ei gorfodi i gymryd camau bychain, herciog, ond pasiodd yr hyn oedd ar ôl i Heledd yn y drol.

'Diolch,' meddai honno. 'Ddois i o hyd i gostreli gwin, ond mae pob un yn wag.'

'Ar eu ffordd nôl i Rufain i gael eu hail-lenwi, mae'n siŵr,' meddai Rhiannon.

Yn araf a gofalus, llwyddodd Heledd i gael peth o'r dŵr rhwng gwefusau'r hen Dderwydd. Wedi pesychu am chydig, llyfodd yr hen ŵr ei wefusau.

'Diolch,' sibrydodd. 'Diolch o galon.'

'Ydyn nhw wedi eich bwydo chi o gwbl?' holodd Heledd.

'Ddim ers tro,' meddai'n wan. Dechreuodd Rhiannon chwilota am rywbeth bwytadwy, ond gwenith sych oedd yn y rhan fwya o'r basgedi. Yna daeth o hyd i fêl. Perffaith!

Gwenodd Cynyr Hen wrth i'r mêl doddi a diferu i lawr ei gorn gwddw. Estynnodd ei law esgyrnog drwy'r caets at Rhiannon a gwasgu ei llaw yn ddiolchgar. Wedi holi pwy oedden nhw a phwy oedd eu rhieni, a pham roedden nhw yn y drol gydag o, nodiodd yn fodlon, yn enwedig pan wthiodd y Cynyr ifanc ei ben i mewn a chyflwyno ei hun.

'Mi fydd yn dda bod â chwmni,' meddai. 'Dwi wedi bod braidd yn ddigalon, rhaid cyfadde.'

'Does 'na'm dal faint gawn ni fod efo chi, cofiwch,' meddai Rhiannon.

'Does gynnoch chi ddim syniad faint olygodd y chwibanu 'na i mi,' meddai Cynyr Hen. 'Lleisiau cyfeillgar, arwydd nad yw'r duwiau wedi ein hanwybyddu wedi'r cwbl. Trwy dwll bychan y gwelir goleuni...'

'Y? Ond dach chi'n ddall, Cynyr Hen,' meddai Cynyr. Edrychodd y merched yn hurt arno.

'Mae dy lais yn ifanc iawn, fy machgen i,' gwenodd Cynyr Hen. 'Mae sawl ystyr i fy ngeiriau: un yw bod modd teimlo gobaith hyd yn oed pan mae pethau'n ymddangos ar eu gwaethaf. Ystyr arall yw bod angen i ni brofi'r tywyllwch er mwyn gwir werthfawrogi'r goleuni.'

'Ydach chi'n rhagweld goleuni felly?' gofynnodd Heledd wedi rhai eiliadau o bwyso a mesur ei eiriau.

'I mi? Yn y pen draw, ydw. Mi wn y bydd fy enaid yn hedfan yn rhydd pan ddaw fy niwedd. Ro'n i wedi credu mai un o wyddau dof Ynys Môn fyddwn i. Ond gan mod i'n cael fy nghludo'n bell o fy nghynefin, efallai mai gŵydd sy'n teithio aton ni o wledydd pell fydda i. Yr ŵydd dalcen-wen sy'n dod o'r gogledd oer. Neu wennol efallai, gan mai o wres y de daw'r rheiny.'

'Sut dach chi'n gwybod o ble maen nhw'n dod?' gofynnodd Cynyr, ei ben ar ei ochr. 'Dach chi wir yn gallu siarad efo nhw? Achos dyna fyddai Mam yn ei ddeud, bod Derwyddon yn gallu siarad efo'r adar.'

Dechreuodd yr hen Dderwydd besychu, felly estynnodd Rhiannon fwy o fêl iddo, a'i rannu wedyn gyda'r ddau arall tra roedden nhw'n aros i'r mêl leddfu llwnc yr hen ddyn.

'Sdim rhaid i chi ei ateb o,' meddai Heledd, 'dach chi angen gorffwys.'

'Na, dwi wedi gorffwys gormod yn y drol felltith yma,' meddai Cynyr Hen. 'Dwi'n rhagweld ychydig iawn o oleuni i mi rhwng rŵan a'r diwedd, a braf fyddai gallu gwasgu pob eiliad o'ch cwmni a'ch sgwrs chi, bobl ifanc. Holwch faint fynnwch chi! Ond i ateb dy gwestiwn di, Gynyr ifanc, oes, mae modd siarad gyda'r adar, neu wrando yn hytrach. Trwy wrando mae dysgu. Yn fy achos i o leiaf!' chwarddodd, a phesychu am rai eiliadau. 'Gorau doethineb, tewi! Mi gollais fy ngolwg yn ifanc, ond agorodd hynny ddrws i fyd o glywed yn well a fy nysgu sut i ddibynnu ar eraill heb deimlo cywilydd. Peidiwch byth â bod ofn gofyn am gymorth.'

'Hei! Be dach chi'n neud yn fan'na?' meddai llais Damos y tu ôl iddyn nhw, ac Albus wedyn yn gweiddi a chwyrnu y tu ôl iddo yntau. Pan roddodd Damos ei ben i mewn i gefn y drol, bu bron iddo gyfogi. 'Mae'n afiach yma!' meddai. 'Albus – ti'n hen sbrych diog! A sbia – mae ei faw o'n mynd i faeddu'r bwyd 'ma a fydd o'n dda i ddim i neb! Glanhewch y drol 'ma y munud 'ma!'

Cafodd y tri ifanc gelpen filain yr un wedi i'r gostrel o fêl gwag ddod i'r golwg.

'Ond roedd o werth o, doedd?' sibrydodd Heledd wedyn. Roedd Cynyr Hen wedi edrych gymaint gwell ar ôl y mêl a chael ei lanhau yn yr afon. Roedd y drewdod yn dal yno yng nghefn y drol ond ddim hanner cyn waethed.

Aethon nhw yn eu blaenau nes i'r haul ddechrau machlud a phenderfynodd Damon y dylen nhw dreulio'r noson ger afon arall. Gan ei bod yn noson sych a chynnes, gofynnodd Heledd a allen nhw ddod â chaets Cynyr Hen allan er mwyn iddo allu cysgu yn yr awyr agored fel nhw. Roedd Damon a Tasco yn fodlon, gan mai mater hawdd oedd clymu pawb yn sownd cyn noswylio, ac roedd y ddau mewn hwyliau gwell wedi i'r caethweision ifainc baratoi pryd iddyn nhw gyda'r pysgod ddaliodd Cynyr a Heledd.

Wedi llyncu ei ddarn olaf o bysgodyn, 'Ydach chi'n gwybod sut le ydi Rhufain?' gofynnodd Rhiannon i Cynyr Hen.

'Dwi ddim yn gwybod gan na fûm i yno erioed, ond clywais ddigon am y lle. Yn ôl y sôn, dau frawd a gafodd eu magu gan fleiddes sefydlodd y ddinas ac mae ffraeo a checru wedi bod yn rhan o'i hanes erioed. Er hynny, mae wedi llwyddo i dyfu ac ehangu fel ei bod yn rheoli talpau enfawr o'r byd y gwyddon ni amdano. Mae pobl y gwledydd hynny yn gorfod talu trethi i Rufain byth a hefyd, a dyna sy'n talu am yr adeiladau a cherfluniau rhyfeddol sy'n berwi yno, yn ôl y sôn. Ond maen nhw'n farus ac eisiau mwy dragwyddol. Dyna sy'n digwydd pan fydd pŵer yn mynd i bennau pobl. A ddwg wy a ddwg fwy...'

'Y?' ebychodd Cynyr.

'Os ti'n dwyn wy y tro cynta, ti'n siŵr o ddwyn un arall – ac wedyn un arall,' eglurodd Rhiannon.

'Ac wedyn bydd yr iâr yn cael llond bol ac yn pigo dy lygaid di allan!' chwarddodd Heledd.

'Rwyt tithau'n gallu rhagweld y dyfodol felly,' gwenodd Cynyr Hen. 'Oherwydd ni fydd Ymerodraeth Rufain, nac unrhyw ymerodraeth arall yn para am byth. Ac mi fyddan nhw neu eu disgynyddion yn gorfod talu'n hwyr neu'n hwyrach am y lladd, y dwyn a'r twyllo wnaethon nhw. Cofiwch hynny.'

Gan ei bod yn noson glir a'r sêr yn amlwg, bu'r hen Dderwydd yn eu dysgu am bwysigrwydd y sêr a sut i'w hadnabod.

'Welwch chi siâp aradr? Mae o'n eitha amlwg fel arfer.'

'Gwela.' Roedd brawd Rhiannon wedi dangos iddi rai blynyddoedd yn ôl.

'Iawn, dilynwch linell syth o'r ddwy seren sy'n ffurfio'r pen blaen ac mi ddylech chi weld seren sy'n disgleirio'n fwy na'r gweddill. Welwch chi hi?'

'Gwela!' meddai Cynyr yn llawn cynnwrf.

'Dyna i chi Seren y Gogledd. Ac er bod y sêr eraill i gyd yn symud yn ôl y tymhorau, dydi Seren y Gogledd byth yn symud. Os fyddwch chi angen dod o hyd i'r ffordd adre i Fôn ryw dro, cofiwch hynny.'

'Caewch eich cegau!' gwaeddodd Damos. 'Mae 'na rai ohonon ni'n trio cysgu! A hen ŵr – rho'r gorau i drio eu hannog i fynd adre. Ân nhw byth. Dach chi gyd ar eich ffordd i Rufain a dyna fo.'

12

'OCEANUS BRITANNICUS!' meddai Tasco, yr un iau o'r gwerthwyr caethweision, pan gyrhaeddon nhw'r môr. Roedd y tri ifanc yn gegrwth.

'Yr holl longau...' sibrydodd Cynyr. Dim ond un neu ddwy ar y tro fyddai i'w gweld o ogledd Ynys Môn, ond roedd y môr yma'n berwi efo hwyliau.

'Dwi rioed wedi bod ar long o'r blaen, dim ond cwch pysgota,' meddai Heledd. 'Pa un fyddan ni arni dach chi'n meddwl?'

Doedd hi ddim yn llong fawr iawn a doedd Albus a'i drol ddim yn dod efo nhw. Roedd honno'n cael ei llenwi'n syth gyda llysiau a ffrwythau, llestri gwin, olew olewydd a saws pysgod. Doedd y masnachwyr yn poeni dim am y Buddug wallgo 'na a'i byddin. Gwyddent y byddai'r milwyr Rhufeinig wedi cael trefn arni mewn dim o dro, felly roedd hi'n ddigon diogel i ddal ati i gludo nwyddau dros y wlad. Doedd dim byd yn poeni Albus beth bynnag, cyn belled â bod rhywun yn talu iddo am ei waith a bod ganddo ddigon i lenwi ei fol bob nos.

Roedd Cynyr Hen yr Arch Dderwydd wedi gwrando gyda diddordeb mawr ar y rhai ifanc yn adrodd hanes Buddug.

'Go dda hi,' meddai. 'Ond roedd y Rhufeiniaid yn gofyn amdani. Does dim dan haul yn beryclach na ffyrnicach na mam sydd wedi gweld ei phlentyn yn cael ei gam-drin.'

'Cytuno efo chi'n llwyr,' meddai Cynyr, 'mae 'na rai o'n gwartheg ni'n beryg bywyd os fyddan ni'n meiddio cyffwrdd yn eu lloi nhw. Mi gafodd fy ewyrth ei daflu i'r awyr gan fuwch flin llynedd. Mae o'n dal yn gloff ers hynny.'

'Dyma weddïo y bydd Suetonius Paulinus yn fwy na chloff wedi i Buddug ei daflu i'r awyr, ynte...' gwenodd Cynyr Hen yn ddireidus. Doedd o ddim yr un dyn ers bwyta'r holl fêl. Roedd Rhiannon a Heledd hefyd wedi mynnu eu bod yn cael paratoi uwd iddo yntau bob nos.

'Ond mae Suetonius wedi deud bod ef eisiau i ef edrych yn gwan a truenus,' oedd protest Tasco.

'Mae o'n hen, yn sâl ac yn ddall – wrth gwrs y bydd o'n edrych yn druenus!' poerodd Rhiannon. Cafodd belten am fod mor haerllug. Felly roedd Heledd yn fwy gofalus:

'Ond be os fydd o wedi marw cyn i chi gyrraedd Rhufain?' gofynnodd. 'Roedd Suetonius isio'i ddangos i Nero a'i fyddigion, doedd?'

Wedi i'w llith gael ei gyfieithu i'r Lladin, roedd Albus wedi cytuno'n llwyr. Fo oedd wedi cael y dasg o ofalu bod yr hen dderwydd yn cyrraedd Rhufain yn fyw. Roedd Suetonius ar dân i bobl Rhufain weld mor gryf oedd o a'i fyddin, eu bod wedi gallu difa holl dderwyddon Môn, criw oedd yn enwog am eu harferion dieflig, ac mai dyma'r olaf ohonynt. Doedd y gyrrwr ddim wedi cael gwybod be'n union fyddai'r awdurdodau'n ei wneud gyda'r derwydd peryglus, ond roedd yn amau'n gryf mai cael ei daflu i'r amffitheatr fyddai o, i gael ei falu'n rhacs gan lewod neu gorachod, beth bynnag fyddai'n apelio at Nero ar y diwrnod. Felly byddai, mi fyddai gwylio derwydd byw yn cael ei rwygo'n ddarnau yn sicr yn fwy o hwyl na chorff marw, ond doedd o ddim isio ei gyffwrdd o, diolch yn fawr. Doedd wybod pa mor bwerus a pheryglus oedd ei hud a dyna pam fod Albus wedi gadael i'r caethweision fwydo a dyfrio'r derwydd o hynny ymlaen.

Byddai'n falch o gael gwared ohono hefyd. Llawer gormod o gyfrifoldeb.

Cafodd cyffion y tri ifanc eu tynnu er mwyn iddyn nhw fedru cario Cynyr Hen a gwahanol nwyddau i mewn i'r llong: roedd yr hen ŵr a'r basgedi o wenith yn ddigon hawdd, ond roedd y bariau trwm o blwm, arian a haearn yn fater arall.

'Dim rhyfedd bod yr ychen yn mynd mor araf,' meddai Rhiannon gan sychu'r chwys oddi ar ei thalcen gyda chefn ei braich.

Roedden nhw newydd godi'r bariau olaf o blwm pan garlamodd pedwar ceffyl tuag atyn nhw. Trigolion ariannog o dras Rhufeinig oedd y perchnogion, oedd yn amlwg ar frys i adael Prydain. Roedden nhw'n taflu arian at gapten y llong er mwyn sicrhau lle iddyn nhw a'u ceffylau. Roedd hwnnw'n protestio ac yn pwyntio at y diffyg lle, ond er mwyn cael mwy o arian oedd hynny, gan iddo wneud lle iddyn nhw i gyd yn ddigon hawdd.

Sbio i lawr eu trwynau perffaith ar y pedwar o Fôn wnaeth y newydd-ddyfodiaid, yn enwedig ar yr hen dderwydd yn ei gaets. Clywodd Rhiannon y gair *druid* yn cael ei ddefnyddio a llawer o chwerthin. Llwyddodd i berswadio Damon i ddweud wrthi pwy oedd y criw ariannog.

Teulu oedd wedi ymgartrefu yn nhref Verulamium, i'r gogledd o Lundain oedden nhw, ond roedden nhw wedi eu dychryn yn rhacs gan yr hanesion am fyddin Buddug ac wedi penderfynu dianc ar fyrder.

'Wedi gadael eu dodrefn i gyd a'r rhan fwya o'u llestri!' meddai Damon. 'Ond mae gynnyn nhw ddigon o bres i brynu mwy ddwedwn i.'

'Be am Buddug? Oedd gynnyn nhw newyddion amdani?'

'Mae ei byddin wedi tyfu, ac maen nhw wrthi'n chwalu

Llundain yn llwyr, yn ceisio llosgi popeth fel bod dim byd ar ôl. Mae'n debyg bod rhain yn gall i ddianc o Verulanium pan wnaethon nhw, achos mae'n siŵr mai i fanno fydd Boudica a'i byddin yn mynd nesa.'

Ysai Rhiannon am gael ymuno â byddin Buddug, ond roedd y llong eisoes wedi llenwi ei hwyliau ac yn torri drwy'r tonnau am Gâl.

Cyn hir, roedd Cynyr ifanc yn pwyso dros ochr y llong, yn taflu i fyny yn swnllyd a dramatig.

'Wnaeth o ddeud nad oedd o 'rioed wedi bod ar long o'r blaen,' meddai Heledd.

'Wel, doeddan ninna ddim chwaith.' Edrychodd y ddwy ar ei gilydd a gorfod chwerthin. Cynyr druan.

'Fuoch chi ar long o'r blaen, Arch Dderwydd?' gofynnodd Heledd. Roedd yr hen Dderwydd yn eistedd yn syth i fyny yn ei gaets, yn amlwg yn mwynhau teimlo'r gwynt yn ei wallt ac ar ei groen.

'Do, unwaith neu ddwy. I Iwerddon yn hogyn ifanc, i gyfarfod Derwyddon y wlad honno. Amser difyr a dadlennol. A rhyw ugain mlynedd wedyn i fyny i gyfarfod Derwyddon y Gogledd. Ges i groeso mawr yn fanno hefyd a chyfarfod teulu mawr o forfilod ar y ffordd nôl. Maen nhw'n greaduriaid mor fawr, ond mor hynod o urddasol – a rhyfeddol o ddoeth.'

'Doeth? Felly fuoch chi'n siarad efo'r rheiny hefyd?' gofynnodd Heledd.

'Gwrando, Heledd fach, gwrando.'

Syllodd y ddwy ar yr hen Dderwydd yn fud gydag edmygedd, nes i sŵn Cynyr yn cyfogi eto ddifetha'r foment.

Roedd Heledd, fel sawl un arall ar yr ynys, yn credu mai creaduriaid dieflig, peryglus oedd morfilod, yn gallu llyncu rhywun fel hi a chrensian ei hesgyrn yn bowdr. Cafodd ei synnu gan ddisgrifiad Cynyr Hen o'i sgwrs gyda nhw.

'Na, dyw morfilod ddim yn bwyta pobl! Mae 'na rai llai, du a gwyn, yn bwyta cig – ac yn ymosod ar forfilod mwy weithiau, ond creaduriaid heddychlon yw'r rhai mawr i gyd, yn byw ar greaduriaid bychan bach y môr.'

'Sut dach chi'n gwybod hynna?' gofynnodd Rhiannon.

'Dwi newydd ddeud wrthat ti – drwy wrando arnyn nhw. Ylwch, mi wna'i rannu un o gyfrinachau'r Derwyddon efo chi,' meddai yn daer a phwysodd y tri ymlaen i wrando'n astud. 'Dach chi wastad wedi credu mai dim ond un ffordd o wrando sydd, tydach? Ond naci, mae 'na dair ffordd o wrando a thri llwybr o'r glust i'r pen. Mae'r llwybr cyntaf yn clywed a rhannu'r sgyrsiau bydol arferol, hawdd; mae'r ail yn gofyn am fwy o ganolbwyntio, ar wersi a dysgu a chelfyddyd, er enghraifft.'

Nodiodd y tri, yn deall hynny'n iawn.

'Ond mae'r trydydd llwybr, neu'r drydedd glust yn golygu canolbwyntio dwys tu hwnt, sy'n dod yn hawdd i rai ond yn cymryd blynyddoedd i eraill. Ar gyfer yr enaid mae'r drydedd glust, er mwyn i'r enaid gael dysgu a chlywed y gwirioneddau mawr, a dyna sut mae clywed cyfrinachau natur a sgyrsiau creaduriaid fel morfilod.'

Syllodd y Monwysiaid arno'n gegrwth.

'Wnewch chi'n dysgu ni sut mae dod o hyd i'r drydedd glust?' gofynnodd Heledd yn syth. Gwenodd yr hen Dderwydd.

'Mi wna i 'ngorau, ond fydd hi ddim yn hawdd heb fy offer arferol. Ond dwi'n meddwl dy fod ti, Rhiannon, hanner ffordd yno beth bynnag. Ro'n i wedi clywed bod gen ti ffordd arbennig efo ceffylau... ti'n gallu eu clywed nhw, dwyt?'

'Dw inna'n gallu clywed ceffylau hefyd!' meddai'r Cynyr ifanc.

'Naci, 'machgen i, nid sôn am y gweryru ydw i, ond eu heneidiau nhw. Sut maen nhw'n teimlo, eu hatgofion nhw, eu cyfrinachau nhw.'

'O,' meddai Cynyr yn siomedig. Ond roedd Rhiannon yn gwenu'n dawel. Oedd, roedd hi'n gallu 'clywed' ceffylau, a hynny ers ei bod yn blentyn bychan. A sylweddolodd fod ei mam yn gallu hefyd, a'i nain – gydag anifeiliaid ac adar o bob math.

Aeth Cynyr Hen yn ei flaen: 'Mae'n werth gwrando ar forfilod – maen nhw'n byw yn llawer iawn hirach na ni ac yn gwybod am gyfrinachau'r môr i gyd. Mi fydden nhw'n dod i'n cyfarch ni'n aml wrth Borth Cae-Du a Phorth Gwalch; mi fydden ni'r Derwyddon yn gweddïo a diolch i Llŷr, duw'r dyfroedd. Byddai'r morfilod yn gwneud yr un peth drwy daro eu cynffonnau a'u hadenydd ar y dŵr. Profiad ysbrydol bob tro. Ys gwn i a ddaw 'na forfil i ffarwelio efo ni fan hyn?'

Ond welson nhw'r un. Roedd y tonnau braidd yn arw. Ac awr yn ddiweddarach, roedd y ddwy chwaer, yn ogystal â'r Rhufeiniaid, yn cyfogi, gan fod y gwynt a'r tonnau wedi codi'n aruthrol a throi'r môr yn grochan berwedig. Roedd arnyn nhw ormod o ofn pwyso dros yr ochr i wagu eu stumogau rhag iddyn nhw gael eu taflu i ganol y tonnau. Roedd Cynyr wedi dod ato'i hun gan nad oedd dim ar ôl yn ei stumog, ac wedi clymu'r ddwy, a'r caets, a'i hun i un o'r mastiau. Yn anffodus, doedd y Rhufeiniaid ddim wedi clymu eu ceffylau'n ddigon sownd a neidiodd un dros yr ochr, wedi ei ddychryn yn llwyr gan y môr tymhestlog.

Sgrechiodd y Rhufeiniaid ac roedd un o'r merched yn amlwg eisiau i'r llong droi'n ei hôl i chwilio am y ceffyl gwyn, hardd, ond roedd y capten a'i griw yn cael digon o drafferth fel roedd hi, heb sôn am drio achub ceffyl. Gwelodd Cynyr fod y ceffylau eraill yn dychryn yn waeth gyda phob ton, felly sglefriodd ei ffordd yn ofalus tuag atyn nhw a cheisio eu cysuro drwy gofleidio eu gyddfau a sibrwd yn eu clustiau. Byddai Rhiannon wedi ymuno ag o, ond roedd hi'n rhy sâl i feddwl symud. Y cwbl allai hi ei wneud oedd gwasgu ei chadwen Taranis a gweddïo'n uchel i Llŷr, duw'r dyfroedd, drosodd a throsodd.

Yn wahanol i bawb arall, doedd Cynyr Hen ddim i'w weld yn cynhyrfu o gwbl. Eisteddai yn ei gaets, ei lygaid gwynion yn syllu tua'r awyr, gyda hanner gwên ar ei wyneb. Byddai'n ddigon hapus i foddi'n dawel, heb orfod cael ei lusgo yr holl ffordd i Rufain i gael ei watwar a'i boenydio.

Ond llwyddodd y llong fechan i hwylio yn ei blaen a chyrraedd tir y Galiaid fel roedd hi'n nosi.

'Diolch, Llŷr, duw'r dyfroedd… diolch o galon,' sibrydodd Rhiannon wrth deimlo'r llong yn llusgo ar hyd ochr glanfa bren. Baglodd y Rhufeiniaid allan gyda'u ceffylau a rhoi llond pen i'r capten am golli'r ceffyl gorau ohonyn nhw i gyd. Atgoffodd yntau nhw ei fod wedi eu rhybuddio bod Oceanus Britannicus yn gallu bod yn beryglus ac mai eu dewis nhw oedd rhoi'r ceffylau ar ei long. I ffwrdd â nhw i chwilio am lety a cheffyl newydd.

Cafodd Rhiannon, Heledd, Cynyr Hen a Cynyr y bachgen eu rhoi mewn trol newydd, ond gyda dau asyn yn ei thynnu yn hytrach nag ychen. Aeth y nwyddau trymion mewn trol arall, fwy, ac ychen oedd yn tynnu honno.

'Mi fyddwn ni'n symud 'chydig yn gyflymach efo asynnod felly,' meddai Heledd, gan droi'n ôl i edrych ar y dŵr rhyngddyn nhw a Phrydain yn diflannu o'r golwg.

'Maen nhw'n amlwg ar fwy o frys i gael caethweision na phlwm ac arian,' meddai Rhiannon.

'Ond mae 'na hen ddigon yma o be wela i,' meddai Cynyr gan amneidio at griw mawr o bobl garpiog gydag ysgwyddau digalon yn gweithio yn y caeau. 'Caethweision ydi'r rheina, yn de?' Gwingodd wrth weld un ohonynt yn cael ei chwipio'n giaidd gan ei feistr. 'Gobeithio na chawn ni'n gwerthu i rywun fel hwnna.'

Ar y gair, brysiodd rhywun tal ar draws y ffordd gyda'i law o'i flaen. Stopiodd y drol a bu'r dyn tal yn sgwrsio'n fyr gyda'r gwerthwyr caethweision. Edrychodd y tri ifanc ar ei gilydd. Wedi trafodaeth hir yn llawn chwyrlïo breichiau a thynnu wynebau, daeth y gwerthwyr draw atyn nhw gyda'r dyn tal a phwyntio at Cynyr.

'Ti. Allan.'

13

Edrychodd Rhiannon a Heledd yn hurt ar y dyn tal yn llusgo Cynyr i ffwrdd. Edrychodd yntau'n ôl arnyn nhw gydag ofn yn llifo o'i lygaid. Roedd o wedi ceisio protestio, dim ond i gael pastwn pren yn ei stumog nes ei fod ar ei liniau yn brwydro i anadlu. Doedd dim diben i gaethwas brotestio. Roedd o wedi cael ei werthu; y dyn tal oedd ei feistr bellach a dyna ddiwedd arni.

Doedd y ddwy chwaer ddim yn nabod Cynyr ers llawer, ond roedd o'n un o Fôn fel nhw, roedd o wedi cael yr un fagwraeth, yn siarad yr un iaith, ac roedden nhw i gyd wedi meddwl y bydden nhw'n cyrraedd Rhufain cyn cael eu gwerthu. Efallai na fydden nhw'n gweld ei gilydd byth eto. Efallai y byddai'r hogyn cryf yn sgerbwd â llygaid gweigion fel gweddill y caethweision yn y caeau ymhen dim.

Roedden nhw eisiau gweiddi a phrotestio ond yn gwybod mai pelten arall fyddai'r tâl. Caethweision oedden nhwthau hefyd, yn gallu cael eu gwerthu a'u gwahanu unrhyw ddiwrnod.

Cydiodd y ddwy yn dynn yn nwylo ei gilydd.

'Bydd y duwiau yn gofalu amdano,' meddai Cynyr Hen y tu ôl iddyn nhw.

'Be? Fel y gwnaethon nhw ofalu am bawb adra?' Roedd y geiriau wedi poeri allan o geg Heledd cyn iddi sylweddoli ei bod wedi agor ei cheg. Gwingodd Rhiannon, ond ddywedodd hi ddim byd. Roedd rhywun wedi eu helpu ar draws y môr erchyll yna ac roedd hi'n eitha ffyddiog mai Llŷr oedd o.

Bu tawelwch wrth i'r drol symud yn ei blaen yn llawer rhy gyflym ar hyd y ffordd syth a gwastad tua'r de.

Yna, ceisiodd yr hen Dderwydd ddweud:

"Trwy ddirgel ffyrdd... mae'n anodd deall penderfyniadau'r duwiau weithiau, ond mae 'na wastad reswm. Efallai na chawn ni weld canlyniadau eu penderfyniadau bob tro, ond eich ffydd sy'n bwysig, y ffydd i–'

'Mae'n ddrwg gen i, ond ar hyn o bryd, dwi'm isio gwybod,' meddai Heledd.

Edrychodd Rhiannon arni gyda chymysgedd o fraw, balchder ac ofn. Beth oedd wedi digwydd i'w chwaer fach? Doedd neb i fod i gega ar Dderwydd. Doedd neb i fod i amau'r duwiau. Gallai'r canlyniadau fod yn erchyll. Roedd plant yr Orddwig wedi cael eu magu ar straeon am bobl yn cael eu taro gan fellt neu eu sugno dan y tonnau oherwydd iddyn nhw fethu dangos parch i'r Derwyddon neu'r duwiau. Roedd rhywbeth mawr yn amlwg wedi digwydd i Heledd. Rhiannon oedd yr un fyddai'n colli ei limpyn – nid Heledd hwyliog, ffwrdd â hi!

Cydiodd Rhiannon yn ei chadwen Taranis a'i gwasgu'n dynn. Edrychodd i fyny hefyd, rhag ofn bod cymylau stormus, llawn mellt wedi dechrau corddi. Ond roedd yr awyr yn las a dim sôn am na chwmwl nac awel, heb sôn am wynt.

Er hynny, gallai synhwyro'r Arch Dderwydd y tu ôl iddi yn brwydro i ddelio gyda'r diffyg parch ddangosodd Heledd tuag ato. A thrwy gadw'n dawel, roedd hithau'n dangos diffyg parch hefyd.

"Dan ni wedi'n siomi, dyna i gyd...' mwmiodd Rhiannon dan ei gwynt.

'Mi fyddwch chi'n ei weld o eto, dw i'n addo,' mwmiodd yntau ymhen rhai eiliadau, ond doedd fawr o'i hyder arferol yn ei lais.

Ddywedodd Heledd yr un gair a wnaeth hi ddim tynnu ei llygaid oddi ar y gorwel y tu ôl iddyn nhw nes i'r goedwig eu llyncu.

Dros yr wythnosau nesaf, aethon nhw drwy sawl coedwig, ac ar hyd ochrau caeau gwyrddion hefyd, rhai'n llawn gwartheg neu geffylau, ond y rhan fwyaf yn tyfu, neu newydd dyfu rhyw fath o gnwd, yn cynnwys llysiau dieithr, rhai'n wyrdd, rhai'n felyn a rhai yn fychan a choch. Byddai Damos a Tasco yn chwerthin am ben y merched wrth iddyn nhw geisio paratoi'r llysiau rhyfedd hyn ar gyfer cawl.

'Be dach chi'n eu galw nhw?' holodd Rhiannon gan frwydro gyda llysieuyn hir, piws.

'Carota,' meddai Damos, yr hynaf.

'A'r rhain?' gofynnodd Heledd, gan snwffian coesau melynwyrdd gyda dail ar eu pennau.

'Selinon,' meddai Damos eto, gan gymryd coesyn a brathu ei ben i ffwrdd. Cafodd y merched eu blasu'n amrwd hefyd a phenderfynu eu bod yn eu hoffi. Roedd dannedd Cynyr Hen yn rhy brin a brau i'w bwyta'n amrwd.

Erbyn deall, dyma gynefin Damos a Tasco. Galiaid oedden nhw, a phan aethon nhw drwy bentref lle roedd bron pawb yn eu cyfarch yn hwyliog, aethon nhw'n syth am y dafarn. Fanno y gwnaethon nhw aros dros nos, ac yn lle'r babell arferol, cafodd y merched a'r hen Dderwydd gysgu mewn cwt gyda'r anifeiliaid: yr asynnod, dau geffyl, buwch, dwy afr a chi mawr blewog, gwyn. Daeth Rhiannon a'r ci yn ffrindiau mawr, a phan ddeffrodd hi yn y bore, roedd o'n cysgu wrth ei hochr. Roedd ei chwain hefyd wedi ei hoffi, ac roedd y brathiadau'n cosi am ddyddiau, yn enwedig ganol nos. Doedd chwain a llau ddim yn bethau prin ar Ynys Môn chwaith, ac roedden nhw i gyd wedi hen arfer cael eu brathu

– ond byddai gan ei mam a'r Dewinesau eraill eli brathiadau fyddai'n lladd y cosi a'r crafu, boed oherwydd chwain, gwenyn mêl, drain duon – unrhyw beth. Doedd dim byd o'r fath ar gael yn fan hyn i gaethweision – ac roedd y diawliaid yn dal i'w brathu! Ysai Rhiannon am gael neidio i mewn i afon er mwyn cael gwared ohonyn nhw'n llwyr. Y prynhawn hwnnw, pan welodd eu bod yn pasio llyn go fawr, gofynnodd i Damos:

'Os gwelwch chi'n dda, gawn ni nofio am bum munud? Byddai'n help i waredu'r chwain yma – cyn iddyn nhw neidio amdanoch chi...'

Doedd Damos na Tasco yn rhy hoff o ddŵr ond roedden nhw'n fodlon gweld y merched yn gwlychu.

'Oes modd i minnau gael ymdrochi hefyd?' gofynnodd Cynyr Hen yn llesg. 'Fydda i ddim yn drewi mor ofnadwy wedyn.' Edrychodd Damos a Tasco ar ei gilydd. Roedd yr hen ddyn yn bendant wedi mynd i ddrewi eto.

'Ti rhy hen. Ti oeri a marw,' meddai Tasco.

'Ond mae hi mor boeth!' protestiodd Heledd. Nodiodd y ddau a gadael i'r merched helpu'r hen Dderwydd tenau at y dŵr. Eisteddodd at ei ganol yn y dŵr bas, gyda gwên fodlon. Yna pwysodd yn ei ôl fel bod ei wallt hir yn garped tenau, gwyn o'i gwmpas.

Er y dylai'r haf fod wedi darfod bellach ym Môn, roedd hi'n dal yn gynnes yn y wlad hon, ac yn cynhesu wrth iddyn nhw deithio'n bellach i'r de. Roedden nhw, a'u gwalltiau hirion, wedi sychu o fewn dim.

Edrychai'r brodorion i gyd yn ddigon tebyg i bobl Prydain, ac ar y dechrau, roedd nifer ohonynt yn hynod dal a chryf yr olwg. Ond wrth deithio'n bellach i'r de, roedd mwy ohonynt yn fyrrach gyda gwallt a llygaid tywyllach.

Aethon nhw heibio sawl caer Rufeinig a thai neu *villas* hynod foethus yr olwg. Caethweision fyddai'n malu'r cerrig yn siapiau taclus, syth ac yn codi'r adeiladau hefyd. Daethon nhw ar draws criw anferthol ohonynt oedd bron â gorffen creu adeilad crwn, llawer mwy na'r adeiladau eraill.

'Be ydi hwn?' holodd Heledd.

'Amffitheatr,' meddai Damos. 'Mae 'na fwy a mwy ohonyn nhw'n cael eu codi dros diroedd Rhufain i gyd.'

'Ond be ydi pwrpas amffitheatr?' gofynnodd Rhiannon.

'I wylio'r gladiatores yn ymladd, neu anifeiliaid gwyllt fel llewod neu eliffantod, eirth ac–'

'Be ydi llewod ac eliffantod?' gofynnodd Heledd.

Edrychodd y ddau ddyn ar ei gilydd. Sut oedd disgrifio'r anifeiliaid hyn i rywun oedd erioed wedi gweld eu tebyg?

'Anifeiliaid mawr, peryglus,' mentrodd Damos. 'Mae llew fel cath fawr, fawr efo dannedd fel hyn,' meddai gan ddangos eu maint gyda'i fysedd.

'Ac eliffant fel mynydd!' meddai Tasco, 'efo trwyn mawr, hir, o fan hyn i fan hyn!' meddai gan neidio a rhedeg i geisio dangos ei faint. 'Trwyn fel braich, codi ti a taflu ti! A traed fel coed, yn malu ti!'

Roedd llygaid y merched yn grwn ac aeliau Heledd bron ar gorun ei phen wrth wrando a gwylio, yn enwedig pan ddisgrifiwyd hyd a maint dannedd eliffant.

'Felly mae pobl yn gwylio llew yn ymladd eliffant?' meddai Rhiannon.

'Ia. Neu lew yn erbyn teigr neu arth, neu gladiator,' eglurodd Damos.

'A be yn union ydi gladiator?'

'Rhywun sy'n ymladd,' meddai Damos yn syml. 'Ymladd yn dda.' Amneidiodd eto at yr adeilad crwn, 'ond mae amffitheatr hefyd yn rhywle i gosbi pobl ddrwg sydd wedi gwneud rhywbeth ofnadwy.'

'Llosgi nhw neu clymu nhw i polyn a llew yn bwyta nhw!' meddai Tasco gyda mwynhad amlwg. 'Mae o'n hwyl. Cannoedd – miloedd yn chwerthin a mwynhau.'

Gwingodd y ddwy ferch. Byddai drwgweithredwyr yn cael eu cosbi ar Ynys Môn hefyd wrth gwrs, a'r gosb yn dibynnu ar benderfyniad y Derwyddon. Roedd y ddwy wedi gweld gweddillion corff wedi'i glymu i Graig Offrwm, fymryn o dan lle fyddai'r môr yn cyrraedd pan fyddai'r llanw i mewn, a chlywed am y cannoedd fu'n canu'r gân olaf o ben y creigiau wrth i'r tonnau lyfu ei fotwm bol, ei ên, yna'i drwyn. Ond doedd neb wedi sôn mai adloniant oedd hynny; roedd eu mam wedi dweud mai achlysur trist oedd o: pobl yn dod at ei gilydd i alaru bod ysbrydion drwg wedi cael y fath effaith ar rywun. Roedd Dewinesau fel eu mam yn gallu gweld yr ysbrydion hynny'n gadael y corff ac yn chwalu'n ddim wrth i fywyd y corff ddod i ben.

Doedden nhw ill dwy erioed wedi gweld seremoni'r Gosb Eithaf. Roedd y rhan fwyaf o drigolion Môn yn gwybod sut i ymddwyn, ac roedd arnyn nhw ormod o ofn llid y Derwyddon i feiddio torri unrhyw gyfraith. Llofrudd oedd y corff welson nhw, oedd wedi lladd merch ei frawd mewn ffit o dymer am ei bod hi wedi gwrthod caru gydag o. Ond dim ond deg gaeaf oed oedd y ferch druan, yn llawer rhy ifanc ar gyfer caru gydag unrhyw un, heb sôn am berthynas iddi. Roedd y llofrudd hwnnw yn haeddu ei gosb. Ond ei wylio'n cael ei fwyta a'i rwygo'n ddarnau gan anifail gwyllt? Fyddai'r Derwyddon byth wedi caniatáu'r fath beth, fydden nhw? Edrychodd Rhiannon draw at yr hen Dderwydd yn ei gawell. Allai o ddim gweld yr amffitheatr, wrth gwrs, ond roedd o'n sicr yn clywed y sgwrs.

'Pam fod y lle mor fawr? I neud lle i'r eliffantod?' gofynnodd Heledd.

'Pobl hoffi gweld gwaed!' chwarddodd Tasco.

'Mae'r sioeau'n hynod o boblogaidd,' eglurodd Damos. 'Mae angen gwneud lle i filoedd o bobl gael gweld yn iawn, o'r byddigion crand i'r bobl gyffredin fel ni. A byddwch chi'ch dwy yn ymladd mewn amffitheatr fel hyn cyn bo hir.'

Syllodd y ddwy arno'n gegrwth.

'Ni?' meddai Rhiannon pan ddaeth o hyd i'w llais.

'Ia. Dyna pam ni mynd â chi i Roma,' gwenodd Tasco.

'Dyna pam dach chi'n dal yn fyw,' meddai Damos. 'Roedd y milwyr wedi sylwi eich bod chi'n gryf a chyflym ac yn ymladd yn dda, ac mae gwylio merched yn boblogaidd rŵan. Ddim mor boblogaidd â'r dynion wrth gwrs, rheiny yw'r gladiatores gorau, ond mae'r merched yn ddigon diddorol. Felly rydan ni'n mynd i werthu chi i hyfforddwr gladiatores yn Roma.'

'A cael pres mawr!' chwarddodd Tasco.

Edrychodd y ddwy chwaer ar ei gilydd. Ymladd? Nid torri ochrau syth ar gerrig ar gyfer ffyrdd neu adeiladau felly, na chwysu mewn caeau yn hadu neu chwynnu neu gynaeafu. Ond treulio eu dyddiau yn dangos eu doniau ymladd o flaen torf... doedd o ddim yn swnio'n rhy ddrwg.

14

'Sut maen nhw'n gwybod pa gladiator sydd wedi ennill?' gofynnodd Heledd, dim ond i gau ei llygaid yn dynn eiliad yn ddiweddarach, wrth iddi sylweddoli beth oedd yr ateb amlwg.

'Felly os ydi un o bob dau yn marw, mae'n rhaid eu bod nhw'n mynd drwy gannoedd o ymladdwyr,' meddai Rhiannon wrth wylio criw o gaethweision llychlyd yn tuchan a griddfan wrth godi cerrig mawrion, golau oddi ar drol.

'Oes! Miloedd!' gwenodd Tasco gan ddangos ei ddannedd melyn.

'Dydi pawb ddim yn marw bob tro, ond mae llawer yn brifo'n ddrwg ac maen nhw'n gweiddi am fwy o gladiatores drwy'r amser,' meddai Damos, 'ac roedden ni wedi meddwl y byddai'r bachgen yn gwneud gladiator go lew, ond roedd y ffermwr 'na yn cynnig pris rhy dda i'w wrthod.'

'Trueni,' cytunodd Tasco gan ysgwyd ei ben yn drist, cyn torri i wenu eto.

'Mae'n amlwg pam bod rhai'n galw Prydain yn Ynys y Cedyrn,' meddai Damos. 'Dydyn ni ddim yn cael bechgyn o Brydain yn aml, nid fel gladiatores, achos dydyn nhw ddim yn rhoi fyny! Maen nhw'n mynnu dal ati i ymladd hyd y diwedd, hyd yn oed os ydi hi'n bymtheg Rhufeiniwr yn erbyn un Orddwig neu Silwriad. Dach chi ddim yn gall...' ychwanegodd gan hanner chwerthin. 'Mae'r hen dderwydd yn mynd i fod mewn amffitheatr hefyd, wrth gwrs,' meddai wrth ddewis ffrwythau oddi ar un o'r stondinau y tu allan i'r adeilad.

'Mae o'n rhy hen a bregus i ymladd, siŵr!' meddai Rhiannon.

'O, dwi'm yn meddwl gaiff o ymladd...' meddai Damos, gan frathu i mewn i ffrwyth nes bod y sudd coch yn diferu i lawr ei ên. 'Drwgweithredwyr yw'r Derwyddon i'r Rhufeiniaid. Pobl sy'n offrymu plant ac yn bwyta babanod.'

'Be? Ond mae hynna'n gelwydd noeth!' meddai Heledd.

'Os wyt ti'n deud,' meddai Damos. 'Ond pwy sy'n mynd i gredu hogan wyllt o'r coed sydd wedi ei magu dan ddylanwad y Derwyddon?'

'Neb!' gwichiodd Tasco nes bod darnau o sudd a ffrwyth yn tasgu'n goch allan o'i geg. 'Rŵan, i tafarn. Bol fi gwag.'

Noson arall mewn stabl gyda'r anifeiliaid oedd hi i'r criw o Fôn. Roedd hi'n amlwg bod Cynyr Hen wedi clywed beth fyddai ei dynged gan ei fod yn hynod dawedog a phrin wedi cyffwrdd ei fwyd.

'Cym'wch chydig o'r gwin 'ma o leia,' meddai Rhiannon. 'Ond dŵr efo gwin ynddo fo ydi o – maen nhw'n deud bod y gwin yn puro'r dŵr.'

'A bod gwin yn rhoi nerth i rywun,' ychwanegodd Heledd.

Ysgydwodd yr hen Dderwydd ei ben.

'Bydd y diwedd yn gynt os fydda i'n wan,' meddai mewn llais fel llwch.

Oedodd y merched cyn ymateb.

'Does dim angen i chi gredu gair o be ddwedodd Damos,' meddai Rhiannon. 'Efallai mai isio dysgu gynnoch chi fydd yr Ymerawdwr. Cael gwybod am gyfrinachau'r duwiau a'r sêr a'r coed a'r mynyddoedd.'

'Ia, dwi'n siŵr mai dyna pam eu bod nhw am fynd â chi i Rufain,' meddai Heledd. 'Mae hynny'n gneud synnwyr, tydi?'

Ochneidiodd yr hen ŵr.

'Efallai nad ydw i'n gallu gweld fy llaw o mlaen i,' meddai, 'ond dwi'n bendant yn gallu gweld fy nyfodol. A dydi o ddim yn hardd.' Disgynnai deigryn yn dawel i lawr ei foch. 'Ond fydd o ddim yn para'n hir,' sibrydodd.

Bu tawelwch hir wedyn. Dim ond sŵn yr anifeiliaid yn siffrwd, crafu a gwichian a thylluanod yn galw ar ei gilydd y tu allan.

'Bai y Rhufeiniaid ydi hyn i gyd,' meddai Heledd yn chwyrn, '– am be sydd wedi digwydd i ni, be sy'n mynd i ddigwydd i –' Stopiodd ei hun ond roedden nhw i gyd yn dal i glywed y geiriau yn y tawelwch. Cofiodd Rhiannon eiriau ei nain yn sydyn; ai Cynyr Hen ei hun oedd ar fai am aberthu dim ond gafr yn hytrach na tharw?

'Mae chwilio am rywun i'w feio yn beryglus,' meddai'r Derwydd yn dawel. 'Os bydd rhywun yn beio eraill, mae ganddyn nhw ffordd bell i fynd eto; os bydd yn beio ei hun, ydyn, maen nhw bron yna. Ond pan fyddan nhw'n rhoi dim bai o gwbl ar unrhyw un, dyna pryd fyddan nhw wedi cyrraedd. A newydd sylweddoli hyn ydw i fy hun.'

Ystyriodd y ddwy ei eiriau am hir. Oedd, roedd o'n swnio fel cyngor doeth, ond...

'Felly dach chi'n deud nad bai y Rhufeiniaid ydi hyn i gyd?' meddai Heledd, a'i phen yn ysgwyd gydag anghrediniaeth.

'Ac ydi hynna'n golygu ein bod ni fod i jest derbyn pethau yn hytrach na brwydro'n ôl?' gofynnodd Rhiannon.

'Am y tro,' atebodd Cynyr Hen yn syml. Edrychodd y ddwy chwaer ar ei gilydd a chododd Heledd ei hysgwyddau. Roedd y byd wedi troi ben i waered felly pa ddiben ceisio gwneud synnwyr o unrhyw beth.

'Mae gan hyd yn oed Dderwyddon yr hawl i newid eu meddyliau,' meddai Cynyr Hen. Yna, rai eiliadau'n ddiweddarach, 'Dwi wedi newid fy meddwl ynglŷn â sut hoffwn i ddychwelyd,' meddai Cynyr Hen iddo'i hun yn fwy na neb.

'Felly, fel be ddowch chi'n ôl?' gofynnodd Heledd, gan geisio rhyddhau'r clymau yn ei hysgwyddau. 'Sgwarnog?'

'Naci,' meddai'r hen ŵr, 'rhag ofn i mi fod yn sgwarnog fan hyn yn hytrach nag ym Môn. Maen nhw'n eu lladd a'u bwyta nhw yma. Na, gwell gen i fod yn aderyn – er mwyn gallu hedfan yn ôl adre.'

'Gŵydd felly?' meddai Heledd.

'Naci, rhywbeth ysgafnach a chyflymach,' meddai Cynyr Hen. 'Hebog. Ia, gwalch glas, sy'n gallu symud fel mellten. Mae 'na rai'n credu eu bod yn gallu rheoli'r gwynt. Dyna i chi braf fyddai hynny... Ac maen nhw'n gweld mor dda! Mi fyddwn i'n gallu edrych i lawr ar bob dim dwi wedi methu ei weld ers blynyddoedd, fel coed a blodau – a gwenyn mêl yn dawnsio i'w gilydd a'u coesau'n baill i gyd. Gweld pethau na welais i mohonyn nhw erioed: y môr wnaethon ni ei groesi, gweld Ynys y Cedyrn ar ei hyd, mewn manylder, drwy lygad aderyn, yna mynyddoedd Eryri a'r Fenai... ac Ynys Môn.' Gwenodd wrtho'i hun.

'Be fyddai'r peth cynta fyddech chi'n neud ar ôl cyrraedd adra?' gofynnodd Rhiannon, gan ddisgwyl iddo sôn am daflu ei hun ar wair Môn a'i gusanu.

'Dal pysgodyn,' meddai'r hen ŵr yn syth. 'Gan mai gwalch glas fydda i, ac mi fyddai ar fy nghythlwng ar ôl hedfan mor bell.'

Chwarddodd y ddwy a gwyddai Rhiannon y byddai, o hynny ymlaen, yn dychmygu'r hen Arch Dderwydd bob tro y gwelai walch glas yn saethu i'r dŵr ar ôl pysgodyn.

Dros y dyddiau nesaf, dal ati i wrthod ei fwyd fyddai'r hen

Dderwydd, gan fynnu bod y merched yn cael ei siâr yn dawel bach. Gan mai gwaith y merched oedd ei fwydo a cheisio ei gadw'n gymharol lân, doedd gan Damos a Tasco ddim syniad bod yr hen ddyn yn gwanychu. Dim ond pentwr o garpiau mewn caets oedd o ers y dechrau, prin yn symud o un diwrnod i'r llall. Pan sylwodd Damos fod y pentwr yn edrych hyd yn oed yn llai nag arfer, aeth yn syth ato a rhoi cic sydyn iddo drwy dyllau'r caets. Clywodd ochenaid lesg ond agorodd y Derwydd mo'i lygaid hyd yn oed.

'Beth yn enw Jupiter sydd yn bod ar hwn?' gwaeddodd. 'Os bydd o wedi marw cyn i ni gyrraedd Rhufain, fydd dim pres i ni!' Gorchmynnodd Tasco i stopio'r drol. Cydiodd yn ei chwip hir, ledr a'i tharo ar gledr ei law yn araf wrth i Tasco ddatglymu'r merched o'r cefn, lle roedden nhw wedi bod yn cerdded a throtian am yn ail i gadw eu cyhyrau'n gryf, fel arfer.

Gwthiodd Tasco y ddwy fel bod eu cefnau yn erbyn cefn y drol a'u llygaid dryslyd, ofnus yn wynebu Damon. Cerddai hwnnw yn ôl a mlaen o'u blaenau, yn taro dolen y chwip ar gledr ei law a'i lygaid yn fflamau. Eglurodd yn araf, neu mor araf ag yr oedd ei dymer yn caniatáu, mai eu swydd nhw o hyn allan oedd gofalu am yr Hen Dderwydd a sicrhau ei fod yn byw nes iddyn nhw gyrraedd Rhufain.

'Ac os na fydd o'n byw, fyddwch chithau ddim yn cael byw chwaith...'

'Chewch chi ddim pres o gwbl wedyn,' meddai Rhiannon dan ei gwynt. Ond roedd clustiau Damon fel rhai cath.

'Be ddwedaist ti?' gofynnodd fel saeth.

'Dim byd,' mwmiodd Rhiannon gan geisio edrych ar ei thraed. Beth oedd ar ei phen hi? Heledd fyddai'n agor ei cheg cyn meddwl. Rhiannon oedd yr un gall, i fod. Clywodd Damon yn chwyrnu rhywbeth ar Tasco, ac yna roedd hi wedi cael ei throi fel mai ei chefn oedd at Damon, ac roedd ei chrys yn cael ei rwygo a'i chefn yn noeth. Yna, doedd hi ddim yn siŵr pa un ddaeth gyntaf: clywed crac y chwip neu deimlo'r boen erchyll ar ei chefn. Gwingodd, a brathu ei gwefus nes blasu gwaed. Doedd hi ddim yn meddwl ei bod wedi sgrechian, ond cafodd wybod gan Heledd wedyn:

'Do, mi wnest ti. Yn uchel y tro cynta, ond ddim cymaint y troeon wedyn.'

Doedd yr un o'r ddwy wedi cyfri faint o weithiau gafodd hi ei tharo, ond roedd croen ei chefn yn farciau cochion, dyfnion i gyd a chysgodd hi ddim winc y noson honno, na'r noson wedyn.

Llwyddodd Heledd, oedd yn dal i gofio pa blanhigion ddefnyddiai ei mam, i ddod o hyd o'r diwedd i rai o'r un planhigion i wneud eli iddi ac roedd hwnnw yn lleddfu cryn dipyn ar y briwiau. Llwyddodd hefyd i ddod o hyd i blanhigion ar gyfer Cynyr Hen, yn cynnwys y wermod wen. Drwy eu gwasgu a'u stwnsio a'u berwi ar y tân, gwnaeth gawl tenau iddo.

'Dyna fo,' meddai gan ddal powlen ohono wrth ei wefusau, 'yfwch hwn. Mi fydd yn gwneud i chi deimlo'n well, dwi'n addo.'

Yfodd Cynyr Hen yn ufudd, fymryn ar y tro. Roedd o wedi clywed sŵn y chwip yn cracio ac wedi clywed bygythiad Damos hefyd a doedd o ddim eisiau i'r merched ddioddef o'i herwydd o. Doedd ganddo ddim dewis ond ceisio aros yn fyw nes cyrraedd Rhufain. Gweddïodd â'i holl enaid i'r duwiau i gyd ei gadw ar dir y byw yn ddigon hir; roedden nhw ac yntau yn gwybod ers tro bod ei gorff yn dirywio'n gyflym. Doedd o ddim wedi gallu teimlo ei goesau ers dyddiau lawer a doedd ganddo ddim rheolaeth dros ei bledren.

Doedd o ddim wedi gallu gweld y gynffon hir o droliau a'u pasiodd ar eu ffordd i amffitheatr yn y gogledd, ond roedd wedi eu clywed nhw a chyfarchion y gyrwyr. Welodd o mo'r llewod na'r llewpartiaid mewn cewyll chwaith ond roedd o'n bendant wedi eu clywed: rhuo blin oedd wedi gwneud i'r blew ar gefn ei war godi, rhuo oedd wedi profi iddo bod llew a llewpart yn llawer iawn mwy na'r cathod gwyllt oedd ar Ynys y Cedyrn. Roedden nhw wedi mynd heibio'n rhy gyflym iddo gael defnyddio ei drydedd glust, ond roedd o wedi teimlo eu tristwch. Roedd hefyd wedi eu harogli; aroglau cryf â blas cig a gwaed arno. Doedd dim angen llygaid i fedru 'gweld' maint dannedd creaduriaid fel'na. Gweddïodd y bydden nhw'n ei ladd cyn ei rwygo'n ddarnau.

15

CYMERODD DRI MIS iddyn nhw deithio o Lundain i Rufain. O wythnos i wythnos, roedd y gwres wedi cynyddu a mwy a mwy o'r tir o'u cwmpas yn tyfu gwrychoedd gyda ffrwythau bychain y byddai'r bobl yn eu defnyddio i wneud gwin, neu goed gyda 'ffrwythau' eraill tua'r un maint i wneud yr olew y bydden nhw'n ei ddefnyddio i goginio.

Roedden nhw wedi dod i arfer gyda blas yr olew bellach a Rhiannon a Heledd wedi cael eu dysgu sut i'w ddefnyddio i baratoi bwyd. Ond pan welson nhw bobl yn ei rwbio i mewn i'w crwyn, roedd y ddwy wedi edrych ar ei gilydd yn hurt.

'Pam yn enw Taranis maen nhw'n gwneud hynna?' meddai Heledd.

'Gofyn iddyn nhw,' meddai Rhiannon. 'Ti wedi dysgu digon o'u hiaith nhw bellach.'

Roedd Damon a Tasco wedi mynnu eu bod yn ceisio dysgu ambell air a brawddeg o'r iaith Ladin gan y bydden nhw'n debygol o gael gwell pris amdanyn nhw wedyn. Roedden nhw wedi disgwyl dysgu rhywfaint gan yr hanner dwsin o gaethweision eraill roedden nhw wedi eu casglu o wahanol ffermydd a thafarndai ar y daith, ond criw tawedog iawn oedden nhw. Roedd un yn gwbl fud wedi i rywun dorri ei dafod i ffwrdd ac un arall yn cael trafferth clywed ers i feistr braidd yn llawdrwm 'ddysgu gwers' iddo. Roedd y lleill wedi bod yn rhy brysur yn chwysu mewn caeau a melinau i ddysgu llawer o Ladin.

Felly roedd Heledd yn gorfod bustachu ar ei phen ei hun i

gael y bobl gyda'r olew i ddeall ei chwestiwn. Gyda llawer o ystumio, eglurwyd iddi fod yr olew yn help i lanhau'r corff: drwy ei rwbio ar y croen, byddai'n casglu'r baw a'r chwys ac yna'n cael ei grafu i ffwrdd gyda theclyn pwrpasol. Ond roedd hefyd yn cael ei ddefnyddio mewn lampau, i wneud persawrau, mewn seremonïau crefyddol ac fel ffisig.

Ffisig? O hynny ymlaen, byddai Cynyr Hen yn gorfod llyncu llwyaid ohono bob dydd.

'Wsti be?' meddai Heledd un bore. 'Dwi'n siŵr ei fod o'n edrych yn well.'

Doedd Rhiannon ddim mor siŵr am hynny, ond doedd o'n sicr ddim wedi gwaethygu. Roedd o'n dal i wlychu ei hun er ei fod yn gallu teimlo ei goesau fymryn yn well. Rai dyddiau yn ddiweddarach, gwenodd Rhiannon gyda rhyddhad pan ofynnodd Cynyr Hen am lestr iddo gael gwneud dŵr ynddo. Efallai y byddai'n gallu ailddechrau rhannu ei wybodaeth dderwyddol gyda nhw gyda'r nosau cyn hir, meddyliodd. Roedd ei wersi tawel, pwyllog wedi bod yn gyfareddol: am y sêr a'r cymylau, y gwyntoedd a'r stormydd, am athroniaeth a chyfreithiau a hen, hen hanesion a chwedlau Ynys y Cedyrn. Roedden nhw'n gyfarwydd â hanes y cawr Bendigeidfran yn cerdded drwy'r môr i Iwerddon i achub ei chwaer ac am y snichyn Efnisien yn torri clustiau ceffylau oherwydd ei genfigen, ond dyna'r tro cyntaf iddyn nhw drafod beth achosodd ei genfigen a pham fod cenfigen a chasineb yn berwi mewn rhai pobl ers eu plentyndod.

Roedden nhw hefyd wedi eu magu ar stori'r ferch a wnaed o flodau a'i throi yn dylluan am fethu â charu Lleu. Ond doedden nhw erioed wedi trafod ei hochr hi o bethau. Doedd hi ddim wedi gofyn am gael ei chreu, nag oedd? Roedd y Derwyddon yn gwybod ers canrifoedd na ddaw daioni o orfodi merch i wneud rhywbeth yn erbyn ei hewyllys. Os ydi hi'n ei wneud o yn y diwedd, efallai y daw i faddau rhyw dydd, ond wnaiff hi byth anghofio.

Daeth hynny i feddwl Rhiannon un noson gynnes pan oedd hi ar ganol rhoi sach lân am yr hen Dderwydd a Heledd yn golchi'r hen wisg fudr mewn ffos gyfagos, pan ddaeth Damos a Tasco atyn nhw gyda chostrel o win.

'*Ave!*' meddai Tasco â'i lygaid yn sgleinio.

'Newyddion da!' meddai Damos. 'Byddwn ni'n cyrraedd Rhufain fory!'

Syllodd y merched arno'n fud. Felly roedd y daith hir, anghyfforddus ar fin dod i ben o'r diwedd. Roedden nhw wedi llwyddo i gadw Cynyr Hen yn fyw, felly roedden nhw ill dwy yn ddiogel – o ryw fath. Doedd wybod beth fyddai eu hanes wedyn. Efallai na fyddai hyfforddwyr y gladiatoriaid â diddordeb ynddyn nhw wedi'r cwbl ac y bydden nhw'n cael eu gwerthu fel caethion cyffredin. Ond roedd y cam nesaf i'r Arch Dderwydd yn sicr a phendant. Byddai'n cael ei arteithio a'i ladd yn gyhoeddus.

Edrychodd Rhiannon ar yr hen Dderwydd yn ei gawell, ond roedd o'n cysgu.

Mynnodd Tasco fod y ddwy yn yfed gwin gyda nhw y noson honno. Chafodd y caethweision eraill ddim cynnig; roedden nhw wedi eu cau mewn cwt am y nos. Chwarddodd Tasco yn uchel wedi iddo bron â baglu wrth gario'r gostrel. Roedd o'n amlwg wedi cael mwy na'i siâr yn barod.

'Edrych mlaen at gael gwared ohonon ni?' meddai Heledd wrth dderbyn cwpan glai o win ganddo.

'Oes!' gwenodd Tasco, cyn ysgwyd ei ben bron yn syth. 'Chi merched da. Amser da. Ond Tasco a Damos angen *denari!*'

'Digon teg,' meddai Rhiannon, gan sipian o gwpan glai

arall. Roedd hwn yn blasu'n gryfach na'r gwin fydden nhw'n arfer ei gael.

Trodd at Damos a'i holi be'n union oedd y cynllun wedi cyrraedd Rhufain. Eu gwerthu nhw neu Cynyr Hen yn gyntaf? Ochneidiodd Damon yn ddwfn.

'Dydi o wir ddim yn bwysig. Yn ôl y posteri, dydi'r sioe nesa yn yr amffitheatr ddim am bedwar diwrnod felly bydd o'n gorfod byw am bedwar diwrnod arall o leia. A dwi ddim yn gwybod a fyddwch chi'n mynd i ysgol hyfforddi yn Rhufain neu rywle arall. Dwi ddim hyd yn oed yn gwybod os fyddan nhw'n dal isio chi. Dach chi braidd yn denau rŵan.' Rhoddodd ei law ar ei phen ôl a gwasgu'r ychydig gnawd oedd yno.

Ymateb cyntaf Rhiannon oedd neidio i ffwrdd oddi wrtho. Ysai am roi pelten iddo am ei chyffwrdd fel yna, fel petae hi'n fuwch neu ddafad i'w gwerthu. Ond fel yna roedd o'n ei gweld hi, yn de? Swp o gnawd i'w chyfnewid am bres. Bodlonodd ar sbio'n hyll arno a symud at Cynyr Hen yn ei gaets.

A bod yn onest, roedd Heledd a hithau wedi bod yn ffodus nad oedd y ddau wedi ceisio caru gyda nhw yn ystod y daith o Lundain. Gwyddai fod Tasco wedi mocha mewn nifer o'r tafarndai gyda merched oedd yn amlwg yn caru am arian. Roedd hi wedi gweld Tasco yn rhoi'r *denari* iddyn nhw. Roedd hi wedi gweld Damon gydag ambell ddynes debyg wedi lapio'i hun amdano, ond gan amlaf, roedd gan hwnnw fwy o ddiddordeb yn y Tabula, y gêm fwrdd roedd o'n hoffi ei chwarae.

Pan fyddai rhyw feddwyn neu'i gilydd wedi ceisio byseddu un o'r ddwy chwaer, roedd Tasco neu Damon wastad wedi gweiddi rhywbeth neu wthio'r meddwyn o'r ffordd. Y rheswm, penderfynodd Rhiannon ar y pryd, oedd nad oedd pobol yn hoffi i'w hymladdwyr benywaidd fod yn feichiog.

'Gwylia fo,' sibrydodd yr hen Dderwydd wrthi rŵan. 'Mae o am roi cynnig arall arni'n nes ymlaen. Mae o wedi penderfynu y bydd o wedi hen ddiflannu cyn i dy fol di chwyddo.'

Nodiodd Rhiannon a gwasgu ei law yn ddiolchgar. Cafodd gyfle i rannu'r neges efo Heledd tra roedden nhw'n paratoi bwyd.

'Felly be wnawn ni?' gofynnodd Heledd wrth roi crochan o ddŵr i ferwi ar y tân. 'Allwn ni ddim malu eu pennau nhw neu mi fydd y milwyr ar ein holau ni ac yn ein rhoi ninnau i fwydo'r llewod.'

'Dianc?'

'Mewn gwlad ddiarth lle 'dan ni'n nabod dim na neb? Callia.'

Dyna pryd ddaeth y ferch a wnaed o flodau i feddwl Rhiannon yn sydyn.

'Be am y planhigion ti wedi bod yn eu casglu?' gofynnodd. 'Oes 'na rywbeth i neud iddyn nhw gysgu neu feddwi gormod i neud dim?'

Ystyriodd Heledd am rai munudau, yna gwenodd.

'Oes, mandragora!' sibrydodd. 'Wrth y ffynnon 'na wythnos diwetha, mi wnaeth yr hen ddynes heb ddannedd ddangos y gwreiddiau rhyfedd 'ma i mi a gneud arwydd cysgu. Ges i un ganddi. A'i i chwilio amdano fo rŵan ac esgus mai gofalu am Cynyr Hen ydw i.'

Chawson nhw ddim trafferth cael y ddau ddyn i fwyta'r cawl llysiau oedd yn cynnwys darnau o wreiddyn y mandragora, ond bu'r ddwy'n eu gwylio'n nerfus am hir. Doedd dim byd i'w weld yn digwydd. Roedden nhw'n dal i yfed gwin gyda chwsmeriaid eraill y dafarn ac yn dal i lygadu'r merched mewn ffordd anghynnes, yn amlwg yn edrych ymlaen at gael eu bachau arnyn nhw, ond doedd dim arwydd eu bod ar fin cysgu.

'Roist ti ddigon iddyn nhw?' gofynnodd Rhiannon.

'Dim syniad. Wnes i ddim dallt bob dim roedd yr hen ddynes yn trio'i ddeud. Ond mi wnes i ddefnyddio'r gwreiddyn cyfa'.'

'Soniodd hi am chwydu?'

'Y?' A dyna pryd sylwodd Heledd fod Tasco yn taflu i fyny'n swnllyd i mewn i ffos a phawb arall yn chwerthin am ei ben.

'O na... beryg mod i wedi rhoi gormod iddo fo.'

Ond yna, cyrliodd Tasco yn belen ar y llawr wrth y ffos a gorwedd yn llonydd. Ddeffrodd o ddim pan gafodd gic gan Damos. Ond doedd 'na fawr o nerth yng nghic hwnnw, ac wedi cerdded yn igam-ogam at y rhes o seddi gyda thyllau ynddyn nhw lle byddai'r cwsmeriaid yn gwneud eu busnes, gosododd Damos ei hun ar un o'r tyllau gyda gwên, ac yna disgyn i'r ochr, lle dechreuodd chwyrnu. Cafodd ei lusgo oddi yno'n ddiseremoni gan gwsmer arall oedd eisiau defnyddio'r twll, ond ddeffrodd o ddim.

Gwenodd y chwiorydd ar ei gilydd – ac eto pan ganodd tylluan o'r coed uwchlaw.

Fore trannoeth, roedden nhw ill dwy yn effro efo'r wawr ac wedi brecwasta a bwydo a llnau Cynyr Hen a nôl yr asynnod ymhell cyn i'r ddau werthwr ymddangos. Ymlwybrodd y pâr allan o'r dafarn yn welw a sigledig. 'Gwin drwg' oedd yn cael y bai.

Cychwynnwyd am y brifddinas yn dawel. Roedd Damos wedi meddwl defnyddio ceffylau yn lle asynnod y tro hwn er mwyn gallu cyrraedd mewn mwy o steil gyda'r drol, ond doedd gan yr un ohonyn nhw ddigon o amynedd bellach. Roedd yr asynnod wedi arfer ac yn mynd yn hen ddigon cyflym.

Er hynny, bu'n ddiwrnod hir, ac wrth agosáu at y ddinas, roedd y traffig yn prysuro: milwyr a negeswyr pwysig yr olwg yn carlamu heibio iddyn nhw ar geffylau chwyslyd; ceffylau hardd yn tynnu certiau crand a'u gyrwyr yn mynnu bod pawb arall yn tynnu i'r ochr i wneud lle iddyn nhw basio; ugeiniau o gertiau llawn nwyddau yn cael eu tynnu gan ychen, cannoedd o bobl ar droed i gyd yn prysuro i gyfeiriad y ddinas bwysicaf yn y byd.

Syllai'r caethweision yn gegrwth ar yr adeiladau o'u hamgylch. Yn heulwen hwyr y prynhawn, bron nad oedd yr holl farmor piws, coch a melyn a waliau gwenithfaen pinc a llwyd oedd bron yn wyn – yn eu dallu. Roedd Rhiannon a Heledd wedi gweld tai hardd yn ystod y daith, ond dim byd fel hyn. Roedd yno risiau hirion, llydan yn dringo tua'r awyr; colofnau marmor anferthol gyda phobl a cheffylau ac eryrod a phob math o bethau yn sefyll arnyn nhw; cerfluniau cywrain i bob cyfeiriad ac ambell adeilad oedd mor fawr mae'n rhaid mai duwiau oedd wedi eu creu.

Ceisiodd Rhiannon ddisgrifio'r hyn roedden nhw'n ei weld i Cynyr Hen.

'Felly roedd y straeon yn wir…' meddai hwnnw. 'Dyma be maen nhw'n ei wneud gyda'r trethi maen nhw'n eu codi. Ond iechyd mawr, mae'n drewi yma.'

Roedd o'n dweud y gwir: roedd aroglau pysgod a charthion yn boddi arogleuon y coginio ar y stryd a'r myrr o'r temlau.

'Aroglau gormod o bobl mewn un lle,' meddai Cynyr Hen gan godi ei wisg dros ei drwyn.

Rhythodd Heledd yn hurt ar wisgoedd crand y bobl a gerddai mor hamddenol ac urddasol i fyny ac i lawr y grisiau.

'Does 'na neb yn dangos eu coesau!' meddai, 'heblaw'r plant – a'r caethweision. A sbia gwallt honna!' Pwyntiodd at ddynes gyda hanner ei gwallt wedi ei godi ar ei phen a'r hanner arall yn gyrlau mawr, hirion. 'Sut gebyst lwyddodd hi i neud hynna? Mae'n edrych yn wirion, tydi? Ond eto…'

Yn sydyn, roedden nhw'n anelu am adeilad crwn, uchel, gyda thair rhes o ffenestri mawrion yn y waliau.

'Amffitheatr,' meddai Rhiannon. A suddodd ei chalon. Edrychodd ar Cynyr Hen. Roedd ei gorff wedi suddo yn is a'i ben bron o'r golwg rhwng ei ysgwyddau. Gwyddai mai dyma ei ddiwedd. Dyma lle fyddai'n cael ei ladd. Cydiodd Rhiannon yn ei law esgyrnog a'i gwasgu'n gynnes. Brysiodd Heledd i roi cadwen o ledr tenau am ei wddf, gan guddio'r pecyn bychan o fandragora dan ei wisg.

'Rhag ofn,' sibrydodd. 'Does 'na ddim digon i'ch lladd chi, ond mi fyddwch chi'n llai ymwybodol o... o bob dim.' Gwenodd yr hen Dderwydd arni. Roedd o'n dal i geisio gwenu arnyn nhw pan gariodd pedwar milwr di-wên ei gaets ac yntau i grombil amffitheatr Statilius Taurus.

Daliai'r ddwy i godi llaw arno ymhell wedi iddo fynd o'r golwg.

'Felly – dyna ni? Mor sydyn â hynna? Welwn ni mohono fo eto?' meddai Heledd gan geisio sychu ei llygaid â chefn ei bysedd. Codi ei hysgwyddau wnaeth Rhiannon. Roedd hi'n teimlo'n rhy wag ac euog a diymadferth i ddweud dim. Dylai fod wedi gallu gwneud rhywbeth i achub yr Arch Dderwydd, ond roedd y cyfan wedi digwydd mor gyflym, mor ddi-lol. Roedd y Rhufeiniaid yn amlwg ar frys mawr i roi'r hen ŵr dan glo.

Trafod yn ddwys gyda dyn swyddogol yr olwg oedd Damon a Tasco. Yna derbyniodd Damon gwdyn trwm o arian yn ddiolchgar, nodio, a throi'n nôl am y drol. Llusgodd dri caethwas arall o'r cefn a chafodd y rheiny hefyd eu llyncu gan yr amffitheatr.

'Angen mwy o bwyd i llewod,' crechwenodd Tasco. Sylweddolodd Rhiannon fod ei dwylo yn ddyrnau a'i hewinedd yn tyllu ei chnawd. Ysai am gael torri ei ben hyll i ffwrdd.

Aeth y drol yn ei blaen drwy'r strydoedd sgleiniog cyn troi am y bryniau. Daeth i stop y tu allan i wal fawr oren gyda drws trwm, du mewn cornel ohoni.

'Dyma chi – pawb allan,' meddai Damos. 'Ysgol y Gladiatores. Un o bedair ysgol yn Rhufain, a'r Ludus Gallicus ydi hon.'

Gofynnodd un o'r tri caethwas oedd ar ôl ai ysgol ar gyfer Galiaid fel fo oedd hi. Ysgydwodd Damos ei ben. Arferai fod ar gyfer carcharorion rhyfel o wlad Gâl yn unig, ond roedd chydig o bawb ynddi bellach – yn ddynion ac yn ferched erbyn hyn, am fod yr Ymerawdwr Nero wrth ei fodd yn gwylio merched yn waldio ei gilydd. Edrychodd ar Heledd, oedd yn dal i grio fel babi blwydd ers ffarwelio gyda'r hen dderwydd drewllyd, a rhowlio ei lygaid.

'Does gan hon ddim gobaith mul,' meddai. 'Rŵan, dowch.' Gyda'u cyffion yn canu am eu fferau, arweiniodd nhw at y fynedfa ac aros i Tasco gnocio. Daeth caethwas at y drws a'u gadael i mewn. Tra bu Damos a Tasco yn sgwrsio efo dyn tal gydag anferth o graith gas ar draws ei wyneb, aeth y caethwas â'r pump darpar gladiator at stafell arall. Deallodd y merched yn syth mai math o feddyg oedd o, gan ei fod yn archwilio pob un ohonyn nhw yn fanwl: eu llygaid a'u dannedd, eu gwallt a'u cyhyrau ac unrhyw glais neu graith; ac yn achos y dynion: rhwng eu coesau, ac yn achos y merched, eu boliau. I ofalu nad oedd babi yno, sylweddolodd Rhiannon.

Doedd y meddyg ddim yn fodlon gydag un o'r dynion felly galwyd Damos, Tasco a'r dyn gyda'r graith i mewn.

Clywodd y merched y gair *'deformis'*. 'Roedd y meddyg yn amlwg yn meddwl bod y dyn yn rhy ddiolwg i blesio'r dorf.

Doedd ei gorff o'n sicr ddim yn hardd, gan fod rhyw afiechyd wedi ei greithio'n arw, ac roedd un goes yn llawer teneuach na'r llall. Doedd ei drwyn o ddim y peth tlysaf chwaith, yn ddi-siâp ac yn ddefaid mawr brown tywyll drosto. Ceisiodd Damos brotestio a phwyntio at ei freichiau cryfion, ond y dyn gyda'r graith oedd yn amlwg â'r gair olaf. Cytuno gyda'i feddyg wnaeth hwnnw a chafodd y dyn diolwg ei lusgo'n ôl at y drol gan Tasco. 'I fwydo'r llewod...' sibrydodd Heledd wrth ei chwaer.

Derbyniodd Damon ei dâl yn gymharol fodlon a throi i adael.

'Pob lwc!' meddai wrth y merched. 'Mi fyddwch chi ei angen o.'

'Diolch,' meddai Rhiannon. 'Ond Cynyr Hen... pryd fydd... pryd fyddan nhw'n...?'

'Pan glywch chi'r dorf yn rhuo,' atebodd hwnnw. 'Mae'r sŵn o'r awditoriwm yn cario dros y ddinas a dach chi'n agos iawn fan hyn.'

Rhy agos felly, meddyliodd y ddwy.

16

Wedi gweld y stafell fwyta fawr lle roedd y gladiatoriaid i gyd yn rhy brysur yn llenwi eu boliau i edrych arnyn nhw, cawson nhw weld y gwagle mawr lle roedd yr ymarfer a'r hyfforddi i gyd yn digwydd. Pwysai amrywiaeth o darianau hirsgwar a rhai bychain, crynion wedi eu gwehyddu o bren helyg yn erbyn y waliau, gyda pholion tenau a chleddyfau o bren wrth eu hochrau. Felly doedden nhw'n amlwg ddim yn ymarfer gydag arfau go iawn.

Wedi eu gosod yn y llawr pridd roedd ambell bolyn cadarn yr olwg, gyda marciau a tholciau yn dangos eu bod wedi cael sawl cnoc. Ar feinciau isel ar hyd wal arall, roedd amrywiaeth o helmedau, rhwydi a phicelli pren â thair pig, tebyg i'r tryfer yr arferai tad y merched ei ddefnyddio i ddal pysgod.

Yna dangosodd y caethwas yr 'ysbyty' drws nesa i'r ardal ymarfer, lle roedd dyn yn griddfan ar wely isel gyda'i goes mewn cadachau gwaedlyd a chwmwl o bryfed wedi cael eu denu ato. Roedd caethwas ifanc gyda bwced o ddŵr wrth ei ochr newydd ddechrau tynnu'r cadachau. Penderfynodd Heledd fod y perlysiau a'r planhigion oedd yn llosgi'n araf mewn llestr yn y gornel un ai i fod i helpu'r claf neu i helpu i guddio aroglau cnawd yn pydru.

Felly roedd ymarfer gydag arfau pren yn gallu bod yn beryglus wedi'r cwbl, neu roedd y dyn hwn wedi ei anafu mewn gornest go iawn yn weddol ddiweddar.

Drws nesaf, roedd stafell agored gyda dwy fainc hir o garreg gyda thyllau ynddyn nhw ar gyfer penolau. Roedden nhw wedi gweld llefydd tebyg o'r blaen: fan hyn fyddai pawb yn gwagio eu hunain, yn eistedd bron foch ym moch tra bod y ffos oddi tanynt yn sgubo'r baw a'r drewdod i ffwrdd. Doedd y dŵr yn amlwg ddim yn llwyddo i sgubo'r cyfan i ffwrdd gan fod aroglau cryf yno er gwaetha'r to agored. Pwyntiodd y caethwas at ddarn hir o bren gyda math o sbwng ar ei ben.

'*Tersorium*,' meddai, gan ystumio sychu ei ben ôl gydag o cyn esgus ei lanhau yn y ffos fas a redai o flaen y seddi. Edrychodd Heledd a Rhiannon ar ei gilydd. Dim ond un *tersorium* oedd i'w weld yno, i'w ddefnyddio gan bawb.

'Mi fysa'n well gen i ddefnyddio deilen, fy hun,' meddai Heledd.

'Gormod o bobol, dim digon o ddail?' meddai Rhiannon.

Arweiniwyd nhw wedyn i stafelloedd bychain oedd fawr mwy na chelloedd. Gan nad oedd yno ffenestri, roedden nhw'n dywyll, ond roedd modd gweld y ddau 'wely' isel o garreg gyda gwellt wedi ei daenu'n drwchus drostyn nhw a dwy diwnig lân wedi eu lapio'n daclus wrth droed pob gwely. Yr unig bethau arall yn y stafell oedd ysgub fechan wedi ei gwneud o frigau, a phowlen ar gyfer gwneud dŵr (neu fwy) ynddi – tasai raid. A'u gwaith nhw, nid y caethwas, oedd ei gwagio i'r ffos garthu wedyn. Gofalodd y gŵr ifanc eu bod yn deall hynny. Oedd, roedd o'n gaethwas, ond dyna oedden nhwthau hefyd.

'Felly dyma'n cartre ni,' meddai Heledd.

'Welais i waeth,' meddai Rhiannon, 'ond dwi'n meddwl bod rhywun isio rhannu efo ni,' ychwanegodd gan bwyntio at greadur bach dieithr ar y wal. Rhythodd y ddwy arno a rhythodd yr anifail yn ôl arnyn nhw heb symud gewyn. Edrychai fel madfall, ond roedd bysedd ei draed yn wahanol ac roedd ei groen yn deneuach.

'Dwi'm isio hwnna'n fy mrathu i ganol nos. Ladda i o rŵan,' meddai Heledd, gan fachu'r ysgub, ond gwelodd y caethwas hi'n mynd am y creadur a chydio yn ei braich. Ysgydwodd ei ben a dweud rhywbeth yn Lladin am *'muscas'*. Gwelodd nad oedd y ddwy yn deall felly gwnaeth sŵn pry yn hedfan ac esgus ei fachu o'r awyr – a stopio'r sŵn yn syth.

'Wela i,' gwenodd Rhiannon. 'Mae hwnna'n bwyta pryfed felly mae'n handi ei gael o yma.' Diolchodd i'r caethwas, a gwenodd hwnnw'n gwrtais gan bwyntio at y creadur eto a dweud *'geco'*.

'Iawn. Helô Geco, braf dy gyfarfod di,' meddai Heledd wrth yr anifail bach rhyfedd. Cafodd y ddwy wybod yn nes ymlaen mai Dida oedd enw'r caethwas a'i fod yn dod yn wreiddiol o'r dwyrain, o rywle o'r enw Thracia. Ond eu harwain at y baddondy wnaeth o rŵan. Roedd angen iddyn nhw ymolchi.

Ochneidiodd y ddwy gyda phleser wrth deimlo wythnosau o lwch a baw yn llifo oddi arnyn nhw. Doedd y ffaith mai Dida oedd yn tywallt y dŵr dros eu cyrff noeth nhw yn poeni dim arnyn nhw, a phan ddangosodd o iddyn nhw sut i daenu digonedd o olew olewydd dros eu cyrff a'u gwalltiau, allen nhw ddim credu eu lwc. Teimlai eu gwalltiau'n hyfryd ar ôl sychu yn yr awel gynnes a'u croen yn lanach nag y bu erioed wedi crafu'r olew i ffwrdd. Braf oedd gallu gwisgo dillad newydd, glân hefyd, er mai gwisgoedd byrion a syml iawn oedden nhw, dim byd tebyg i'r dillad hirion, crand welson nhw ar y strydoedd y tu allan.

Eglurodd Dida fod y gladiatoriaid yn gorfod bod mewn cyffion drwy'r amser ar wahân i pan fydden nhw'n ymarfer, yn cysgu neu'n ymolchi. Ac wrth gwrs, roedd cloeon trwm ar eu stafelloedd.

Cofiodd Dida yn sydyn nad oedd y merched wedi bwyta,

felly brysiodd â nhw yn ôl i'r man bwyta a rhoi bob i bowlen o fwydiach oedd yn weddill iddyn nhw: math o uwd, darnau o gig a llysiau diarth ond digon blasus.

Roedd y gladiatoriaid eraill wedi hen orffen bwyta ac wrthi'n ymarfer yn ôl yn y man hyfforddi. Cleciai'r cleddyfau pren yn gyson ac yn uchel; clywyd ambell ochenaid a rhoch o boen, ond dim ond yr hyfforddwyr fyddai'n cael rhegi. Llanwyd ffroenau Rhiannon gydag aroglau chwys gwrywaidd.

Ond roedd merched wrthi hefyd ym mhen draw'r man ymarfer: merch dal gyda chroen du yn un. Roedd y ddwy chwaer wedi gweld pobl gyda chroen du ymysg y caethweision yn y caeau ac yn codi adeiladau a phontydd yn ystod wythnosau olaf y daith i Rufain, ond o bell oedd hynny; dyma'r tro cyntaf iddyn nhw gyfarfod rhywun a gallu eu hastudio'n agos.

Roedd y ferch hon yn sgleinio yn yr haul, ei chefn yn syth ac yn urddasol a'i nerth yn pefrio ohoni. Mae'n rhaid ei bod wedi sylwi bod y ddwy newydd yn syllu'n hurt arni, felly aeth draw atyn nhw gyda'i chleddyf pren yn un llaw a'i tharian helyg yn y llall.

'*Salvete*,' meddai, 'Gogo ydw i, o lwyth y Nupe yr ochr draw i'r Sahara. Ydw, dwi'n ddu. A dach chi'n wyn – a choch. Mae'r byd yn lle lliwgar.' Sylwodd fod y ddwy yn dal i syllu'n gegrwth arni felly trodd at Dida. 'Dydyn nhw ddim yn dallt Lladin eto, nac ydyn?'

'Chydig bach,' meddai Rhiannon, oedd wedi deall rhywfaint o'r hyn ddywedodd hi er nad oedd erioed wedi clywed am y Sahara. 'Rhiannon a Heledd ydan ni, o lwyth yr Orddwig ar Ynys Môn.' Gwenodd Gogo, nad oedd erioed wedi clywed am Ynys Môn heb sôn am yr Orddwig. Roedd ganddi dair craith ar bob boch, fel blew cath, sylwodd Heledd, a llygaid brown tywyll yn llawn direidi.

'Croeso i'r *Familia Gladiatoria*,' meddai Gogo. 'Rhaid i mi fynd yn ôl i ymarfer. Ac mae'r *doctore* isio'ch gweld chi wrthi wedyn.' Amneidiodd at y dyn tal gyda'r graith oedd yn annog hanner dwsin o ferched eraill i daro polion gyda'u harfau pren, drosodd a throsodd.

Safodd y ddwy lle roedden nhw yn gwylio a gwrando. Felly y *doctore* oedd yr hyfforddwr, a dyma sut roedd hyfforddi i fod yn gladiator.

Eglurodd Dida'r caethwas yn araf a chlir mai Gogo oedd y bencampwraig hyd yma – doedd neb wedi ei churo eto. Roedd yr hanner dwsin oedd gyda'r *doctore* wedi cyrraedd ddeufis ynghynt a heb ymladd yn yr amffitheatr eto.

'A dyna ni? Ble mae'r rhai ddaeth yma yr un pryd â Gogo?' holodd Heledd. Dim ond ysgwyd ei ben wnaeth Dida. Edrychodd y ddwy chwaer ar ei gilydd. Roedden nhw wedi deall bellach.

Aeth Dida yn ei flaen i ddweud ei fod yn credu bod un neu ddwy o'r merched hyn wedi dod o Brydain, fel nhw. Ond byddai cyfle i ddod i'w hadnabod yn nes ymlaen.

'Felly rhywun i siarad yr un iaith â ni!' meddai Heledd gyda rhyddhad.

'Be am y *doctore*? Sut un ydi o?' holodd Rhiannon.

'Aitor? Hen gladiator ei hun. Wedi ennill pob gornest ond un – yr un lle gafodd o'r graith. Mae o'n galed ac yn gweiddi gryn dipyn ond mae o'n deg iawn.'

Doedden nhw ddim wedi gweld y graith yn iawn nes iddo gerdded tuag atyn nhw, ac wedyn roedd hi'n hynod amlwg: llinell ddofn yn hollti ei wyneb o'i gorun i lawr ochr chwith ei dalcen, yn methu ei lygad o flewyn, yna'n arian a phinc ar draws ei drwyn hyd at waelod ei foch dde. Roedd hi'n amhosib peidio â rhythu arno.

Cyflwynodd ei hun, yna dweud bod angen iddyn nhw wneud addewid y gladiator – y *sacramentum*, sef addunedu i fod yn fodlon i ddioddef cael eu llosgi, eu clymu, eu taro a'u lladd gyda chleddyf. Edrychodd y ddwy ar ei gilydd, ddim yn siŵr oedden nhw wedi deall y geiriau'n iawn.

'Dwi'm isio addo hynna,' meddai Heledd drwy ei dannedd.

'Na finna, ond os mai'r dewis ydi cael ein rhwygo'n ddarnau gan lewod?' meddai Rhiannon.

Wedi nodio i ddangos eu bod wedi deall y geiriau, yna eu hymarfer ddigon i'w cofio, llefarodd Rhiannon a Heledd y *sacramentum* yn ufudd.

Astudiodd Aitor y ddwy yn ofalus wrth i Dida dynnu eu cyffion. Roedd Rhiannon yn dalach o dipyn na'i chwaer iau, a'i choesau a'i breichiau yn hirach. Cydiodd Aitor yn ei braich i weld sut siâp oedd ar ei chyhyrau. Addawol.

'Dal dy hun yn barod am hon,' meddai gan ddangos ei ddwrn, yna ei blannu yn ei stumog hi – nid gyda'i holl nerth, ond yn ddigon caled i wneud i Rhiannon duchan yn uchel wrth blygu rhywfaint a chymryd cam am yn ôl. 'Angen gweithio ar gyhyrau'r stumog,' meddai, cyn symud ymlaen i wneud yr un peth i Heledd. Doedd hithau ddim wedi gallu peidio â phlygu oherwydd nerth y dwrn. Fflachiodd ei llygaid yn flin. Sylwodd Aitor ar y fflach a'i gofnodi ar un o'r silffoedd yn ei ben. 'Ymarferion cyhyrau'r stumog a'r craidd i'r ddwy ohonoch chi,' meddai. 'Ond yn gynta, rhedwch mewn cylch o amgylch y man ymarfer a pheidiwch â stopio nes bydda i'n deud y cewch chi stopio.'

Dechreuodd y ddwy loncian, nes i Aitor weiddi: 'Cyflymach!'

Awr yn ddiweddarach, roedd Rhiannon ar ei gliniau a Heledd yn cyfogi mewn cornel.

'Ddim yn ddrwg,' meddai Aitor, 'mae'n siŵr bod y daith hir ar eich tinau mewn cert wedi effeithio rhywfaint ar eich stamina chi, felly dwi'n disgwyl gwell fory. Dida! Tyrd â dŵr iddyn nhw. Pum munud, wedyn ymarferion i gryfhau'r craidd.'

Am awr arall, bu'r ddwy yn dal eu cyrff i fyny o'r llawr gerfydd eu breichiau, ac yn 'camu' fel petaen nhw'n dringo mynydd ar yr un pryd, ac wedyn yn gorwedd ar eu cefnau'n dal cwdyn o ffa yn uchel yn un llaw a chodi ar eu traed gan gadw'r cwdyn yn uchel a'r fraich yn syth, drosodd a throsodd. Dywedodd Aitor ei fod am iddyn nhw wneud yr un peth ond yn gyflymach drannoeth.

Diod a deng munud arall o orffwys, yna rhoddodd Dida gleddyf pren yr un iddyn nhw. Cododd Rhiannon ei haeliau: doedd hi ddim wedi disgwyl i'r cleddyf fod mor drwm. Roedd ei chleddyf adre ym Môn yn llawer ysgafnach. Deallodd wedyn mai'r bwriad oedd gwneud iddyn nhw ymarfer gydag arfau trymion fel bod yr arfau go iawn yn teimlo gymaint haws. Roedd y merched eraill wedi hen roi'r gorau i waldio'r polion ac yn ymarfer cleddyfa yn erbyn ei gilydd, ond roedd y safon yn amrywio'n arw ac roedd Aitor yn dechrau colli amynedd gydag ambell un. Dysgodd Rhiannon a Heledd sawl rheg newydd wrth wrando arno'n bytheirio.

Yna daeth atyn nhw ill dwy a gofyn iddyn nhw arddangos eu sgiliau cleddyfa – yn ei erbyn o. Dewisodd Heledd fynd gyntaf ac aeth hi ati gydag egni rhyfeddol am rai munudau, nes i Aitor wneud i'w chleddyf hedfan drwy'r awyr a'i gadael heb arf – ac yn gwgu. Amneidiodd Aitor at Rhiannon – ei thro hi rŵan.

Camodd tuag ato ac edrychodd y ddau ar ei gilydd am rai eiliadau heb symud. Gadawodd Rhiannon iddo fo anelu ati hi yn gyntaf, a llwyddo i atal ei ergyd yn hawdd – a'r eildro. Roedd hi'n chydig o gêm cath a llygoden wedyn, y ddau yn ceisio darllen llygaid a symudiadau'r llall. Yn y diwedd, penderfynodd hi anelu slaes uchel at ei wddf ond roedd o'n rhy gyflym iddi – gwyrodd yn ei ôl heb golli ei falans o gwbl a saethu ei gleddyf allan gan ei dal yn ei stumog. Estynnodd Aitor ei law i'w chodi'n ôl ar ei thraed.

'Addawol,' meddai. 'Ti'n gyflym.' Amneidiodd ar Heledd i ddod atyn nhw a dechrau egluro nad y ffordd roedden nhw wedi arfer cleddyfa oedd y ffordd fwyaf effeithiol. Ond roedd diffyg Lladin y merched yn ei gwneud hi'n anodd iddyn nhw ddeall be'n union roedd o'n ei ddweud. Brysiodd Dida i nôl un o'r merched Prydeinig.

Cyflwynodd Branwen ei hun; un o lwyth y Silwriaid oedd hi, a'i hacen dim ond fymryn yn wahanol i un Ynys Môn. Roedd hi'r un taldra â Heledd, gyda gwallt tywyll a llygaid brown, bron yn ddu. Brysiodd i gyfieithu geiriau Aitor wrth iddo ddefnyddio Dida fel ei elyn dychmygol:

'Rhaid i chi anghofio am roi slaes o'r ochr. Mae trywanu yn gwneud llawer mwy o niwed. Pan dach chi'n rhoi slaes fel hyn,' meddai gan ffugio slaes o'r ochr, 'mae 'na lewys haearn neu ledr ar ffordd. A hyd yn oed os ewch chi drwy'r rheiny, mae 'na esgyrn o dan y cnawd. Ond os newch chi drywanu fel hyn efo'r darn pigog ...' Saethodd Aitor ei gleddyf byr yn syth o'i flaen tuag at stumog Dida. 'Mae'n haws mynd yn ddyfnach at yr organau pwysig. Mae twll dyfnder dau fawd yn gallu bod yn angheuol. Fan hyn, fan hyn, a fan hyn, hyd yn oed.'

'Hefyd, drwy gadw dy freichiau o flaen dy gorff fel hyn, dwyt ti ddim yn gadael dy hun yn agored. Edrycha hawdd ydi hi i Dida fy nhrywanu i os dwi'n codi fy mraich yn ôl...'

Edrychodd y ddwy chwaer ar y cyfan mewn anghrediniaeth. Wrth gwrs. Roedd o'n gwneud perffaith synnwyr. Felly dyna un rheswm pam fod y Rhufeiniaid mor anodd eu curo.

"Dan ni wedi bod yn ei neud o'n anghywir ers y dechrau un!' ochneidiodd Heledd.

'Roedd o'n gweithio'n iawn yn erbyn pobl oedd yn ymladd yr un fath â ni,' meddai Rhiannon. 'Ond ddim yn erbyn y Rhufeiniaid.'

'A ddim yn erbyn gladiatoriaid...' meddai Branwen.

Bu'r ddwy yn ymladd yn null Aitor nes i Dida bwyntio at yr haul yn machlud. Nodiodd Aitor a chwythodd Dida yr utgorn oedd ar bolyn wrth y lle bwyd i nodi diwedd y sesiwn.

Wedi cadw eu hoffer i gyd a gadael i Aitor, Dida a'r gweithwyr eraill roi cyffion yn ôl am eu fferau, ymlwybrodd y gladiatoriaid i gyd at y meinciau i gael eu bwydo. Cawl pysgod a chregyn gleision gyda digonedd o haidd ynddo oedd i swper, a digon o fara hefyd.

'Ydan, rydan ni'n cael ein bwydo'n dda yma,' gwenodd Gogo o weld wynebau'r ddwy chwaer. Gwenu wnaethon nhw hefyd pan eglurodd Branwen yr hyn roedd Gogo newydd ei ddweud.

'Rŵan, dwedwch hynna ar fy ôl i,' meddai Gogo. 'Rhaid i chi ailadrodd fel parot er mwyn dysgu iaith arall.' Ufuddhaodd y ddwy ac ailadrodd eto ac eto nes i'r merched eraill ddangos eu bod yn fodlon. Bu'r ddwy yn ailadrodd bron bob dim a ddywedwyd wrthyn nhw drwy'r pryd cyfan, nes bod eu pennau'n troi.

'Ydi, mae'n waith caled,' meddai Branwen yn Gymraeg, 'ond mae'n bwysig i chi ddallt be sy'n cael ei ddeud wrthach chi, ac mae pawb yn siarad Lladin y dyddiau yma.'

'Dwi'n hoffi sŵn eich iaith chi,' meddai Gogo, 'Bydd raid i mi roi cynnig ar ei dysgu hi.'

'Mae hi'n siarad llawer o ieithoedd,' eglurodd Branwen yn Lladin.

'Faint?' holodd Heledd – hefyd yn Lladin.

'Saith. Naci – wyth,' atebodd Gogo. O weld y syndod ar wynebau'r ddwy, ychwanegodd: 'Mae'n hawdd unwaith ti'n gwybod am y tric parot. Fel dysgu bod yn gladiator yn union – gwneud yr un peth drosodd a throsodd nes ei fod yn ail natur.'

'Felly sut deimlad ydi o go iawn, bod yn yr amffitheatr, yn gorfod ymladd o flaen yr holl bobl?' holodd Rhiannon mewn Lladin herciog ond dealladwy.

'Ro'n i bron â gwlychu fy hun y tro cynta,' atebodd Gogo. 'Yr holl sŵn a gweiddi a hanner y dorf yn dy erbyn di'n syth. Fel'na maen nhw – yn penderfynu cefnogi pwy bynnag sydd â tharian fach gron a chasáu pwy bynnag sydd â tharian hir. Dydi o'n ddim byd personol. Y peth gwaetha ydi pan wyt ti'n nabod y ferch sy'n dy erbyn di ac yn ei hoffi hi; wedi rhannu cyfrinachau efo hi, wedi crio ar ei hysgwydd hi. Ond ti jest yn gorfod derbyn bod un ohonoch chi'n mynd i farw, neu gael ei brifo'n uffernol. Ac yn fy achos i, unwaith dwi'n dechrau ymladd, mae'n mynd i 'ngwaed i ac i 'mhen i a dwi'n dechrau mwynhau teimlo mor gryf a phwerus a chyflym – a mwynhau dangos hynny i'r dorf hefyd. A gan amlaf, maen nhw'n gwerthfawrogi hynny ac yn penderfynu fy nghefnogi i wedi'r cwbl!' Roedd y tân yn ei llais a'i llygaid yn gyfareddol, ond yna, yn sydyn, diffoddodd y tân. Aeth ei llais yn is a'i llygaid yn llaith.

'Ti wrth dy fodd dy fod ti wedi ennill ond mae gen ti ffrind yn llai – eto. A ti'n teimlo'n euog achos doedd ganddi ddim

135

gobaith.' Ochneidiodd yn ddwfn, yna codi ei gên eto. 'Ond os dwi'n gweld bod y ferch arall mewn poen ofnadwy, dwi ddim yn gadael iddi ddiodde'n hir iawn.'

Bu'r gweddill yn dawel am hir. Roedd hi'n debygol iawn y byddai'n rhaid i bob un ohonyn nhw wynebu Gogo ryw ben.

'Creithiau ymladd ydi'r marciau 'na ar dy wyneb di?' gofynnodd Heledd i Gogo.

'Naci, fy nhad roddodd rhain i mi pan ges i fy ngeni,' meddai Gogo. 'Mae ein teulu ni i gyd â'r un marciau – fy mrodyr a'm chwiorydd, fy nghefndryd, fy nhad, fy nain, fy hen deidiau – pawb. Mae'n hen, hen draddodiad er mwyn ein gwarchod ac i ddangos parch at y panther.'

'Be ydi panther?' gofynnodd Rhiannon a Heledd ar yr un pryd yn union. Aeth Gogo ati i ddisgrifio'r gath fawr ddu a'i phŵer a'i symudiadau gosgeiddig ac egluro bod un o'i chyndeidiau wedi bod yn hela panther gyda'r pentref un tro; ei helfa gyntaf erioed, pan oedd ei lais yn dal yn llais plentyn, dim ond i'r panther cyfrwys neidio arno o gangen a'i daro i'r llawr. Roedd o'n gorwedd yno yn edrych i fyny ar y dannedd enfawr a'r llygaid melyn, yn meddwl bod y diwedd wedi dod, pan gododd y panther ei ben, syllu i fyw ei lygaid am hir, a diflannu.

'O hynny ymlaen, does neb o'n teulu ni wedi lladd panther, ac mae pob babi newydd yn cael marc y panther gyda chyllell boeth. Achos oni bai am y panther hwnnw, fyddai'r un ohonon ni'n bod.' Syllodd pawb ar ei chreithiau hi gydag edmygedd.

Holodd Branwen a oedd unrhyw newyddion o Brydain. Dechreuodd Heledd sôn yn llawn brwdfrydedd am Buddug yn arwain byddin anferthol i chwalu Camulodunum a Llundain, ond torrodd Branwen ar ei thraws. Mae'n rhaid bod y negeswyr wedi eu pasio wythnosau ynghynt.

'Mi gafodd ei byddin hi ei chwalu mae arna i ofn,' meddai Branwen. 'Er bod byddin Suetonius Paulinus yn llawer, llawer llai. Dyna ddywedodd y negeswyr beth bynnag. Ond Suetonius oedd yn deud wrthyn nhw be i'w ddeud, felly dwi'm yn siŵr faint o wirionedd sydd yn hynny.'

Edrychodd y ddwy chwaer ar ei gilydd. Gwelodd Heledd ysgwyddau Rhiannon yn disgyn led llaw cyfan.

'Os felly, ydi hi'n bosib mai celwydd oedd deud bod Buddug a'i byddin wedi eu chwalu hefyd?' holodd.

'Dwi ddim yn meddwl. 'Dan ni gyd wedi gweld pa mor effeithiol ydi'r fyddin Rufeinig, yn do? Ond fel arfer, byddai miloedd o'r rhai gafodd eu dal yn fyw, yn cael eu gwerthu a'u cludo – fel ni – i weddill yr Ymerodraeth i fod yn gaethweision...'

'Ond dywedodd y negeswyr fod pawb wedi cael eu lladd,' meddai Gogo, 'pob rhyfelwr, pob cogydd, pob gwraig a phlentyn, a hyd yn oed yr anifeiliaid.'

'Suetonius yn ceisio dangos pa mor gryf a didrugaredd ydi o,' meddai Branwen.

'I drio rhwystro pobl eraill rhag gwrthryfela, ia?' meddai Heledd. Nodiodd y criw yn dawel.

'Be am Buddug ei hun?' gofynnodd Rhiannon, yn ofni'r gwaethaf. 'Gafodd hi ei dal?'

'Wel, mae'r straeon amdani hi'n gymysglyd,' meddai Branwen. 'Un negesydd yn deud ei bod wedi gwenwyno ei hun er mwyn osgoi cael ei dal a'i harteithio gan Suetonius, ac un arall yn deud ei bod hi wedi llwyddo i ddianc ond wedi mynd yn sâl a marw wedyn.'

Bu tawelwch wrth i'r ddwy geisio gwneud synnwyr o'r newyddion.

'Ond mae hi'n bendant wedi marw...' meddai Heledd.

'Ydi. Ond does 'na neb yn gwybod be ddigwyddodd i'w merched hi.'

'Wel, dianc, gobeithio,' meddai Heledd, 'a chuddio nes byddan nhw'n barod i ddechrau gwrthryfel arall!'

17

Welodd y merched mo'r rheolwr, y *lanista*, tan y trydydd diwrnod. Roedd hwnnw wedi bod ar daith yn y de, yn astudio a phrynu gladiatoriaid, a phan fyddai'n hwylio i mewn fel rhyw ymerawdwr bychan ddiwedd y bore, byddai eisiau gweld y rhai roedd Aitor wedi eu prynu yn ei absenoldeb.

Gwyddai Aitor mai cwyno fyddai o a dwrdio fel rhyw hen wiwer flin. Doedd y dynion gawson nhw'n ddim byd arbennig, ond wedi chydig fisoedd o ymarfer, pwy a ŵyr? Roedd y pethau rhyfeddaf yn gallu digwydd o flaen torf: y rhai mawr, cryf ac addawol yn crebachu a throi'n llygod, a'r llinyn trôns mwya tila yn gallu troi'n flaidd.

Yn bersonol, roedd o'n hapus iawn efo'r ddwy ferch, ac roedd o'n gwybod yn iawn y byddai'r *lanista* hefyd, hyd yn oed os fyddai o'n mynnu cwyno. Roedd 'na gryn dipyn o waith arnyn nhw ond roedd y potensial yn amlwg. Byddai'r ddwy yn rhoi sioe dda ymlaen pan fyddai'n bryd iddyn nhw ymddangos yn yr amffitheatr, Rhiannon yn enwedig. Ymhen amser, fe allai honno roi her i Gogo, hyd yn oed.

Doedd Aitor ddim yn rhy hapus pan gafodd wybod mai hyfforddi merched fyddai o. Roedd o wedi edrych ymlaen gymaint at ymddeol o fod yn gladiator a mynd yn syth i ffermio a physgota ar dyddyn bychan yn ôl ym mro ei febyd yng Ngwlad y Basg. Priodi hogan ddel o'r mynyddoedd a magu llwyth o blant er mwyn iddo gael haeddu ei enw. Ystyr Aitor yn ei iaith o oedd 'tad da' ac er ei fod yn amau'n gryf fod ganddo blant yma ac acw, gan fod cymaint o ferched wedi taflu eu hunain ato pan oedd o'n gladiator ifanc a hardd, doedd o erioed wedi gweld yr un ohonyn nhw, erioed wedi edrych ar wyneb plentyn o'i waed a'i gnawd ei hun. Erioed wedi teimlo'r don honno o gariad roedd ei dad a'i daid a'i ewythrod wedi ei disgrifio iddo.

Fe allai'r freuddwyd ddod yn wir o hyd; roedd o'n dal yn ddigon ifanc, er, ddim mor hardd. Gwyddai fod ei graith yn gwneud i rai merched fethu edrych arno. Felly allai o ddim mynd yn ôl adref yn waglaw: roedd yn rhaid iddo hel digon o arian i brynu tyddyn a thir ac anifeiliaid a phob dim y byddai ei wraig yn ei ddymuno. Doedd gladiatoriaid ddim yn cael cyflog. Caethweision oedden nhw, a fyddai'r gwobrau gafodd o ddim yn ddigon i brynu mwy na thair gafr.

Ond roedd o wedi cael ei ryddid ac roedd o am ddefnyddio'r rhyddid hwnnw i wneud arian, a'r unig ffordd allai o wneud arian oedd drwy hyfforddi gladiatoriaid fel *doctore*. Ond roedd y rheolwr, y *lanista* ddiawl wedi penderfynu ei roi yng ngofal y blydi merched!

Roedden nhw wedi bod yn defnyddio merched i ymladd ers blynyddoedd, ond fel jôc, yn erbyn corachod ac ati. Erbyn hyn, iawn, roedden nhw'n gladiatores go iawn, a Nero wrth ei fodd efo nhw, ond roedd nifer fawr o'r gynulleidfa yn dal i gofio dyddiau'r corachod ac wedi bod yn araf iawn yn dod i werthfawrogi sgiliau'r merched gorau. Roedd o ei hun wedi cymryd oes i weld eu potensial.

Pan gyrhaeddodd Mirna, y ferch ryfeddol o Dalmatia, bum mlynedd yn ôl, cafodd sioc ar ei din. Roedd hi wedi ei geni i ymladd, ac roedd ei dysgu yn bleser pur. Gyda'i choesau hirion a'i hwyneb duwies a'i gwallt du fel y frân, roedd y torfeydd wedi dotio ati hefyd. O Capua i Lusitania, byddai pawb am weld Mirna. Am flynyddoedd hapus, cyffrous, doedd neb i'w churo – nes i Gogo gyrraedd. A dyna sut ddysgodd o nad oedd Mirna yn unigryw; bod nifer fawr o ferched athletaidd, cryf, penderfynol a chyfrwys i'w cael.

Dyna'r tro cyntaf – a'r olaf – iddo grio wrth weld un o'i ferched yn cael ei llusgo allan fel corff. Roedd o'n wir fel colli ei ferch ei hun. Cymerodd sbel i faddau i Gogo am hynna. Ond dim ond gwneud ei gwaith oedd hi, ac roedd Gogo ac yntau wedi dod yn ffrindiau bellach. Ond nid fel Mirna. Fyddai neb byth fel Mirna.

'Aitor! Tyrd yma!' Dyma fo: y llais trwynol oedd yn dân ar ei groen, Lupus Lentulus y *lanista*. Y brych oedd wrth ei fodd yn dweud wrth yr hyfforddwyr be i'w wneud, y snichyn oedd yn meddwl ei fod o'n gymaint o foi, y mwnci oedd yn cymryd y clod i gyd a thros dri chwarter yr arian. Y sbrych oedd wedi treulio ei oes yn prynu a gwerthu gladiatoriaid – yn cynnwys Aitor ei hun bron ugain mlynedd ynghynt. Anadlodd yn ddwfn, gosod gwên ar ei wyneb, troi a cherdded i gyfeiriad llais ei 'feistr'.

Roedd tri gladiator newydd o'r de wrth ei ochr – dau ddyn ac un ferch, ac roedd yr hyfforddwyr eraill mewn hanner cylch o'i flaen, yn gwrando'n astud.

'Iawn, felly diolch i mi, mae gynnon ni ddigon o ddynion difyr ar gyfer fory,' meddai'r llais a swniai'n union fel petae rhywun wedi stwffio dau fys i fyny ei ffroenau. 'Lle 'dan ni arni efo'r merched, Aitor? Oes 'na rywun yn barod i wynebu Gogo eto?'

Anadlodd Aitor allan yn araf.

'Os dach chi isio cystadleuaeth dda, nac oes. Does yr un o'r rhain yn mynd i allu curo Gogo heno. Mewn chydig fisoedd efallai, ond ddim mor fuan â hyn.'

'Wel, Hercle a drapia!' ymdrwynodd Lupus Lentulus.

'Mae'r bobl – a Nero yn fwy na neb – yn gweiddi am weld mwy o ferched wrthi. Be tasen ni'n gneud pethau'n fwy anodd i Gogo? Peidio gadael iddi wisgo'r arfwisg 'na ar ei breichiau – na'i choesau! Ia, dyna fo – geith hi ymladd yn noethlymun! Mi fydd Nero wrth ei fodd efo hynna!'

Anadlodd Aitor allan eto.

'Dwi ddim yn meddwl y bydd Gogo yn–'

'Dim llwchyn o ots gen i os na fydd hi'n cytuno!' meddai'r *lanista* mewn llais yr un mor finiog â'i ên. 'Does ganddi ddim dewis. A dy job di ydi gwneud yn siŵr ei bod hi'n ymddangos wythnos nesa heb gerpyn amdani. Felly pwy allwn ni roi yn ei herbyn hi? Be am y criw o chwech 'na gest ti? Maen nhw yma ers misoedd rŵan.'

Brwydrodd Aitor i beidio â rhowlio ei lygaid. 'Maen nhw wedi dod mlaen yn dda, ond fel ddwedais i, ddim yn ddigon da i wynebu Gogo, dim bwys be fydd hi'n ei wisgo.'

'Neu ddim yn ei wisgo!' gwichiodd Lupus Lentulus. 'Be am y rhai brynaist ti yn fy absenoldeb i?'

'Yn bell o fod yn barod, ond yn werth buddsoddi amser ynddyn nhw gan eu bod nhw wir yn dangos potensial. Be am y ferch newydd yma wrth eich hochr chi? Dwi'n cymryd ei bod hi'n brofiadol?'

'Agrippa... ydi. Mae hi'n gyffrous tu hwnt, on'd dwyt ti, 'mechan i?' meddai'r *lanista* gan roi ei fraich am wasg y ferch a'i gwasgu ato. Brwydrodd honno i beidio â gwingo. Merch dal, gref gyda phlethen hir felen oedd hi, a golwg merch o Germania arni. 'Iawn, dim dewis felly ond rhoi Gogo yn erbyn Agrippa. A dwy o'r chwech 'na sy gen ti yn erbyn ei gilydd. Fe ddylai hynny fod yn ddigon o ferched i Nero fory.' Prysurodd i ofalu fod ei gaethwas Groegaidd wedi nodi pob dim yn gywir ac nad oedd angen newid geiriad y posteri oedd wedi eu gwasgaru ar draws y brifddinas ers dyddiau.

'Felly, ailadroddodd y caethwas: "Dewch i weld pedwar pâr ar hugain o gladiatoriaid Lupus Lentulus yn ymladd yn y Maximus ar Hydref yr wythfed a'r nawfed. Bydd anifeiliaid gwyllt yn cael eu hela hefyd, a phrif dderwydd Prydain yn cael ei ddienyddio."'

'Perffaith,' meddai Lupus Lentulus. 'Er, wn i ddim pam dwi'n trafferthu chwaith, mae'r tocynnau bron i gyd wedi mynd yn barod! Ond dwi'n teimlo'n glên heddiw. Dowch â phob un o'r *Familia Gladiatora* draw bore fory. Mi fydd yn addysg i'r rhai newydd ond yn fwy na dim, mi fydd yn hwyl! Oherwydd mae 'na dderwydd yn cael ei ladd amser cinio. Dydan ni ddim wedi gweld hynny ers blynyddoedd, ac mae hwn yn Arch Dderwydd; dihiryn o'r radd flaenaf! Wedi ei ddal gan Suetonius Paulinus, chwarae teg iddo fo, cyn iddo fo fynd i gael trefn ar y wrach Boudica 'na. Bechod ei fod o wedi lladd honno yn hytrach na'i dal hi. Meddyliwch y torfeydd fyddai'n dod i weld honno'n cael ei rhwygo'n ddarnau!'

Doedd Lladin Rhiannon a Heledd ddim yn ddigon da i ddeall popeth ddywedodd o, ond roedden nhw'n sicr wedi clywed y gair '*druid*' ac enwau Buddug a Suetonius Paulinus. Wedi i Branwen egluro, gwelwodd y ddwy. Doedden nhw ddim am fynd.

'Fydd gynnoch chi ddim dewis,' meddai Gogo. 'Y *lanista* sydd pia chi a dyna fo. Os ydi o'n deud eich bod chi'n mynd, mynd fyddwch chi. Dwi ddim isio mynd i'r *Forum* heno chwaith, ond does gen i, na'r gweddill fydd yn perfformio fory, ddim dewis.'

'Be sy'n digwydd yn y *Forum*?' gofynnodd Rhiannon.

''Dan ni gyd yn cael ein harwain allan fesul un, heb ein gwisgoedd arferol, a heb ein helmedau, o flaen torf fawr, iddyn nhw gael glafoerio drostan ni – neu weiddi pethau cas os fyddan nhw wedi penderfynu eu bod nhw ddim yn ein hoffi ni, a bydd Lupus Lentulus yn y llais ofnadwy 'na, yn cyhoeddi ein henwau, faint ydi'n hoed ni, pa arfau fydd gynnon ni, faint o frwydrau 'dan ni wedi eu hennill hyd yma, bla bla bla.'

Sylwodd Rhiannon fod Branwen yn edrych yn nerfus wrth iddi gyfieithu geiriau Gogo.

'Felly mi fyddi di'n gorfod mynd drwy hynna heno – am y tro cynta.'

Nodiodd Branwen.

'Ond y wledd ar ôl hynna sy'n fy mhoeni i fwya,' meddai. Y noson cyn i bob gemau agor, bydd y noddwr yn gwahodd pwysigion a byddigion y ddinas i wledd arbennig, i fwynhau cwmni'r gladiatoriaid dros bryd o barot, ffesant, estrys a sodlau camel ac ati. Bydd y dynion a'r gwragedd fel ei gilydd yn mwynhau cael bod mor agos atyn nhw, ac yn aml, dyna pryd fydd gwraig neu ferch ambell bwysigyn yn dechrau perthynas gyfrinachol gyda'r gladiatoriaid gwrywaidd. Bydd y rhai benywaidd yn cael cynigion hefyd, wrth gwrs. Neu orchymyn.

'Maen nhw i gyd yn meddwl bod gynnyn nhw'r hawl i dy wasgu di a dy fyseddu di efo'u dwylo chwyslyd,' meddai Gogo. 'Ddim hyd yn oed yn slei bach, ond o flaen pawb! Maen nhw'n wironeddol afiach.'

'Felly be dwi fod i neud os fydd rhywun yn gneud hynny i mi?' gofynnodd Branwen. 'Efo'n dynion ni adre, doedd o byth yn broblem; un ai ro'n i isio bod efo nhw, neu ro'n i jest yn deud "na" neu'n rhoi pelten iddyn nhw. Ond mi fydd pawb yn y wledd yn bwysig ac yn meddwl bod gynnyn nhw hawl drosta i, felly sut mae cael gwared arnyn nhw heb beryglu 'mywyd i?'

Chwarddodd Gogo yn uchel. 'Ha! Mae 'na siawns go lew y cei di dy ladd drannoeth beth bynnag, cofia!' Roedd hyd yn oed Branwen yn gorfod chwerthin – roedd y sefyllfa'n hurt. 'Ond o ddifri,' meddai Gogo, 'sibryda yn eu clust nhw y byddet ti wrth dy fodd ond dy fod ti wedi cael y briwiau mwya ofnadwy lawr fan'na ers i ti garu ddwytha...'

'A'u bod nhw'n diferu'n wyrdd a melyn ac yn drewi!' chwarddodd un o'r merched eraill.

Doedd gan y ddwy chwaer ddim syniad am beth roedden nhw'n sôn. Os oedd afiechydon rhywiol wedi cyrraedd Môn, roedd y dewinesau wedi gallu eu trin mewn pryd.

Wrth helpu'r merched i osod a chyrlio a gwnïo eu gwalltiau'n smart ar gyfer y *Forum*, ceisiodd Rhiannon gysuro Heledd ynglŷn a gweld Cynyr Hen.

'Gwranda, o leia mi fyddwn ni'n gallu ffarwelio efo fo. A fedar y *lanista* 'na ddim ein gorfodi ni i gadw ein llygaid ar agor.'

Fore trannoeth, roedd yr amffitheatr dan ei sang a chynffonnau hir o bobl yn aros i fynd mewn.

Allai Rhiannon ddim peidio â syllu mewn syndod ar faint yr adeilad pren a'r miloedd o bobl oedd yn dal i dyrru i mewn iddo – ac roedd Nero eisoes wedi dechrau codi amffitheatr newydd fyddai'n llawer iawn mwy – o garreg. Ond fyddai honno ddim yn barod am rai blynyddoedd. Y tu mewn i amffitheatr Statilius Taurus, roedd y bobl bwysicaf, mwyaf ariannog yn eu gwisgoedd gwynion yn y rhes waelod, yna gwisgoedd lliwgar y bobl ariannog oedd ddim cweit mor bwysig yn y rhesi uwch a'r bobl gyffredin yn y rhesi uwch ben y rheiny. Ond merched oedd yn eistedd yn y rhes uchaf un, gwragedd a merched y pwysigion. Doedd neb yn siŵr beth oedd y rheswm am eu rhoi i fyny yn fan'no, ond roedd Branwen wedi clywed mai eu cadw'n ddigon pell o'r gladiatoriaid gwrywaidd oedd y bwriad gwreiddiol.

'Mae 'na gymaint o ferched yn mopio'u pennau efo nhw, ti'n gweld, yn taflu eu hunain atyn nhw, ac mae merched crand Rhufain i fod i aros yn "bur" a pheidio byth â charu efo neb ond eu gwŷr, bechod.'

Gallai Rhiannon weld pam fyddai merched yn gwirioni. Edrychai dynion 'pwysig' Rhufain mor dila a merchetaidd o'u cymharu â chyhyrau sgleiniog y gladiatoriaid. Dim ond breichiau tenau'r pwysigion oedd i'w gweld dan eu gwisgoedd hirion, tra roedd yr ymladdwyr yn hanner noeth, eu coesau hirion, brown a'u stumogau a'u cefnau cyhyrog yn sgrechian 'dyma berffeithrwydd dyn cryf, iach sydd â'r gallu i gyrraedd y mannau na all dynion cyffredin eu cyrraedd'.

Doedd hi ddim wedi cael cyfle i sgwrsio llawer gyda'r dynion yn yr ysgol eto, ond roedd hi'n sicr wedi dal ei hun yn syllu ar ambell un a theimlo rhannau o'i chorff yn cynhesu. Ond faint ohonyn nhw fyddai'n dal yn fyw heno? Roedd perthynas efo gladiator yn gêm beryglus. Yna sylweddolodd nad oedd ganddi hithau lawer o obaith byw yn hir chwaith. Byddai'r cyfan yn dibynnu ar fympwy yr Ymerawdwr.

A dacw fo ar y gair, Nero ei hun, wedi cyrraedd ei sedd foethus. Cyrliau melyn, taclus ar ben digon cyffredin a hwnnw ar wddf anghyffredin o drwchus, a'i fol swmpus yn amlwg er gwaetha'r diwnig hir, ddrud. Roedden nhw'n dweud ei fod wedi lladd ei fam ei hun am ei fod o'n credu ei bod hi'n bwriadu ei ladd o. Dyn od, yn bendant. Ond roedd o'n amlwg wrth ei fodd efo gemau fel hyn, yn gwenu a rhuo chwerthin am yn ail ac yn codi ei law ar y dorf yn gyson.

Sefyll yn y cysgodion ger mynedfa'r gladiatoriaid oedd

Rhiannon a Heledd – doedd dim seddi ar gael iddyn nhw wrth reswm. Yn ôl yr aroglau a'r sŵn rhuo a chyfarth, roedd yr anifeiliaid yn cael eu cadw o dan yr amffitheatr.

'Sgwn i ydi Cynyr Hen lawr fan'na hefyd?' meddai Heledd.

'Siŵr o fod. Ti'n meddwl allwn ni sleifio i lawr i weld allwn ni drio cael gair sydyn efo fo?'

Ond wedi troi'r gornel gyntaf yn eu cyffion, cafodd y ddwy eu hel yn ôl yn syth gan swyddogion blin. Beth oedd ar eu pennau nhw? Roedd yr anifeiliaid ar eu ffordd!

Roedd Gogo a Branwen wedi disgrifio trefn y dydd iddyn nhw: byddai'r bore yn dair rhan: brwydrau'r anifeiliaid yn gyntaf, wedyn adloniant syrcas a'r helfa i orffen. Lladd y drwgweithredwyr dros yr awr ginio, yna, wedi i'r cyrff gael eu llusgo i ffwrdd a mwy o dywod ei daenu i guddio'r holl waed, byddai gorymdaith o swyddogion, cerddorion, y gwobrau, trefnydd y gemau a'i weision ac yna'r gladiatoriaid eu hunain, heb eu harfwisgoedd a'u helmedau, er mwyn i bawb na fu yn y *Forum* gael edmygu eu cyrff athletaidd.

Edrychodd y ddwy yn fud ar yr anifeiliaid yn cael eu gollwng i'r arena: tarw ac arth gyda rhaff a chadwyn yn eu cysylltu fel nad oedd modd i'r un ddianc rhag y llall. Roedd o'n drist ac yn erchyll, ond roedd y dorf wrth eu boddau. Y tarw enillodd yn y diwedd, ond roedd y ddau anifail wedi eu hanafu mor ddrwg, cafodd y ddau eu lladd wedyn gan waywffyn yr helwyr. Dilynwyd hynny gan wahanol gyfuniadau o anifeiliaid oedd wedi eu dychryn yn rhacs gan y sefyllfa a sŵn y dorf yn rhuo: llew yn erbyn llewpart, rhinoseros yn erbyn byfflo a tharw arall yn erbyn eliffant, oedd, yn union fel y dywedodd Tasco, yn edrych fel mynydd. Ond doedd mynyddoedd ddim yn rhuo mewn ofn a braw.

Brwydrodd Rhiannon i beidio â gwrando ar ei thrydedd

glust, lle roedd ofn a dryswch yr anifeiliaid yn ei thrywanu i'r byw. Roedd hi wedi hela a lladd cannoedd o anifeiliaid ei hun, ond er mwyn byw roedd hynny, i gael rhywbeth i fwydo'r teulu. Roedd yr anifeiliaid yn gwybod hynny ac yn gwneud yr un peth eu hunain. Dyna drefn natur. Ond nid natur mo hyn.

'Dwi ddim yn dallt. Pam eu bod nhw'n gneud hyn?' gofynnodd i Aitor, wrth wylio corff llipa arall yn cael ei lusgo o'r arena.

'I brofi bod Ymerodraeth Rufain yn gallu rheoli pawb a phopeth, hyd yn oed natur ar ei mwyaf gwyllt,' meddai hwnnw. 'Mae'r helfa yn waeth eto. Dewch efo fi,' meddai gan arwain y ddwy i lawr i dywyllwch swnllyd y byd o dan yr amffitheatr. I'r dde roedd cannoedd o anifeiliaid wedi eu corlannu: mulod, ceirw amrywiol, yn cynnwys rhai mawr na welodd y merched eu tebyg o'r blaen, 'Oryx o'r Affrig' eglurodd Aitor.

'Be yn y byd ydi'r rheina? Adar ydyn nhw?' gofynnodd Heledd gan bwyntio at greaduriaid mawr, du a gwyn gyda gyddfau hirion.

'Ia. Estrys,' meddai Aitor. 'Roedden ni'n bwyta eu wyau nhw neithiwr yn y wledd.'

'Rhan o'r syrcas fydd rhain?' gofynnodd Rhiannon, oedd wedi clywed am fechgyn yn cerdded ar gefnau teirw ac eliffantod cwbl ddof na fyddai'n cael eu lladd.

'Naci. Ar gyfer y *venatio* mae'r rhain, pan fydd y *venatores*, yr helwyr draw fan acw,' meddai gan bwyntio at y dynion tal gyda gwaywffyn, 'yn rhedeg ar ôl rhain a'u lladd nhw. Dydyn nhw ddim yn anifeiliaid peryglus o gwbl, ond maen nhw'n gyflym ac mae'r Rhufeiniaid yn mwynhau gweld gwaed, fel gwelsoch chi. Wedyn, bydd yr anifeiliaid peryglus yn cael eu hela – a'u lladd. Cannoedd o lewod, eirth ac ati. Mi fyddan nhw'n lladd cannoedd o anifeiliaid eto fory, ac mae hyn yn digwydd mewn amffitheatrau dros yr ymerodraeth gyfan. Dwi'n synnu bod unrhyw anifeiliaid ar ôl yn Affrica.'

Roedd o'n siarad mewn llais isel fel petae ddim am i neb arall ei glywed. Efallai y byddai rhai yn dal dig ato am beidio â chanmol y gemau a phŵer yr ymerodraeth, sylweddolodd Rhiannon.

'I lawr fan hyn mae'r carcharorion hefyd?' holodd Heledd yn sydyn.

Trodd Aitor ati gyda diddordeb.

'Ia, pam?'

''Dan ni'n nabod un ohonyn nhw.'

Nodiodd Aitor yn araf cyn gofyn, er ei fod yn eitha siŵr o'r ateb:

'Y Derwydd?'

Gofynnodd Heledd a oedd gobaith iddyn nhw fedru mynd i'w weld i gael gair olaf sydyn gydag o. Cnodd Aitor ei wefus tra'i fod yn pendroni. Roedd y swyddogion i gyd yn gyfarwydd ag o ac yn ei barchu fel *doctore* a chyn-gladiator llwyddiannus. A byddai'r rhan fwyaf â mwy o ddiddordeb yn yr hela yn yr arena nag yn y carcharorion yn eu cadwyni. A hei, roedd hi'n hen bryd iddo deimlo'r wefr o dorri rheol eto.

'Pam lai?' meddai. 'Dowch, ond pum munud ar y mwya.'

Gan fod y carcharorion i gyd wedi eu gwasgu i un stafell dywyll yr ochr draw i fariau, doedden nhw ddim yn medru gweld yr hen Dderwydd. Roedd rhai o'r carcharorion yn sefyll, eraill yn eistedd neu'n gorwedd ar y llawr pridd, yn gweddïo neu'n crio, neu'n gwbl fud. Edrychodd ambell un arnyn nhw gydag ofn enbyd yn eu llygaid, ond eu hanwybyddu wnaeth y rhan fwyaf.

'Hei – ydi'r Derwydd yma?' gofynnodd Aitor. Cododd rhai

eu hysgwyddau; doedd eraill ddim mewn stad i'w glywed heb sôn am ymateb.

'Cynyr Hen?' galwodd Heledd, 'dach chi yna?'

Dim ateb.

Yn araf, ac mewn llais crynedig i ddechrau, dechreuodd Rhiannon ganu 'Mawlgan Taranis'. Cafodd Aitor ei atgoffa o lais ei fam, llais fel mêl cyntaf y gwanwyn, a gwenodd.

O'r diwedd – symudiad bychan yn y gornel bellaf wrth i ben godi mymryn i ddangos llygaid gwynion. Edrychai fel sgerbwd, ac roedd yn amlwg yn rhy wan i godi a dod atyn nhw. Cyfarthodd Aitor rywbeth ac aeth dau ddyn llawer iau at yr hen Dderwydd a'i lusgo at y bariau.

Wydden nhw ddim beth i'w ddweud am eiliadau hirion, ond estynnodd y ddwy chwaer eu dwylo drwy'r bariau er mwyn ei gyffwrdd a chydio yn ei law a'i fraich oedd yn debycach i frigyn gan ei bod mor fain. Agorodd yr hen ddyn ei geg i geisio dweud rhywbeth ond dim ond crawc wan, sych ddaeth allan.

'Dŵr!' meddai Heledd. 'Mae o angen dŵr – *aqua*!'

Cyfarthodd Aitor ar rywun y tu ôl iddyn nhw, ac o fewn dim, roedd costrel o ddŵr yn gwlychu gwefusau a llwnc yr hen Dderwydd.

'Diolch,' meddai'n gryg ar ôl pesychu chydig. 'A diolch am ddod i 'ngweld i.'

'Mi allwn ni gau ein llygaid pan... pan, wel–' dechreuodd Rhiannon.

'Os fyddwch chi'n gweld fy niwedd neu beidio, dim ots,' meddai, 'yr hyn sy'n bwysig ydi bod gen i ffrindiau yma. Bydd gwybod hynny o gymorth mawr i mi.'

Doedd Aitor ddim yn deall gair o'u sgwrs, ond gallai ddeall eu teimladau. Oedd yr hen ddyn yn perthyn iddyn nhw? Yn daid o ryw fath efallai? Hen, hen daid debyca, meddyliodd.

Doedd o erioed wedi gweld dyn mor hen â hwn o'r blaen. Roedd hi'n wyrth ei fod yn fyw.

'Fyddwch chi'n gorfod ymladd heddiw?' gofynnodd Cynyr Hen i'r merched.

'Ddim heddiw, na fyddwn,' meddai Rhiannon. 'Mae'n rhaid i ni hyfforddi llawer mwy yn ôl Aitor, y *doctore* fan hyn ddaeth â ni i lawr yma atoch chi.'

Estynnodd yr hen ŵr ei law a sylweddolodd Aitor mai eisiau ysgwyd ei law oedd o. Teimlai'r hen law denau fel troed iâr yn ei bawen fawr o, ac roedd arno ofn gwasgu rhag ofn iddo wneud niwed i'r creadur. Ond yn sydyn, gallai deimlo gwres rhyfedd yn llifo i fyny ei fraich. Gwres braf, llawn cysur, rhywsut.

'*Eskerrik asko*,' sibrydodd y Derwydd wrtho.

Syllodd Aitor arno'n hurt. Sut gwyddai hwn sut i ddiolch iddo yn ei iaith ei hun? A sut gwyddai mai un o Wlad y Basg oedd o? Ond ymatebodd yntau iddo yn yr un iaith ei bod hi'n bleser, ac yna cytuno i addo y byddai'n gofalu am y ddwy o Ynys Môn hyd eithaf ei allu.

'Rwyt ti'n ddyn da,' meddai'r Derwydd, cyn gollwng ei law a throi ei sylw yn ôl at y merched.

'Oes 'na newydd o adra?' gofynnodd. 'Rhywbeth am Buddug?' Dechreuodd Heledd egluro bod ei byddin wedi ei chwalu, ond ysgydwodd Cynyr Hen ei ben gyda gwên fechan. 'Mi welais i ei diwedd hi,' meddai. 'Roedd hi wedi ei hanafu, a gyrrodd ei merched i'r coed i chwilio am fadarch penodol – Angel Angau.'

'Yr un gwyn, gwenwynig?' meddai Heledd.

'Ia, a hardd. Nid yn rhoi marwolaeth sydyn na di-boen, ond digon effeithiol, ac mi gafodd farw ym mreichiau ei merched, yn goflaid o gariad.'

151

Nodiodd y ddwy chwaer, yn fwy na bodlon gyda'r hanes.

'Be ddigwyddodd i'r merched, 'ta?' holodd Rhiannon.

'Maen nhw ar y ffordd i'r Alban.'

'Go dda!' gwenodd y ddwy.

'Welsoch chi rywbeth arall, Cynyr Hen?' gofynnodd Heledd.

'Do, fflamau. Llawer iawn o fflamau fan hyn cyn hir.'

'Fan hyn? Rhufain, dach chi'n feddwl?'

'Ia. A'r adeilad hwn. Dim byd ond llwch – a llwch ofnadwy a fflamau ac afon goch yn llifo o fynydd rhywle i'r de ymhen rhai blynyddoedd,' ychwanegodd gan wasgu bysedd Rhiannon yn syndod o galed.

'Iawn, mi wnawn ni gadw golwg ar y mynyddoedd,' meddai Rhiannon.

'Y mandragora –' dechreuodd Heledd.

'Do,' sibrydodd Cynyr Hen. 'Mae'r boen yn llai. Diolch a phob bendith i chi'ch dwy.'

O glywed sŵn traed trymion y tu ôl iddo, cydiodd Aitor yn ysgwyddau'r merched a'u hel yn ôl am yr allanfa. Felly bu'r ffarwelio yn frysiog, a chlywodd y ddwy mo Cynyr Hen yn sibrwd ar eu holau: 'Ond mae arna i ofn mai dim ond un ohonoch chi fydd ar ôl cyn hir.'

18

Byddai trigolion Rhufain yn siarad am ddienyddiadau'r diwrnod hwnnw am flynyddoedd. Roedd y rhai cyntaf, sef drwgweithredwyr oedd yn ddineswyr Rhufain, yn cael eu lladd yn ddigon syml a chyflym gyda chleddyf, ond roedd Nero wedi gofyn am ddiwedd mwy creadigol i'r gweddill. Roedd yno Gristion, sef dyn oedd yn mynnu addoli rhyw greadur o'r enw Iesu Grist yn hytrach na'r Ymerawdwr. Felly gan fod y Cristion hwn yn digwydd bod yn gerddor, fe gafodd chwarae rhan Orpheus: cerddor chwedlonol oedd yn gallu hudo pobl ac anifeiliaid gyda'i ganu a'i chwarae. Yn ôl y chwedl, pan fu farw ei gariad, Eurydice, aeth o i lawr i'r isfyd i ofyn caniatâd i'w harwain yn ôl i fyd y byw. Ond anghofiodd am ei addewid i beidio â throi'n ôl i edrych arni, felly llwyddodd y creadur i'w cholli hi eto. Wedi ei lorio gan ei alar, aeth i fyw fel meudwy gan osgoi pob merch, ond yn y diwedd, cafodd ei rwygo'n ddarnau gan ferched o Thracia.

Cafodd hyn i gyd ei ail-greu yn yr arena, gyda chreigiau a choedwigoedd ar olwynion, ond anifeiliaid gwylltion oedd yn actio rhannau merched Thracia. Pan ollyngwyd y rheiny, welson nhw mo'r Cristion wedi ei glymu'n sownd i graig, am sbel. Roedd hwnnw wedi hen roi'r gorau i chwarae ei delyn fechan ac wedi bod yn gweddïo i Iesu Grist ei achub. Ond mae'n rhaid nad oedd hwnnw'n gwrando. Roedd hi'n amlwg bod yr arth fawr ddu o fynyddoedd yr Atlas yn fwy llwglyd na gweddill yr anifeiliaid, a honno gladdodd ei dannedd a'i chrafangau ynddo gyntaf. Aeth hi'n ffrae dros y gweddill ohono.

Lladdwyd eraill mewn ffyrdd yr un mor greadigol ac roedd Nero wrth ei fodd. Roedd y dorf yn mwynhau'r adloniant hefyd, er bod ambell un wedi penderfynu mynd i chwilio am ginio yn lle hynny. Ond roedd bron pawb yn eu holau ar gyfer gweld diwedd y derwydd gwyllt o Brydain. Roedd Cristnogion yn sicr angen eu difa, ond y derwyddon oedd y gelyn pennaf ers tro byd: roedd eu pwerau yn rhyfeddol ac wedi rhwystro'r Ymerodraeth rhag ehangu yng ngwlad y Galiaid am flynyddoedd lawer. Ond doedd neb yn y byd yn fwy pwerus na Rhufain ac fe gafodd derwyddon y Galiaid eu difa yn y diwedd; ond roedden nhw'n dal yn niwsans ym Mhrydain.

Ar ryw ynys yn y fan honno oedd eu pencadlys nhw, lle roedden nhw'n cynnal math o ysgol dderwyddol – syniad hurt gan eu bod yn farbariaid llwyr. Mae'n debyg mai'r derwyddon oedd yn gyfrifol am drefnu gwrthryfel y Boudica ddigywilydd yna, ond roedd honno, hefyd, wedi dysgu ei gwers yn y diwedd. Fel y bloeddiodd trefnydd y gemau, roedd angen dysgu gwers i'r derwydd hwn yn ogystal.

Pan gafodd hen ŵr tenau ei lusgo allan i ganol yr arena, roedd y dorf braidd yn siomedig. Edrychai mor fychan a bregus. Roedd ei wallt a'i farf wen – oedd yn fwy o lwyd budr erbyn hyn – yn hurt o hir, ac wedi iddyn nhw rwygo ei garpiau oddi amdano, doedd ei gorff yn ddim byd ond esgyrn.

Cafodd ei hoelio ar groes fer i gyfeiliant y trefnydd yn disgrifio camweddau'r derwyddon, o offrymu plant a babanod diniwed, i annog eu dilynwyr i ladd Rhufeiniaid yn y ffyrdd mwyaf erchyll a chreulon. A hwn oedd eu pennaeth, eu harch dderwydd, y gwaethaf un o'r cwbl, a'r un mwyaf pwerus. Rhuodd y dorf am ei waed, er bod hwnnw eisoes yn diferu o lle roedd yr hoelion wedi eu morthwylio i mewn i'w arddyrnau.

'Felly, ar gyfer y peryclaf o ddynion,' bloeddiodd y trefnydd, 'mae gennym y peryclaf o'r anifeiliaid.' Llusgwyd dwsin o gewyll mawr i'r arena, a gallai'r dorf weld llewod, o leiaf bedwar llewpart, dau grocodeil anferthol o'r afon Nil, y baedd gwyllt mwyaf welson nhw erioed a dwy arth frown. 'Ond dydyn ni ddim yn anwariaid,' aeth y trefnydd yn ei flaen. 'Felly dderwydd, oes gynnoch chi rywbeth i'w ddweud cyn i ni ryddhau'r anifeiliaid hyn? Unrhyw eiriau olaf? O edifeirwch efallai?'

Chwarddodd y dorf. Hyd yn oed os oedd gan yr hen gnaf rywbeth yr hoffai ei ddweud, fyddai neb yn gallu ei glywed, siŵr! Roedd y trefnydd yn un o'r bobl brin hynny oedd â llais allai gyrraedd y rhan fwyaf o'r amffitheatr. Doedd o ddim yn arbennig o dal ond roedd ganddo gorff sgwâr gyda brest nid annhebyg i geiliog, perffaith ar gyfer creu a thaflu ei lais yn union fel yr aderyn hwnnw. Roedd y derwydd yn debycach i bry genwair neu fwydyn.

Ond dechreuodd aelodau o'r dorf bwnio ei gilydd – roedd yr hen dderwydd yn pesychu ac yn codi ei ben a'i lygaid gwynion, cwbl ddall. Roedd o am geisio dweud rhywbeth!

'Rufeiniaid...' meddai. Doedd o ddim yn bloeddio fel y trefnydd, ond doedd o'n sicr ddim yn sibrwd. Ia, llais hen ddyn oedd o, ond roedd yn gryf ac yn cario, yn treiddio i bob rhan o'r amffitheatr. 'Fy enw i yw Cynyr Hen,' meddai mewn Lladin cwbl gywir, 'a fi oedd Arch Dderwydd Derwyddon Môn. Daeth eich byddin i orllewin Prydain er mwyn ein lladd, a dyna wnaethoch chi. Fi oedd yr unig un gafodd ei gadw'n fyw er mwyn i chi, bobl Rhufain, gael y wefr o weld fy niwedd. Dwi'n gobeithio y gwnewch chi fwynhau.'

Edrychodd rhai o'r dorf ar ei gilydd. Am ddyn od – doedd dim arlliw o chwerwder yn ei lais.

'Dwi'n dal ddim yn dallt pam fod angen ein difa ni'r Derwyddon, cofiwch,' aeth Cynyr Hen yn ei flaen. 'Ond mae dynion yn aml yn gweld bai ar yr hyn nad ydynt yn ei ddeall. Fel y dywedodd eich Cicero chi: *Condemnant quod non intelligunt.*'

Syrthiodd cannoedd o gegau ar agor a chododd cannoedd o barau o aeliau. Sut yn y byd roedd drychiolaeth fel hwn yn gyfarwydd â geiriau'r athronydd Cicero, o bawb?

'Cafodd ein coed derw hynafol a sanctaidd eu llosgi'n ulw gennych,' meddai'r llais cryf, clir fel cloch, 'ond mae'r rhod yn troi a bydd yr adeilad hwn, a'ch dinas gyfan chithau hefyd yn fflamau cyn hir. A chi, yr Ymerawdwr Nero, fydd yn gyfrifol.'

Roedd Nero wedi cael digon. Cododd ar ei draed gyda bloedd flin a throi ei fawd fel arwydd bod angen rhoi taw ar y derwydd ar unwaith. Ufuddhaodd y swyddogion ac agor y cewyll. Ond aros lle roedden nhw wnaeth yr anifeiliaid. Roedd y daith hir i Rufain, a chael eu cau mewn cewyll am wythnosau wedi codi digon o ofn arnyn nhw, ond roedd sŵn y dorf yn frawychus. Brysiodd ceidwaid yr anifeiliaid at gefn y cewyll gyda fflamau a gwaywffyn i annog yr anifeiliaid i symud. Rhuodd llew gwryw ifanc a dianc allan i ganol yr arena, a doedd y llewod eraill ddim yn hir yn ei ddilyn. Cyn hir, roedd yr anifeiliaid i gyd yn cerdded o amgylch yn nerfus, ambell un yn chwilio am ffordd o ddianc o'r arena, eraill yn ffroeni'r staeniau gwaed ar y tywod. Roedden nhw'n llwgu ac yn astudio ei gilydd yn arw, ond yn anwybyddu'r derwydd.

'Does 'na ddim digon o gig arno fo!' bloeddiodd rhywun o'r dorf. Ond ychydig iawn wnaeth chwerthin.

Gwyliodd Rhiannon a Heledd y cyfan â'u cegau'n sych grimp. Roedden nhw'n dal yn gegrwth bod Cynyr Hen wedi siarad fel yna mewn Lladin. Doedden nhw ddim wedi deall pob gair ond roedden nhw wedi deall y rhan fwyaf, ac yn sicr wedi deall bod Nero yn flin. Roedden nhw hefyd yn amau eu bod yn gwybod pam nad oedd yr anifeiliaid yn ymosod ar yr Arch Dderwydd.

'Mae o'n defnyddio'i drydedd glust,' sibrydodd Heledd.

Ar hynny, ceisiodd un o geidwaid yr anifeiliaid annog llewpart at y derwydd gan weiddi a chwifio'i dorch o fflamau. Ond troi ar y ceidwad wnaeth y llewpart, ac o fewn dim, roedd dau ohonynt yn gwledda ar hwnnw. Rhuodd y dorf eu siom.

Yna, cerddodd llewes yn nes at y derwydd a'i astudio'n ofalus. Ffroenodd ei draed, ond camu'n ôl wedyn gan syllu ar ei wyneb a'i lygaid gwynion. Oedd gwefusau'r derwydd yn symud? Daeth ail a thrydydd llew ato ond sefyll i syllu arno yn hytrach na phlannu eu dannedd ynddo. Roedd yr arth a'r baedd a'r crocodeiliaid wedi ei weld bellach hefyd ond yn cadw'n ddigon pell o'r llewod.

'Be sy'n digwydd fan hyn?' gofynnodd Rhiannon dan ei gwynt. Roedd Aitor yn sefyll wrth ymyl y ddwy ferch ac yn gofyn yr un peth. Roedd o, fel nifer o'r dorf, yn gyfarwydd â hanes Androclus, caethwas oedd wedi dianc ond cael ei ddal dair blynedd yn ddiweddarach, a'i ddedfrydu i gael ei ladd gan lew yn yr union amffitheatr hon. Ond roedd y llew wedi llyfu wyneb Androclus yn hytrach na'i ladd. Erbyn deall, roedd Androclus wedi tynnu draenen o bawen y llew hwnnw mewn ogof yn yr Affrig yn fuan wedi iddo ddianc, a'r ddau wedi dod yn ffrindiau. Ai cyd-ddigwyddiad oedd y ffaith mai'r union lew hwnnw gafodd ei roi yn yr arena yr un pryd â'i gyfaill – neu ddymuniad y duwiau? Gan fod pawb wedi dotio at yr hanes, a'r Ymerawdwr yn poeni am bechu yn erbyn y duwiau, cafodd Androclus a'r llew eu rhyddid.

Ond go brin fod yr hen dderwydd hwn wedi dod i adnabod llew ar Ynys Môn.

Fel y miloedd yn y dorf, syllodd y chwiorydd ac Aitor ar y llewod yn sefyll mewn hanner cylch fel petaen nhw'n gwrando'n astud ar yr hen ŵr. Daeth y merched eraill draw, wedi eu denu gan y tawelwch a'r sibrydion yn yr amffitheatr.

'Hwn ydi eich dyn hud chi?' gofynnodd Gogo.

'Ia,' meddai Rhiannon. 'Dwi'n meddwl ei fod o'n siarad efo'r llewod.'

'Roedd fy nhad i'n gallu siarad efo llewod hefyd,' meddai Gogo. 'Gwrando oedd y gyfrinach, yn ei ôl o.'

'Ond os na fydd yr anifeiliaid yn ei ladd o, bydd Nero'n siŵr o fynnu bod rhywun yn rhoi cyllell ynddo fo,' meddai Aitor.

'Dwi'n meddwl ei fod o isio marw,' meddai Heledd, 'ond ar ei delerau ei hun. Heb gael ei rwygo'n ddarnau ac yntau'n dal yn fyw.'

'Edrycha!' sibrydodd Rhiannon, wrth i'r llew mwyaf gamu ymlaen yn araf, a chodi ar ei ddwy bawen flaen i bwyso yn erbyn y groes ac edrych am eiliad neu ddwy ar wyneb Cynyr Hen cyn plannu ei ddannedd hirion yn ei wddf, a gwasgu nes i gorff yr hen ŵr fynd yn llipa. Yna, camodd yn ei ôl. Syllodd y llewod ar y gwaed yn diferu i lawr y corff gwyn, esgyrnog a throi i chwilio am fwyd mewn rhan arall o'r arena. Aethon nhw am y baedd, gan adael i'r arth frysio at y corff ar y groes.

Caeodd Rhiannon a Heledd eu llygaid. Ond roedden nhw'n falch eu bod wedi gweld eu Harch Dderwydd yn marw mewn ffordd y byddai Rhufain yn siarad amdani am flynyddoedd.

19

Roedd dau aelod arall o'r dorf dan deimlad dwys, yn wylo dagrau o falchder yn ogystal â thristwch: gŵr a gwraig yn eu chwedegau, oedd wedi byw yn dawel yn Rhufain gyda'u plant a'u hwyrion ers deng mlynedd bellach. Doedd eu dillad ddim yn grand ond roedden nhw'n bell o fod yn garpiau, ac weithiau byddai cadwyn gydag arwydd Taranis arni'n dod i'r golwg o dan grys y gŵr. Daliai hwnnw ei hun yn gefnsyth bob amser. Cerddai gydag osgo rhywun o dras, rhywun oedd wedi arfer cael ei drin â pharch, rhywun oedd wedi arfer arwain. Roedd hithau'n amlwg wedi bod yn rhywun o bwys ar un adeg. Siaradai'r ddau yr iaith Ladin yn rhugl ond gydag acen.

Atebai'r gŵr i'r enw Caractacus ers tro, ond Caradog oedd ei enw go iawn, a Caradog oedd o i'w wraig, Sannan, o hyd. Caradog a fu gynt yn bennaeth llwyth y Cadwylliaid, neu'r Catuvellauni i'r Rhufeiniaid.

Hwn oedd y Caradog enwog lwyddodd i uno ac arwain llwythau Ynys y Cedyrn i frwydro yn erbyn y Rhufeiniaid am flynyddoedd. Roedden nhw wedi eu cadw draw am hir, ac wedi bod yn ddraenen hynod bigog yn ystlys yr Ymerodraeth. Cofiai'r ddau y blynyddoedd hynny gyda phleser a balchder. Ond allai Caradog fyth anghofio'r frwydr olaf yng Nghefn Carnedd, pan gafodd ei bobl eu chwalu'n llwyr gan fyddin Rhufain. Byddai'n dal i gorddi pan fyddai'n cofio gorfod dianc at y Brigiaid dim ond i gael ei fradychu gan yr ast dan din honno, y Frenhines – naci – y Fradyches Cartimandes.

Cafodd Sannan ac yntau eu cludo fel carcharorion i Rufain

er mwyn iddyn nhw a'u plant gael eu gorfodi i orymdeithio drwy'r ddinas. Y syniad oedd eu harddangos fel enghraifft o'r barbariaid roedd Rhufain wedi eu gorchfygu. Ond, er i rai daflu cerrig a bwydiach drewllyd atynt, roedd nifer yn y dorf wedi eu synnu gan urddas y Brythoniaid. Bu rhai'n sibrwd bod rhywbeth yn atyniadol amdanynt, er gwaethaf yr olwg ar eu gwalltiau a'u dillad. Rywsut, roedd Caradog yn dal i edrych ac ymddwyn fel brenin. Bu'n ddigon hy i fynnu annerch Claudius yr Ymerawdwr a'i senedd, ac roedd pobl yn dal i sôn am yr araith honno hyd heddiw.

Tynnodd Caradog sylw'r Pwysigion Rhufeinig at y ffaith y byddai'r senedd, dan amgylchiadau gwahanol, wedi ei groesawu i Rufain fel cyfaill, fel brenin o linach hir o frenhinoedd o bwys.

'Mae fy sefyllfa bresennol yn un orchestol i chi,' meddai mewn Lladin rhyfeddol o rugl, 'ond yn fy iselhau i'n llwyr. Roedd gen i ddynion a cheffylau a chyfoeth. Pa syndod fy mod yn gyndyn o'u colli? Os ydach chi, Rufeiniaid, yn dewis rheoli'r byd, ydi hi'n dilyn bod y byd i fod i dderbyn caethwasiaeth?

'Pe bawn i wedi fy nal a fy ngharcharu'n syth, ni fyddai fy methiant i na'ch llwyddiant chi mor bwysig a chofiadwy. Ac os byddwch yn fy lladd yn awr, bydd y cyfan yn mynd yn angof. Ond, yr hyn fyddai'n wironeddol gofiadwy fyddai petaech chi'n gadael i mi fyw. Fe fyddech chi wedyn yn cael eich cofio hyd dragwyddoldeb am eich trugaredd a'ch haelioni.'

Fu Sannan erioed mor falch o'i gŵr. Roedd ei eiriau wedi llwyddo i sobri Claudius a'i senedd a do, fe gawson nhw eu rhyddid. Roedden nhw hyd yn oed wedi cael tŷ digon taclus ar gyrion y ddinas, gyda gardd i dyfu llysiau ynddi, cae i gadw ychydig o anifeiliaid ynddo a rhywfaint o arian i'r teulu fyw arno am y misoedd cyntaf. Bu gwraig Claudius yn ddigon clên i roi dwy o'i hen wisgoedd i Sannan, hyd yn oed – ond drwy law caethwas wrth gwrs.

Gan nad oedd Caradog yn hoffi bod yn segur, roedd wedi dechrau busnes prynu, gwerthu a hyfforddi ceffylau yn syth, ac roedd o'n gwneud bywoliaeth ddigon derbyniol ers tro. Digon i fedru fforddio tocyn i'r amffitheatr yn sicr. Doedd yr achlysur ddim wrth ei ddant o a'i wraig fel arfer, ond pan glywson nhw y byddai Derwydd o Ynys y Cedyrn yno, allen nhw ddim peidio â dod. Doedden nhw ddim wedi edrych ymlaen o gwbl at weld Derwydd yn cael ei arteithio, wrth reswm, ond fe gerddodd y ddau allan o'r amffitheatr y pnawn hwnnw gyda'u pennau'n uchel.

'Mae'n siŵr y bydd mwy o Ynys y Cedyrn ymysg y gladiatoriaid,' meddai Sannan wrth ei gŵr. 'Dwyt ti ddim am holi?'

'Nac ydw. Does gen i ddim llawer o awydd gweld mwy o fy nghydwladwyr yn cael eu lladd,' atebodd Caradog. 'Gad i ni fynd adre'n teimlo'n falch, am unwaith. A ph'un bynnag, mae 'na brynwr am ddod i weld fy stalwyn du i ddiwedd y pnawn.'

Y noson honno, am y tro cyntaf ers blynyddoedd, gweddïodd y ddau i'r hen dduwiau a chyd-ganu 'Mawlgan Taranis' dan y sêr. Gallai Sannan daeru bod seren newydd sbon yn wincian arnyn nhw.

Dros y misoedd nesaf, bu Rhiannon a Heledd yn ymarfer yn galed, a bu Lupus Lentulus y *lanista* yn swnian yn dragwyddol ar Aitor eu bod yn fwy na pharod i ymladd yn yr arena.

'Edrycha ar yr un dal!' meddai, 'mae hi'n rhyfeddol, a'i harddull hi mor hardd a gosgeiddig. Mi fydd y dorf wedi dotio.' Roedd Aitor wedi hen roi'r gorau i'w atgoffa o'i henw hi. Doedd y dyn jest ddim yn gallu cofio'r enwau Prydeinig 'llawer rhy anodd eu hynganu' ac eisiau iddyn nhw alw Rhiannon yn 'Amazonia' ar ôl y merched cryfion, rhyfelgar yn chwedlau'r Groegiaid, a Heledd yn 'Hela', fel y gair Groegaidd am olau'r lleuad.

'A meddylia drama'r peth tasen ni'n rhoi'r ddwy chwaer i ymladd yn erbyn ei gilydd!' aeth y *lanista* yn ei flaen, 'dyna i ti sut i greu tensiwn, sut i fachu diddordeb y dorf!'

'Ia, yn sicr, ond wnawn nhw ddim,' meddai Aitor. 'Byddai'n well ganddyn nhw gael eu croeshoelio na'u gorfodi i ladd ei gilydd.'

'Wel, eu croeshoelio nhw felly!' meddai Lupus Lentulus yn flin.

'A dyna i chi be fyddai gwastraff o ddwy ymladdwraig dda a misoedd o hyfforddi,' meddai Aitor. Doedd ganddo ddim llwchyn o ofn cega gyda'i gyflogwr ac roedd wedi hen arfer ennill dadl gyda'r dyn. Plethodd hwnnw ei freichiau yn bwdlyd i bendroni am rai munudau, yna:

'Iawn, Amazonia yn erbyn Gogo, 'ta! A Hela yn erbyn un o'r Brythoniaid eraill.'

'Allwch chi ddim rhoi rhywun cystal â Rhianno – Amazonia yn erbyn Gogo yn syth,' meddai Aitor. 'Dyma fyddai ei brwydr gynta hi yn yr amffitheatr! Be am ei rhoi yn erbyn Meda, y ferch fawr o Thracia yn gynta? A gyda llaw, ydach chi wir yn meddwl y dylai Gogo ymladd yn noeth eto? Roedd rhai aelodau o'r dorf yn gweiddi pethau anghynnes a budur arni y tro diwetha, ac roedd hynny'n amlwg yn effeithio ar safon ei hymladd hi.'

Gwyddai Aitor o brofiad bod dau gwestiwn yn ormod i ben Lupus Lentulus ddelio â nhw ar yr un pryd, felly er y byddai Gogo'n gorfod ymladd yn noeth eto, roedd o wedi sicrhau mai Meda fyddai Rhiannon yn ei hwynebu yn y gemau nesaf.

Atgoffodd un o'r *doctore* eraill ei gyflogwr fod criw newydd o ddynion yn cyrraedd y prynhawn hwnnw, y rhai oedd wedi eu hyfforddi mewn ysgolion eraill, fel Ysgol Batiatus yn Capua ac Ysgol Carnuntum yn llawer pellach i ddwyrain yr ymerodraeth. Roedd hi'n bwysig cael gwaed newydd oedd eisoes wedi ei hyfforddi yn hytrach na dibynnu ar rai newydd, dibrofiad dragwyddol. A chan fod pump o'u criw nhw wedi cael eu lladd yn y gemau diwethaf, a thri wedi eu hanafu'n ddrwg, roedd digon o angen cyrff newydd.

Edrychodd y merched ar y dynion newydd gyda diddordeb: wyth ohonyn nhw, eu cyhyrau'n sgleinio yn yr heulwen, diolch i'r olew olewydd a'r holl oriau o ymarfer a chwysu. Roedd dau yn arbennig o dal ac un o'r rheiny â mop hir o wallt melyn golau a chnwd da o flew dan ei drwyn hefyd.

'Mi fydd y dorf yn hoffi hwnna,' meddai Gogo. 'Maen nhw wastad yn gwirioni efo dynion â gwallt y lliw yna am ryw reswm.'

'Am eu bod nhw'n brin,' meddai Branwen. 'Dwi ddim wedi gweld llawer yn Rhufain o leia. Nid mod i wedi cael gweld llawer o'r ddinas,' ychwanegodd. 'Ond dwi'n iawn, tydw?'

Cytunodd y gladiatoriaid mwy profiadol. Roedd o'n berffaith wir: bob tro y byddai'r dorf yn gweld gladiator â gwallt hir, melyn, hyd yn oed gyda blewiach dan ei drwyn, byddai eu llygaid yn hoelio arno a byddai ochneidiau uchel fel:

'O, tydi o'n hardd?'

'Am bishyn…'

'Hwnna ydi fy ffefryn i!' yn sisial drwy'r amffitheatr a'r *Forum*. Roedd hi'n drueni eu bod yn gorfod gwisgo helmed i ymladd ond byddai'r *lanista* wastad yn mynnu eu bod yn gadael eu gwallt yn rhydd oddi tani fel bod y mwng melyn mor amlwg â phosib.

Cafodd Rhiannon a Heledd eu synnu pan gerddodd yr un melyn yn syth atyn nhw gyda gwên pan oedd hi'n amser swper.

'Mae'r *doctore* wedi deud wrtha i ein bod ni'n siarad yr un iaith,' meddai.

'Wel – ydan!' gwenodd Rhiannon ar ôl dod dros y sioc. 'Un o le wyt ti?'

'Dyfnaint, yn y de orllewin,' meddai, 'lle mae'r chwareli tun i gyd.'

Cododd y ddwy chwaer eu hysgwyddau gan ysgwyd eu pennau. Doedden nhw erioed wedi clywed am y lle.

'Lle mae eich cartre chi, 'ta?' gofynnodd iddyn nhw.

'Ynys Môn, lle mae – oedd – y Derwyddon i gyd,' atebodd Heledd.

'Dwi wedi clywed am fan'no,' meddai'r dyn hardd, 'ac am yr hyn ddigwyddodd.'

Wedi dysgu eu henwau, dywedodd mai Llywarch oedd ei enw, a'i fod o a'i gyfeillion wedi bod yn aelodau o fyddin Buddug. Roedd o wedi ymuno â nhw yn Llundain, a symud ymlaen efo nhw i Verulanium, a chwalu fanno yn rhacs hefyd.

'Roedd o'n deimlad braf bod yn rhan o fyddin o Frythoniaid oedd yn ennill am unwaith,' meddai. 'Roedden ni gyd wedi cynhyrfu, yn mwynhau pob un eiliad o fod efo'n gilydd, yn un teulu mawr oedd yn meddwl ein bod yn mynd i hel y Rhufeiniaid allan o Brydain unwaith ac am byth. Ac roedd Buddug yn rhyfeddol,' meddai, ei lais yn dechrau mynd yn gryg a'i lygaid yn sgleinio. 'Yn arweinydd o'i chorun i'w sawdl. Mi fydden ni gyd wedi ei dilyn i ben draw'r byd, wedi cerdded trwy dân er ei mwyn hi. Roedd hi'n mynnu gwneud yn siŵr bod digonedd o fwyd i bob un o'r miloedd ohonon ni, yn diolch i ni drosodd a throsodd, yn rhoi nerth a hyder i ni. Ac roedd ei haraith cyn i ni ymosod ar fyddin y snichyn Suetonius Paulinus 'na yn wefreiddiol.'

'Be ddwedodd hi?' gofynnodd Rhiannon yn syth.

'Mi ddringodd hi ar gefn ei cherbyd rhyfel, oedd eisoes ar fryn yn edrych i lawr ar y miloedd ohonon ni – a byddin y Rhufeiniaid oedd yn cuddio mewn ceunant islaw. Roedd ei gwallt hi'n rhydd ac yn goch fel fflamau yn yr haul. Mi gododd ei chleddyf i'r awyr ac aeth pawb yn dawel. Y cwbl allech chi ei glywed oedd crawcian brain. Wedyn, mewn llais na wna i ei anghofio byth, mi ddywedodd hi hyn:

"'Dwi'n ymladd nid fel un o'r bonedd ond fel rhywun sydd, fel chi, wedi colli ei rhyddid. Dw i'n ymladd dros fy nghorff sy'n friwiau i gyd, a thros anrhydedd fy merched... Ond bydd y duwiau'n gofalu y cawn ni ddial. Mae un o'u llengoedd nhw, yr un feiddiodd ein hwynebu, eisoes wedi ei chwalu'n llwyr, ac mae'r gweddill yn cuddio yn eu pebyll, yn crynu yn eu sandalau, yn meddwl am ffyrdd o ddianc. Fyddan nhw ddim yn gallu ymdopi efo'n sŵn ni, heb sôn am ein hergydion ni! Ystyriwch faint ohonon ni sy'n ymladd yma heddiw, a pham. Wedyn mi welwch chi bod angen i ni ennill y frwydr hon neu farw. Dyna'n union rydw i, fel merch, yn bwriadu ei wneud. Geith y dynion fyw fel caethion os dyna eu dymuniad. Ond wna i ddim!"'

Syllodd Rhiannon a Heledd arno'n fud. Roedd ei allu i adrodd stori a phaentio'r lluniau yn rhyfeddol; roedden nhw wedi bod yno efo fo, ynghanol y miloedd, yn ysu i ruthro i lawr y bryn am filwyr Suetonius, dim ond i gofio'n sydyn mai adrodd yr hanes oedd o – mai hanes oedd o, a bod Buddug wedi colli. A'u bod nhw – ac yntau – yn byw fel caethion.

'Pam wnaethoch chi golli?' gofynnodd Rhiannon yn y man.

'Diffyg arfau. Doedd gan nifer fawr ohonon ni ddim cleddyf na gwaywffon; dim ond pastynau pren a bwyelli oedd gan y rhan fwya. Oedd, roedd 'na lawer mwy ohonon ni na nhw, ond ffermwyr oedd mwy na'n hanner ni, nid milwyr. Ac roedd Suetonius wedi bod yn glyfar, wedi dewis maes y frwydr yn dda – roedd y cae yn culhau at ei waelod, felly roedd y miloedd ohonon ni'n cael ein gwasgu nes ein bod ni bron yn baglu dros ein gilydd a dyna pryd ollyngodd y Rhufeiniaid eu gwaywffyn, oedd yn lladd y rhai ar y blaen ac yn chwalu tarianau'r rhai y tu ôl iddyn nhw, fel bod y rheiny'n hawdd eu torri i lawr wedyn. A phan ddaethon nhw aton ni fel saeth o darianau, aethon ni i lawr fel cae o ŷd dan gryman. Sŵn carnau'r cafalri wedyn yn cael y gweddill efo'u gwawyffyn. Ro'n i newydd lwyddo i ladd tri o'r marchogion pan glywais i'r utgyrn yn mynnu ein bod ni'n cilio. Felly mi neidiais ar un o'r ceffylau a mynd fel y diawl.'

'Glywson ni eu bod nhw wedi lladd pawb, hyd yn oed y plant,' meddai Heledd.

'Do. I ddysgu gwers i ni. Mi fydden nhw wedi fy lladd inna hefyd pan ges i 'nal, oni bai am y mwng yma.'

'Dy wallt di?' meddai Rhiannon.

'Ia. Mae o'n sefyll allan, tydi, ac roedd rhywun wedi sylwi arna i'n curo tri o'u milwyr gorau nhw. Mi gamodd hwnnw ymlaen pan oedden nhw ar fin dienyddio criw ohonon ni, a deud y byddwn i'n gwneud gladiator da.' Cododd Llywarch ei ysgwyddau a hanner gwenu. 'Felly, i dorri stori hir yn fyr, dyma fi. Ro'n i'n teimlo'n euog am sbel, yn difaru na fyddwn i wedi marw ar faes y gad, yn hytrach na bod yn un o'r caethion roedd Buddug wedi sôn amdanyn nhw yn yr araith ola yna. Ond mae'n siŵr eich bod chi wedi teimlo'r un fath?'

Nodiodd y ddwy eu pennau. Roedden nhw wedi ystyried taflu eu hunain dros bont neu ddibyn ar hyd y daith, neu hyd oed wenwyno eu hunain, ond erioed wedi trafod y peth, ac yn amlwg, erioed wedi ei wneud o. Doedd yr un eisiau gadael y llall yn unig.

'Dwi'n meddwl mai chwilfrydedd sydd wedi fy nghadw i i fynd,' meddai Rhiannon. 'Meddwl tybed be sy'n mynd i ddigwydd i ni nesa. Be sy gan y duwiau mewn golwg i ni.'

'Yn union,' cytunodd Llywarch. 'Mae'n rhaid bod 'na reswm ein bod ni'n dal yn fyw, i gyflawni rhywbeth mwy na dim ond rhoi adloniant i Rufeiniaid. Ac rydan ni wedi gweld cymaint o'r byd, yn do? Doedd gen i ddim syniad ei fod o mor fawr!'

Roedd y dyn tal hwn mor fywiog a llawn bywyd ac afiaith, allai'r ddwy ddim peidio â gwenu.

Aeth ymlaen i egluro ei fod wedi cael ei hyfforddi yn Ysgol Batiatus yn Capua, wedi ennill yn y gemau yno, ac yna wedi ei werthu i Lupus Lentulus.

'Mae'n rhaid ein bod ni wedi cyrraedd Rhufain cyn i ti gyrraedd Capua,' meddai Rhiannon, 'achos roedd Buddug yn dal i frwydro pan adawon ni Ynys y Cedyrn, a dydan ni ddim wedi cael ymladd yn yr arena eto.'

'Mae'n rhaid mod i'n dysgu'n gyflym,' gwenodd Llywarch, 'neu chi sy'n araf...'

'Hei! Paid â bod mor ddigywilydd!' meddai Heledd. 'Rydan ni'n dwy wrthi y tro yma.'

'A gan mai dim ond wythnos sydd i fynd, mi fyddai'n well i ni fynd i ymarfer,' meddai Rhiannon gan godi o'r fainc. 'Pob lwc i ti yma – ti a dy fwng.' Gwyddai ei fod o'n syllu arni wrth iddi gerdded yn hamddenol at y maes ymarfer, gallai deimlo ei lygaid yn boeth ar groen ei chefn a'i choesau hirion, a gwenodd iddi hi ei hun.

Gwyddai ei fod o'n ei gwylio hi a Heledd yn ymarfer cleddyfa, a gwyddai fod Heledd yn ymwybodol o hynny hefyd, gan eu bod ill dwy yn ceisio taro ei gilydd gyda mwy o nerth a chyflymdra nag arfer.

'Hei, dyro'r gorau iddi!' ebychodd wrth i gleddyf pren Heledd ei chwipio dros ei bysedd.

'Dyro di'r gorau iddi gynta!' brathodd Heledd yn ôl. 'Trio dangos dy hun a gneud i mi edrych yn wirion... dwi'n gwybod yn iawn be ti'n drio'i neud – a pham!'

'Dwi'm yn gorfod trio gneud i ti edrych yn wirion – mae'n digwydd yn naturiol!' poerodd Rhiannon. Roedd ei chwaer fach wir yn gallu mynd ar ei nerfau hi weithiau. Ac er ei bod hi'n dal i ymddwyn fel plentyn hurt a dwl ar adegau, roedd hi wedi aeddfedu yn gorfforol ers gadael Ynys Môn ac yn awr yn ferch hynod siapus a thlws. Ond doedd hi ddim yn mynd i gael ei bachau ar Llywarch – ddim diawl o beryg! Ddim cyn i Rhiannon gael blas arno yn gyntaf o leia.

Doedd yr un o'r ddwy wedi disgwyl iddo ddewis rhywun arall.

Pan aethon nhw'n nôl at y gweddill yn y ffreutur, roedd Gogo ac yntau yn bwyta ei gilydd – nes i Aitor ddod rownd y gornel a thaflu bwced o ddŵr drostyn nhw.

'Dim bocha a chwarae gwirion! Cadwch eich hegni at y gemau!'

Cafodd pawb eu gyrru i'w celloedd i noswylio yn ôl yr arfer. Gallai'r chwiorydd glywed llais Gogo yn cwyno wrth y ferch a rannai gell gyda hi ei bod hi wedi cael llond bol o gael ei thrin fel plentyn, ac mai llawn cenfigen oedd Aitor.

20

Fore trannoeth, deallodd Rhiannon a Heledd mai Gogo oedd wedi cerdded i fyny at Llywarch, gwenu arno, eistedd ar ei lin a dechrau ei gusanu.

'Pam lai?' meddai Gogo. '*Vivamus, moriendum est!*'

'Be mae hynna'n feddwl?' gofynnodd Heledd.

'Gadewch i ni fyw, gan y byddwn yn marw cyn hir, neu rywbeth fel'na,' sibrydodd Branwen.

'Felly y dylen ni fynd amdani tra medrwn ni?' meddai Rhiannon.

'Yn hollol,' gwenodd Llywarch wrth eistedd gyferbyn â hi. 'A dwi'n cytuno'n llwyr efo hi. Mi allen ni fod yn farw ymhen yr wythnos. Felly be wyt ti'n neud heno?'

Edrychodd Rhiannon arno'n gegrwth. Iechyd, roedd gan hwn wyneb. Ond roedd o'n wyneb hardd iawn. A llygaid oedd yn chwerthin, ond a oedd o ddifri hefyd. Allai hi ddim peidio â gwenu'n ôl arno.

'Heno, mi fydda i'n ymarfer a pherffeithio fy sgiliau,' meddai.

'Maen nhw'n eitha perffaith fel maen nhw o be welais i neithiwr,' meddai Llywarch. 'Ond dwi'n hapus i dy helpu i roi sglein ar bethau...'

Doedd Rhiannon ddim yn gallu credu ei bod wedi gwirioni mor rhyfeddol o gyflym, ond wedi dim ond awr yng nghwmni Llywarch, roedd ei chalon yn curo mor galed, bu'n rhaid iddi roi ei llaw ar ei brest i'w rhwystro rhag saethu allan ohoni.

Pan fyddai o'n edrych i mewn i'w llygaid, gallai deimlo ei choesau yn toddi a gwegian oddi tani fel bod raid iddi bwyso yn erbyn wal neu bolyn rhag ofn iddi ddisgyn. Pan fyddai o'n edrych ar ei gwefusau hi, roedd hi'n teimlo ei chorff i gyd yn crynu. A phan fyddai o'n ei chyffwrdd hi, roedd hi'n toddi'n llwyr – yn union fel talp o fenyn wedi ei adael allan yn yr haul crasboeth.

'Rhyfedd nad ydyn nhw'n ei fwyta fo, tydi?' meddai Llywarch wrthi wrth lygadu'r menyn.

'Pwy?'

'Y Rhufeiniaid. Dwi rioed wedi gweld unrhyw un ohonyn nhw'n ei fwyta fo – rhywbeth i'w roi ar anafiadau ydi o. Ar groen. I wella cyhyrau poenus. Fel hyn...'

Roedd o wedi dechrau taenu menyn cynnes dros ei hysgwyddau, yn ysgafn i ddechrau, wedyn yn galetach, yn ei rhwbio'n araf i mewn i'w chyhyrau, ei breichiau, i lawr ei chefn.

Allai hi ddim anadlu.

Roedd pawb yn edrych arnyn nhw: Heledd, Gogo, Branwen, Dida, y dynion eraill, ond wnaeth hi ddim sylwi. Roedd ei llygaid ar gau a'i cheg ar agor, ac roedd o'n canu'n isel yn ei chlust hi. 'Mawlgan Taranis'. Ac roedd ei lais fel mêl yn diferu i mewn i'w chlustiau hi.

Doedd bywyd ddim yn deg, meddyliodd yn sydyn. Roedd hi eisiau treulio gweddill ei bywyd efo'r dyn yma, rhannu ei wely a'i gorff bob nos, deffro i sbio ar ei wyneb, rhannu ei chyfrinachau efo fo, cadw ei gyfrinachau o, gofalu amdano pan fyddai'n wael, cael plant gydag o, bob dim. Ond efallai y byddai o neu hi – neu'r ddau ohonyn nhw – yn gelain mewn llai nag wythnos.

Roedd Gogo yn iawn: roedd bywyd mor fregus fan hyn,

roedd angen bachu ar bob cyfle i fwynhau, i fyw go iawn, rŵan, y munud hwnnw.

'Dw i'n meddwl mod i angen mynd i'r ysbyty,' meddai, ei llais yn gryg.

Rhewodd dwylo Llywarch.

'Dwi wedi dy frifo di?' gofynnodd yn syn. Roedd o'n gwybod yn iawn ei fod wedi bod yn tylino'n galed, ond eto...

'Naddo siŵr,' meddai Rhiannon gan droi ato. 'Ond mae'n dawel yno, ac yn dywyll.'

Gwenodd Llywarch.

'Byw tra medrwn ni,' sibrydodd.

'*Vivamus, moriendum est...*' cytunodd Rhiannon.

Roedd Heledd yn cyfaddef ei bod yn eiddigeddus, ond doedd hi ddim yn flin. Roedd hi'n deall yn iawn.

Roedd pob un o'r gladiatoriaid yn hynod o ymwybodol y gallai eu bywydau ddod i ben o fewn dyddiau; ychydig iawn oedd fel Aitor yn llwyddo i ddod drwyddi bob tro. Cyngladiator oedd yn helpu i baratoi bwyd iddyn nhw bob dydd, ond ar ei eistedd; dim ond un goes oedd ganddo ers i anaf droi'n ddrwg. Byddai chwech neu saith hen gladiator arall yn cardota y tu allan i'r amffitheatr yn rheolaidd. Er eu bod wedi eu rhyddhau, doedd hi ddim yn hawdd gwneud bywoliaeth yn Rhufain, nid gyda diffyg llygaid, coesau neu fysedd.

'Pam na wnawn nhw fynd adre, o lle daethon nhw'n wreiddiol?' roedd Heledd wedi gofyn un tro. Wedi'r cwbl, ychydig iawn oedd wedi gorfod teithio mor bell ag o Ynys Môn.

'Mae 'na rai'n rhoi cynnig arni,' oedd ateb Aitor. 'Mae'n siŵr bod rhai'n llwyddo, ond nid pawb. Mae angen pres i deithio, ond os wyt ti'n teithio efo pres, rwyt ti'n darged ar gyfer lladron.'

'Ond mae gladiatoriaid yn gallu ymladd, tydyn? Hyd yn oed os ydyn nhw wedi ymddeol?'

'Ydyn siŵr, ond mae pawb yn gorfod cysgu ryw ben. Ac os oes 'na griw mawr yn ymosod arnat ti, does gen ti fawr o obaith, dim bwys pa mor gryf wyt ti.'

Roedd Aitor wastad yn cynghori gladiatoriaid newydd i gadw eu gwobrau ariannol yn ddiogel. 'Gwell fyth, defnyddiwch o i brynu bedd i chi eich hunain cyn gynted â phosib. Achos fydd neb arall yn talu drostoch chi. Mae rhai gladiatoriaid enwog, llwyddiannus yn cael angladd parchus a chael eu hamlosgi cyn eu claddu, a charreg wedi'i cherfio gyda'u henwau, ond mae'r rhan fwyaf yn cael eu taflu'n bendramwnwgl i mewn i un twll mawr, a'u hanghofio'n syth.'

Ond roedd hynny'n well na beth oedd yn digwydd i'r carcharorion a'r Cristnogion: roedd yr anifeiliaid gwyllt yn mynd trwy dunelli o gig wedi'r cwbl.

Doedd Aitor ddim yn hapus bod Rhiannon a Llywarch wedi datblygu perthynas mor sydyn ac mor gyhoeddus, ond roedd yntau'n deall yn iawn. Roedd o wedi bod drwy'r union beth ei hun, droeon. Efallai'n wir mai dim ond ychydig ddyddiau oedd ganddyn nhw ar ôl, felly pam lai? Ond fiw i Lupus Lentulus eu gweld nhw. Doedd hwnnw ddim am i gladiatoriaid benywaidd ymddangos gyda bol mawr yn yr arena. Roedd Aitor wedi meddwl am eiliad mai poeni am les y babi oedd o, ond naci,

'Ych a fi! Does 'na'm byd yn ddeniadol am ferch feichiog, nag oes!' ebychodd Lupus Lentulus, 'ydyn, mae eu brestiau nhw'n fwy, ond pwy sydd isio edrych ar fol mawr efo rhywbeth yn tyfu ynddo fo? Na, mae unrhyw ferch sy'n feichiog yn cael ei hel allan – yn syth – a dwi'm isio unrhyw un o fy ngladiatoriaid i'n dechrau bocha efo'i gilydd chwaith! Os oes unrhyw un yn cael eu cyffwrdd nhw – fi ydi hwnnw, achos fi sydd pia nhw – pob darn ohonyn nhw!'

Eto fyth, roedd Aitor wedi gorfod anwybyddu'r cosi yn ei ddyrnau a chanolbwyntio ar beidio â'i cholli hi efo'r *lanista* annymunol. Gorfododd ei hun i hanner gwenu ac ymlacio yn ei ysgwyddau. Ceisiodd feddwl mor bleserus fyddai gallu troi ei gefn arno fo a'i ysgol a'i obsesiwn am bres ac elw unwaith ac am byth. Cyn bo hir...

'Wyt ti'n mynd i roi stop ar y ddau yna?' gofynnodd Gogo iddo, gan amneidio ei phen i gyfeiriad yr ysbyty.

'Yn y munud, pan fydd hi'n amser ymarfer,' atebodd Aitor. 'Pam? Wyt ti isio i mi roi stop arnyn nhw?'

'Nac ydw,' gwenodd Gogo. 'Maen nhw'n siwtio ei gilydd, ac mae'n iawn iddyn nhw gael rhywfaint o bleser mewn bywyd. Ond mae'n iawn i minna hefyd – a titha,' meddai gan roi edrychiad chwareus iddo. 'Ti'n hen, ond ti'n dal yn ddyn smart...'

Chwarddodd Aitor. Un ddrwg oedd Gogo. Ac roedd hi'n bryd ymarfer eto.

'Dida, cer i ganu'r gloch,' meddai wrth y caethwas – 'a gwna'n siŵr eu bod nhw'n gallu ei chlywed hi yn yr ysbyty hefyd.'

21

Gwyddai Heledd nad oedd yr ymladd ar feddwl ei chwaer o gwbl. Roedd hi a Llywarch mewn byd gwahanol i bawb arall, wedi llwyr wirioni ar ei gilydd. Roedden nhw fel dau blentyn bach yn giglan a chwarae'n wirion dragwyddol. Ond roedd gan Heledd deimlad drwg: yn ei stumog, ei hesgyrn, bob man. Roedd rhywbeth annymunol yn mynd i ddigwydd yn y gemau. Doedd hi ddim yn siŵr i bwy, ond fyddai neb yn hapus eu byd yn ei sgil.

Petae rhywbeth yn digwydd i Llywarch, byddai Rhiannon yn torri ei chalon. A phetae rhywbeth yn digwydd i Rhiannon, byddai Heledd a Llywarch yn torri eu calonnau. A phetae rhywbeth yn digwydd i Heledd? Byddai Rhiannon yn drist, wrth gwrs y byddai, ond ddim mor drist ag y byddai tasai hi'n colli Llywarch, debyg.

Byseddodd Heledd ei chadwen Gwernhidw, duwies y nentydd a'r ffynhonnau. Doedd neb wedi synnu mai dewis Rhiannon wnaeth y duw Taranis, a hithau'n ferch mor gystadleuol oedd wrth ei bodd yn hela ac ymladd a neidio a rhedeg, ond Heledd oedd dewis Gwernhidw, duwies dawel y dyfroedd. Oedd, roedd 'na elfen gystadleuol yn Heledd hefyd, ond dim ond er mwyn rhoi chydig o her i Rhiannon. Ac oedd, roedd ei thafod yn gallu bod yn finiog, ond roedd angen profi nad oedd modd sathru drosti.

Cariad oedd wrth galon y dduwies Gwernhidw, a gwybodaeth am blanhigion; yn cynnwys y rhai allai ladd a gwneud niwed, ia, ond y rhai allai wella oedd bwysicaf.

Gwernhidw oedd prif dduwies ei mam a'i nain hefyd, ac roedd y tair ohonyn nhw wedi taflu rhoddion i'r nentydd a'r ffynhonnau dros y blynyddoedd, am wahanol resymau. Fel pan aeth Gwion, ei brawd bach yn sâl y llynedd: anrheg a gweddi i Gwernhidw, yna ychwanegu peth o'r dŵr a'r planhigion a dyfai agosaf at y nant i'r moddion – ac roedd o'n ôl ar ei draed o fewn dyddiau, yn wên o glust i glust. Roedd hi wir yn gweld eisiau'r wên honno. A rhoddai'r byd am fedru rhedeg ei bysedd drwy wallt meddal Alwen rŵan a chlywed honno'n chwerthin fel tincial nant wrth wylio Gwion yn tynnu stumiau neu wneud drygau.

Iawn, roedd hi'n berffaith bosibl nad oedd Gwernhidw wedi gallu cadw Gwion ac Alwen fach ar dir y byw, ac roedd ei mam a'i nain yn sicr yn yr Arallfyd, ond roedd hi'n bendant wedi gofalu am Heledd a Rhiannon, on'd oedd? Ac roedd hi'n siŵr o wneud eto. On'd oedd?

Roedd y *lanista* wedi penderfynu y byddai Rhiannon yn ymladd yn erbyn Meda o Thracia, hogan fawr, sgwâr a fyddai wastad yn ymladd fel *Murmilla*, sef gyda tharian hir a chleddyf hir, main o'r enw *gladius*. Fel Heledd ei hun, dull y *Thraex* roedd Rhiannon wedi ei feistroli, sef gyda *sica* – cleddyf eitha byr a chrwm, a tharian fechan gron – neu sgwâr yn achos Heledd. Llai o amddiffynfa na tharian hir, ond yn ysgafnach o dipyn felly roedden nhw'n gallu symud yn gyflymach.

Ond doedd Heledd ddim wedi cael gwybod eto pwy fyddai ei gwrthwynebydd hi. Roedd Aitor yn gobeithio y deuai rhywun o un o ysgolion eraill Rhufain, ond doedd y *lanista* ddim wedi rhoi gwybod iddo eto. Roedd hi wedi cael ymarfer yn erbyn y dulliau i gyd, yn cynnwys *Retaria* fel Gogo. Doedd gan y rheiny ddim cleddyf na helmed, dim ond tryfer fel yr un a ddefnyddiai ei thad i ddal pysgod, a rhwyd gron, drom oedd yn amhosib ymladd drwyddi os oedd annel y *Retaria* yn gywir. Ac roedd annel Gogo yn frawychus o gywir. Ar ben hynny, roedd yr hogan yn rhyfeddol o gryf a chyflym. Doedd ganddi fawr o arfwisg i'w gwarchod rhag anafiadau heblaw ar waelod ei choesau ac ar hyd un fraich, ond anaml fyddai Gogo'n cael ei hanafu.

Roedd hi'n haws o lawer yn erbyn *Secutora* fel Branwen, oedd â tharian a chleddyf hir fel *Murmilla*, ond helmed lawn gyda thyllau tu hwnt o fychan, felly allai hi ddim gweld yn wych drwyddi.

Roedd hi bron yn siŵr mai yn erbyn Branwen fyddai hi, ond doedd hi ddim eisiau ymladd yn erbyn honno; roedd hi'n ferch mor glên ac annwyl. Sut allai hi ei lladd hi tasai raid? Ond a allai Branwen ei lladd hithau? Roedd o'n berffaith bosib gan ei bod hi wedi lladd y ferch ddiwethaf iddi ymladd yn ei herbyn.

'Rhiannon...?' meddai dridiau cyn y gemau, wedi i'w chwaer ddod i mewn i'w stafell ar ôl bod yn gwneud beth bynnag roedd hi a Llywarch wedi bod yn ei wneud yn y cysgodion. 'Ga i ofyn... sgen ti ofn?'

'Ofn be?'

'Ofn be fydd yn digwydd yn y gemau... mewn tridiau.'

'Oes. A nag oes. Os ga i'n lladd, fydda i ddim callach, na fyddaf? A ga i fynd i'r Arallfyd at ein rhieni ni a Llŷr a Cynyr Hen, a byw eto fel be bynnag fydd Taranis yn ei ddewis i mi.'

'Cei... ond be os gaiff Llywarch ei ladd?'

'Cheith o ddim,' atebodd Rhiannon yn syth. 'Mae o'n ymladdwr rhy dda.'

'Ond mae damweiniau'n digwydd. Mi allai o faglu, mi allai'r dyn arall fod yn–'

'Dwi'm isio meddwl am y peth! Gad i ni fwynhau byw tan

hynny. Does 'na ddim diben poeni am bethau cyn iddyn nhw ddigwydd. 'Dan ni jest yn gorfod dysgu dod i ben ar ôl iddyn nhw ddigwydd – os fyddan nhw'n digwydd.'

Tawelwch. Yna, mentrodd Heledd eto:

'Be os ga i'n lladd?'

'Chei di ddim, siŵr! Ti'n rhy gyflym.'

'Ond be os ydi 'ngwrthwynebydd i'n gyflymach?'

Ochneidiodd Rhiannon.

'Go brin. A chofia, dydi pob brwydr ddim yn gorffen efo marwolaeth. Mi allet ti golli, ond cael caniatâd i frwydro eto yn y gemau nesa.'

Trodd Heledd i orwedd ar ei chefn ar y gwely gwellt. 'Ac wrth gwrs,' meddai, 'hyd yn oed os ga i'n lladd, bydd Gwernhidw'n edrych ar fy ôl i a mynd â fy enaid i'r Arallfyd.'

'Bydd, ac wedyn gei di ddod yn ôl fel sgwarnog.'

'Byddai'n well gen i fod yn dderyn, i mi gael hedfan.'

'Pa fath?' gofynnodd Rhiannon. 'Dwyt ti'm isio bod yn dylluan, fel y ferch a wnaed o flodau, nag wyt? Aderyn y nos, sy'n codi ofn ar adar eraill ac yn dod ag anlwc...'

Pendronodd Heledd cyn ateb.

'Dwn 'im. Dwi wastad wedi hoffi tylluanod. A dwi ddim yn siŵr am y stori anlwc 'na. Roedden nhw'n hwtian bob nos adre, doedden, a chawson ni, na'n cymdogion ddim anlwc mawr am flynyddoedd.'

'Gollon ni Llŷr.'

'Do.'

'Mi gollodd y Gof ei hogan fach, cofio?'

'Do.'

'A mi ddoth y Rhufeiniaid...'

'Iawn, ond dwi ddim yn meddwl mai bai'r tylluanod oedd hynny! A ph'un bynnag, maen nhw'n tw-hŵian fan hyn yn

Rhufain yn rheolaidd hefyd. Fedar pawb ddim bod yn anlwcus dim ond am fod 'na dylluan tu allan yn chwilio am fwyd!'

Gwenodd Rhiannon yn y tywyllwch. Roedd hi wedi llwyddo i dynnu meddwl ei chwaer fach oddi ar ei hofnau am chydig, o leiaf.

'Wsti be?' meddai, 'Ti'n iawn. Dw inna'n hoffi tylluanod, ac maen nhw'n wych am hela. A'r llygaid mawr 'na... dydyn nhw ddim yn annhebyg i dy lygaid di, erbyn meddwl! Llygaid mawr sy'n gweld bob dim...'

'Ond dwi'n gallu troi i'r cyfeiriad arall pan fydd raid...' meddai Heledd.

Tawelwch eto. Yna:

'Wyt ti'n flin efo fi?' gofynnodd Rhiannon.

'Nacdw, siŵr,' meddai Heledd. 'Mae'n berffaith amlwg bod y duwiau isio i chi'ch dau fod efo'ch gilydd. Dach chi fel gwenyn mêl a blodyn sawdl y fuwch, yn cael eich denu at eich gilydd, angen eich gilydd.'

'Ydan, ti'n iawn, mi ydan ni,' meddai Rhiannon mewn llais breuddwydiol.

Tro Heledd oedd hi i wenu. Doedd hi erioed wedi clywed y tinc yna yn llais ei chwaer fawr o'r blaen. Roedd hi wedi syrthio mewn cariad o ddifri am y tro cyntaf erioed, ac roedd hi wir yn falch drosti. Ond eto...

'Ond mae 'na bosibilrwydd cry na cha i byth syrthio mewn cariad efo neb, na chael gwybod sut beth ydi caru, hyd yn oed,' meddai hi, gan frwydro i beidio â gadael i'w llais hi grynu.

Cododd Rhiannon o'i gwely a mynd at ei chwaer.

'Gwna le i mi,' meddai, ac yna rhoi ei breichiau amdani a chusanu top ei phen. Dechreuodd Heledd grio'n dawel yn syth.

'Rhaid i ti beidio â meddwl fel'na,' meddai Rhiannon wrthi.

'Mae 'na rai pethau na fedri di eu newid – maen nhw yn nwylo'r duwiau. Neu'r Rhufeiniaid. Ond mi fedri di neud o leia un peth drosot ti dy hun...'

'Be?'

'Dewisa un o'r gladiatoriaid cyhyrog, rhywiol eraill 'na, a sibrwd yn ei glust o dy fod ti wedi ei ddewis o i gael yr anrhydedd o dy flodeuo di. Ac mi fyddi di wedi gneud rhywun arall yn hapus a balch a llawn hyder. Fory – cyfle cynta gei di!'

Allai Heledd ddim peidio â chwerthin. Gwasgodd Rhiannon hi'n dynnach.

'T'isio i mi dy helpu di i ddewis?'

'Nag oes!'

'Ond ti'm isio gwastraffu dy amser ar rywun sy ddim yn gwybod be mae o'n neud. A t'isio rhywun fydd yn glên a thringar efo ti.' Ystyriodd enwi Llywarch, y dyn mwyaf tringar iddi ei gyfarfod erioed. Ond na, byddai hynny'n mynd â chwaeroliaeth yn rhy bell. Yn rhy bell o lawer. Roedd meddwl am rywun arall yn cyffwrdd a chael ei chyffwrdd gan Llywarch yn gwneud iddi deimlo'n sâl. ''Na'i ofyn i Gogo, yli,' meddai'n bwyllog. 'Mae hi wedi cael blas ar ambell un, meddai hi.'

Chwarddodd Heledd eto. Sylweddolodd ei bod hi'n edrych ymlaen at rywbeth am y tro cyntaf ers iddi adael Ynys Môn. Sylweddolodd hefyd fod y geco bychan yn syllu arni ac roedd hi bron yn siŵr ei fod yn gwenu.

22

Viratus oedd yr enw ynganodd Gogo yn syth. Dyn ifanc, llawn egni o Facedonia, oedd wedi dewis bod yn gladiator. Doedd o ddim yn gaethwas nac yn garcharor rhyfel, ond wedi breuddwydio am gael bod yn gladiator ers mynd i weld ei gemau cyntaf yn fachgen ifanc. Roedd o wedi ennill tair brwydr hyd yma, ac yn gobeithio gwneud enw iddo'i hun a digon o bres i brynu rhyddid caethferch roedd o wedi syrthio mewn cariad efo hi.

'Mae o'n annwyl iawn,' meddai Gogo wrth Heledd. 'A ddim yn hunanol o gwbl. Fo ydi'r un, yn bendant.'

Pan aeth Heledd ato a dweud yn gwbl agored beth roedd hi'n ei ddymuno ganddo, agorodd ei lygaid yn fawr i ddechrau, yna gwenodd.

'Mi fyddai'n fraint ac yn anrhydedd,' meddai. A phan gawson nhw'r cyfle (yn yr ysbyty, gyda Rhiannon, Llywarch a Gogo tu allan yn gofalu na fyddai neb yn tarfu arnyn nhw) mi fu'n fonheddwr drwy'r cyfan, yn ei chusanu'n dyner am hir cyn mentro ymhellach, yn ei hanwesu ar ei gwar a mannau annisgwyl fel tu mewn ei breichiau ac ar hyd ei chefn nes ei bod yn gwingo gyda phleser, yn gofyn oedd hi'n hapus ac yn gyfforddus, oedd hi'n barod, oedd angen iddo stopio neu arafu, ac yna'n ei chofleidio'n dynn wedyn.

Pan welodd o'r dagrau yn ei llygaid, edrychodd arni gyda braw.

'O na, wnes i dy frifo di?'

Ysgwyd ei phen wnaeth Heledd. Oedd, roedd o wedi bod yn

boenus am blwc ar y dechrau, roedd Rhiannon a Gogo wedi ei rhybuddio am hynny, ond roedd hi wedi ymlacio a mwynhau ei hun wedyn. Doedd o ddim yn brofiad ysgytwol, doedd hi ddim wedi teimlo'r ddaear yn symud ond roedd o'n brofiad hynod o emosiynol. A dyna pam roedd y dagrau'n llifo.

Roedd hi wedi caru. Roedd hi wedi ei blodeuo. Ond efallai y byddai wedi crino a marw ymhen deuddydd.

Wedi rhoi cusan hir arall iddi, gadawodd Viratus yn barchus. Bron yn syth wedyn, daeth Rhiannon a Gogo i mewn ati. Roedd y merched wedi gwneud cadwen iddi allan o'r chwyn a'r blodau a dyfai yma ac acw yn yr ysgol hyfforddi, a gosododd Rhiannon hi am ei gwddf gan gusanu ei thalcen.

'Dyna'r peth agosa at ein seremoni blodeuo ni adre y gallwn i ei drefnu,' meddai Rhiannon.

'Roedden ni'n cynnal seremoni yn ein llwyth ninna hefyd,' meddai Gogo, gan dynnu llun cylch ar dalcen Heledd gyda'r siarcol ar ei bys. 'Ac wedyn roedden ni'n dawnsio – tyrd!'

Cydiodd yn ei llaw a'i llusgo ar ei thraed, allan at y merched eraill. Roedd rhywun eisoes wedi dechrau drymian ar fwrdd, ac er gwaethaf eu cyffion, dilynodd pawb esiampl Gogo, gan ysgwyd eu penolau, eu cluniau, eu pennau a throi a throi mewn cylchoedd gyda'u dwylo yn yr awyr gan ganu geiriau nad oedd neb ond Gogo yn eu deall. Ond roedd gan bawb syniad go lew mai cân i Heledd oedd hi.

Daeth y rhialtwch i ben pan gyrhaeddodd Lupus Lentulus gyda'i weision.

'Mae rhestr y brwydrau gen i fan hyn,' cyhoeddodd. Ymdawelodd pawb yn syth, ac aeth y *lanista* drwy'r rhestr yn araf: y dynion yn gyntaf wrth gwrs. Clywodd Llywarch y byddai yn erbyn Crixus, *Thraex* bychan ond hynod gyflym o Wlad y Galiaid. Nodiodd Llywarch ei ben.

'Mi fydd yn gystadleuaeth dda,' meddai.

Roedd y brwydrau eraill yn ôl y disgwyl: Rhiannon, neu Amazonia, yn erbyn Meda, y *Retaria* oedd wedi ennill dwy frwydr hyd yma, diolch i'w gallu i daflu ei rhwyd yn gywir. Roedd Rhiannon wedi ei gweld yn ymarfer ac yn teimlo'n weddol hyderus y gallai ei churo. Gwenodd ar Heledd. Ond rhewodd ei gwên pan glywodd yr enwau Achilia a Hela yn yr un frawddeg.

Heledd oedd Hela. A Gogo oedd Achilia.

Suddodd ysgwyddau Gogo.

Doedd Heledd ddim yn gallu symud, ddim yn gallu yngan gair. Safai yno, fel un o gofgolofnau marmor y *Forum*. Doedd ganddi ddim gobaith yn erbyn Gogo.

Allai Aitor ddim rhwystro ei hun, gwthiodd ei ffordd drwy'r gweision at y *lanista* a gofyn pam yn enw'r duwiau oedd o wedi rhoi Heledd, oedd mor ddibrofiad, yn erbyn Gogo o bawb?

Tapio'i drwyn wnaeth y *lanista*, arwydd y dylai Aitor roi'r gorau i stwffio ei drwyn i rywle nad oedd ganddo hawl ei stwffio. Ond gwyddai Aitor yn iawn fod ganddo, fel *doctore*, yr hawl i roi ei farn. Mynnodd gael ateb. Rhowliodd Lupus Lentulus ei lygaid cyn cydio yn ei fraich a'i hebrwng i fan tawelach.

'Aitor... meddylia,' meddai'n ffug amyneddgar. 'Wrth gwrs bod Gogo –' – cywirodd ei hun – 'Achilia – yn mynd i guro'r hogan fach Hela 'ma. A phan fydda i'n rhoi ei chwaer fawr hi yn erbyn Achilia ymhen y mis, dyna i ti be fydd brwydr! Mi wna i'n siŵr bod pawb yn gwybod eu bod nhw'n chwiorydd y tro yma ti'n gweld, a gofalu bod wyneb Amazonia i'w weld yn glir pan fydd Achilia'n lladd ei chwaer fach hi. Dyna sut mae adeiladu tensiwn a denu cynulleidfa!'

Roedd Rhiannon a Llywarch wedi mynd â Heledd i eistedd dan y goeden blanwydden a roddai gysgod i ran o'r buarth ymarfer. Cydiai Rhiannon yn ei llaw ond gwyddai Llywarch a hithau nad oedd geiriau'n mynd i helpu dim. Weithiau, mae cynhesrwydd llaw yn dweud mwy.

Doedd Gogo ddim yn siŵr beth i'w wneud. Roedd hi wedi bod yn y sefyllfa hon droeon: dyna natur y gwaith wedi'r cwbl. Ond roedd hyn mor annheg. Doedd Heledd erioed wedi perfformio yn yr arena o'r blaen! Gwyddai hefyd beth oedd rhesymeg Lupus Lentulus. Ond pa hawl oedd gan unrhyw un i chwarae gyda bywydau pobl fel hyn, fel rhyw bypedwr? Fel duw?

Pan ganwyd y gloch, aeth pawb i ymarfer fel arfer, ond yr eiliad roedd o drosodd, cerddodd Gogo at Rhiannon a Heledd.

'Mae'n wir ddrwg gen i,' meddai. 'Dwi'n casáu'r blydi Lupus 'na am wneud hyn.'

Cododd Heledd ei hysgwyddau.

'Roedd o'n mynd i ddigwydd yn hwyr neu'n hwyrach. A wyddost ti byth, efallai y gwna'i dy guro di!' chwarddodd. Ond hi oedd yr unig un i chwerthin.

Cyn hir, daeth Llywarch a rhai o'r dynion eraill atyn nhw.

''Dan ni'n dallt yn iawn sut dach chi'n teimlo,' meddai Audax, Aethiop tal, heglog oedd wedi gorfod lladd tri llew yn y gemau diwethaf, ac yntau'n dod o lwyth oedd yn mawrygu llewod. 'Mae 'na rai ohonon ni wedi bod yn trafod,' meddai'n isel, er mwyn gwneud yn siŵr na allai clustiau busneslyd ei glywed. 'Mae 'na gaethweision wedi llwyddo i ddianc yn y gorffennol – ac yn fwy na hynny, gladiatoriaid.'

Cododd y merched eu clustiau'n syth. Aeth Audax, gyda

chymorth Llywarch a Viratus, ymlaen i ddweud hanes Spartacus wrthyn nhw.

Milwr o Thracia oedd Spartacus nes iddo gael ei dwyllo gan y Rhufeiniaid a'i yrru i Capua i'w hyfforddi fel gladiator. Fe lwyddodd o a saith deg gladiator arall i ddianc o'r ysgol hyfforddi gyda chonfoi o geirt oedd yn cario arfau.

'Dychmygwch griw mawr o gladiatoriaid cryfion, blin yn rhedeg yn rhydd efo llwyth o arfau!' gwenodd Llywarch. 'Doedd neb yn gallu eu stopio nhw!'

Tyfodd y criw yn fyddin wrth i fwy a mwy o gaethweision glywed eu hanes a dianc eu hunain er mwyn ymuno â nhw.

'Dros y ddwy flynedd wedyn, fe lwyddon nhw i guro pedair byddin Rufeinig,' meddai Audax. 'Roedd 'na naw deg mil ohonyn nhw erbyn y diwedd, mae'n debyg, ac roedden nhw'n rheoli'r rhan fwya o Lucani.'

'Lucani?' holodd Heledd.

'Ardal fawr i'r de o fan hyn,' meddai Audax. 'Roedd Spartacus wedi meddwl mynd am y gogledd a thros fynyddoedd yr Alpes er mwyn cael mynd adre at ei bobl, ond, am ryw reswm, aethon nhw'n ôl am y de a thrio croesi ar gychod, ond...'

'...wnaethon nhw ddim llwyddo,' gorffennodd Gogo y frawddeg ar ei ran.

'Naddo.'

'Felly pam dach chi'n deud yr hanes wrthan ni?' gofynnodd Heledd. 'O'n i'n meddwl bod gynnoch chi rhyw gynllun gwych i ni ddianc cyn y gemau.'

Edrychodd y dynion ar ei gilydd. Roedd clustiau Viratus wedi troi'n goch, sylwodd Heledd. Felly doedd ganddyn nhw ddim cynllun, dim ond breuddwyd.

'Ond mi wnaeth Spartacus a'i griw lwyddo i ddianc, yn do?' meddai Llywarch. 'Roedden nhw'n rhydd am ddwy flynedd, yn byw ar fynydd Vesuvius. Mi fysa Spartacus wedi gallu mynd yn ôl adre tase 'na ddim cymaint ohonyn nhw, dwi'n siŵr.'

'Ia, fyddai criw bach ddim mor anodd eu cuddio a'u bwydo,' meddai Viratus.

'Hisht,' meddai Gogo, oedd wedi sylwi ar Aitor y *doctore* yn cerdded tuag atyn nhw.

'Helô,' meddai Aitor. 'Mae eich lleisiau chi'n cario… glywais i'r enwau Spartacus a Vesuvius.' Edrychodd i fyw llygaid pob un ohonyn nhw. 'Dach chi ddim yn digwydd bod yn annog fy merched i ddianc, ydach chi?'

Syllodd rhai ar eu traed, edrychodd eraill y tu ôl iddo i nunlle. Ond edrychai Heledd yn syth arno a chyfarfod ei lygaid, nid yn herfeiddiol, meddyliodd Aitor, ond doedd dim arlliw o ofn ynddi.

'Mi fuoch chi yn gladiator unwaith,' meddai Heledd. 'Be fasech chi'n neud yn ein lle ni?'

Oedodd Aitor cyn ateb. Penderfynodd ddweud y gwir.

'Mi wnes i drio dianc unwaith. Ro'n i wedi cyrraedd cyn belled â'r porthladd ac yn chwilio am long fyddai'n mynd am ynysoedd Corsica neu Sardinia, yn y gobaith o fedru mynd yn fy mlaen am Euskal Herria, fy nghartre i. Ond mi ges i fy mradychu. Roedd un capten newydd adael i mi guddio ar ei long pan gyrhaeddodd fy *doctore* i a thri gladiator arall. Ro'n i wedi fy nghornelu. A dach chi wedi gweld be ydi'r gosb ar gyfer caethweision sy'n ceisio dianc.'

Oedden. Roedden nhw i gyd wedi gweld yr adloniant awr ginio yn yr amffitheatr.

'Ond doedd y *doctore* ddim isio 'ngweld i'n cael fy nghroeshoelio neu fy rhwygo'n fyw gan anifeiliaid. Roedd o wedi gweld potensial ynof fi i fod yn gladiator llwyddiannus felly mi darodd fargen efo fi: os fyddwn i'n cerdded yn ôl i'r ysgol efo nhw yn dawel, y munud hwnnw, fyddai neb yn sôn gair wrth y *lanista* na'r awdurdodau.'

'Lwcus,' meddai Audax. 'Ac anarferol iawn.'

'Roedd o'n ddyn da,' meddai Aitor. 'Ond hefyd, roedd ei *lanista* wedi gadael iddo wybod tasai unrhyw un o'i gladiatoriaid o'n dianc, y byddai o'n colli ei le fel *doctore* ac yn gorfod bod yn gladiator ei hun unwaith eto – a doedd o ddim mor ifanc ag y bu erbyn hynny.'

'O...' meddai Llywarch a Viratus fel un.

'Ac ydi'n hannwyl *lanista* ni wedi deud rhywbeth tebyg?' holodd Rhiannon.

Nodiodd Aitor ei ben.

'Felly tasai unrhyw un ohonon ni'n mentro dianc, chi fyddai'n diodde,' meddai Heledd.

'Wel, a'r gladiatoriaid wedi iddyn nhw gael eu dal,' meddai Aitor.

'Os fydden nhw'n cael eu dal,' meddai Gogo.

'Pan fydden nhw'n cael eu dal,' meddai Aitor.

Bu tawelwch am hir wedyn.

'Iawn, dach chi i gyd yn barod i orymdeithio at y *Forum* – a'r wledd wedyn?' gofynnodd Aitor. 'Mi fyddwn ni'n cychwyn ymhen yr awr a dach chi i gyd angen edrych yn ddel, cofiwch.'

23

Doedd Rhiannon a Heledd erioed wedi profi'r fath beth: gorymdeithio i sŵn utgyrn, pibau a drymiau ac yn eu hatalnodi, llais Lupus Lentulus ar y blaen yn eu brolio. Roedd y strydoedd yn llawn pobl yn eu hastudio, yn eu hedmygu a rhai yn edrych i lawr eu trwynau hirion arnyn nhw.

Roedd pob un o'r gladiatoriaid, yn ddynion a merched, â'u brestiau yn noeth er mwyn i'r dorf gael gweld gogoniant eu cyrff a'u cyhyrau, a neb yn gwisgo'r un helmed nac arfwisg.

Roedden nhw i gyd yn sicr yn edrych yn hardd iawn, meddyliodd Rhiannon: eu cyrff yn sgleinio gydag olew olewydd, eu gwalltiau wedi eu plethu'n daclus – ar wahân i wallt Llywarch. Roedd Lupus y *lanista* wedi mynnu ei fod yn gadael ei fwng hir, melyn yn rhydd dros ei ysgwyddau ac roedd merched Rhufain yn bendant wedi eu hudo ganddo. Rhedai grwpiau o ferched ifanc wrth ei ymyl, yn rhyfeddu ato ac yn ceisio ei gyffwrdd yn slei, cyn i Aitor gyfarth arnyn nhw a'u hel i ffwrdd.

Allai Rhiannon ddim peidio â theimlo ton o falchder. Hi oedd wedi gorchuddio cyhyrau Llywarch ag olew awr ynghynt, ac yntau wedi gwneud yr un peth iddi hithau, a gwenodd wrth gofio'r profiad. Ond doedd hi ddim yn mwynhau hyn: pobl yn syllu a rhythu arni mor ddigywilydd, fe petae hi'n fuwch i'w phrynu neu'n gyw iâr rhost i'w llyncu. Roedd Lupus wedi ei hannog hi a Heledd i wenu a chodi llaw'n gyfeillgar er mwyn i'r dorf eu hoffi, ond wedi gorchymyn Gogo i wgu a chwyrnu ar bawb. Felly pan nad oedd y *lanista*'n edrych, byddai Gogo'n gwenu'n ddel ar y dorf o'i chwmpas. Ceisiodd Rhiannon wenu ond gwyddai nad oedd yn edrych fel gwên ddiffuant a doedd hi'n synnu dim pan na fyddai'r dorf yn gwenu'n ôl arni.

Roedd Heledd, ar y llaw arall, yn llwyddo i wenu'n ddel ar bawb heb drafferth yn y byd ac roedd y plant, yn fwy na neb, yn cymryd ati yn arw.

Pan gyrhaeddon nhw'r *Forum*, ffurfiodd y dorf gylch enfawr o'u hamgylch er mwyn i Lupus Lentulus fedru cyflwyno pob gladiator yn unigol.

'A dyma Amazonia,' gwaeddodd wrth i Rhiannon gamu ymlaen, 'merch gafodd ei hachub o grafangau creulon y derwyddon ym Mona, Britannia. Chafodd hi ddim addysg yno felly dyw hi ddim yn gwybod faint yw ei hoed hi!' Gadawodd fwlch i bobl gael chwerthin gydag o. 'Ond fel y gwelwch,' aeth yn ei flaen, 'mae hi ym mlodau ei dyddiau gyda digonedd o flynyddoedd o ymladd ar ôl ynddi. *Thraex* ydi hi, a dyma ei thro cyntaf yn ymladd fel gladiator felly rhowch gymeradwyaeth iddi!'

Cafodd Heledd gyflwyniad digon tebyg, ond gydag ychwanegiadau:

'Hela yw chwaer fach Amazonia – na, dydyn nhw ddim yn debyg iawn nac ydyn? Ond maen nhw'n meddwl y byd o'i gilydd a byddai Amazonia'n gwneud unrhyw beth i achub ei chwaer fach. Bu bron i dderwydd offrymu Hela pan oedd hi fawr mwy na baban, ond rhedodd Amazonia drwy'r dorf a chydio yn Hela gan weiddi "Na, chewch chi ddim! Mae hi'n chwaer i mi! Offrymwch fi yn ei lle!" Roedd y derwyddon wedi eu syfrdanu wrth gwrs, ond wedi hoffi ei dewrder, felly cafodd y ddwy fyw!'

Cymeradwyodd y dorf yn syth. Roedden nhw'n hoffi straeon fel yna. Ond doedden nhw ddim mor hapus pan glywson nhw mai Achilia fyddai gwrthwynebydd Hela yn ei brwydr gyntaf un. Roedden nhw'n hen gyfarwydd ag Achilia – doedd hi'n curo pawb? Ond roedd hynny wedi mynd yn beth diflas ers tro. Hanner yr hwyl yn y gemau oedd dyfalu pwy oedd yn debygol o ennill. Ond yr eiliad fydden nhw'n gweld coesau hirion Achilia yn camu i mewn i'r arena, roedd y canlyniad yn anochel. A doedd neb yn hoffi pobl oedd yn rhy lwyddiannus, yn rhy hyderus – oni bai ei fod yn Ymerawdwr Rhufain wrth gwrs.

Roedd hwnnw'n eistedd mewn elor yn rhan uchaf y *Forum*, yn ddigon agos i astudio'r gladiatoriaid drwy'r bwlch yn y llenni, ond ddim yn rhy agos at y dorf. Roedd yno ormod o'r werin at ei ddant o, ac roedd o'n hapusach yng nghwmni pobl o gefndir tebycach iddo fo. Ond roedd o wir yn edrych ymlaen at y wledd y byddai'n ei chynnal yn ddiweddarach – roedd 'na gymeriadau (a chyrff) diddorol iawn ymysg y criw diweddaraf yma o gladiatoriaid.

Chafodd Nero mo'i siomi yn ei wledd. Nid yn unig yn y danteithion (draenogod môr, wystrys, cimychiaid, cregyn gleision anferthol, asennau baeddod, pathewod mewn mêl a fflamingos wedi'u rhostio) ond yng nghwmni'r gladiatoriaid hefyd. Roedden nhw i gyd mor rhyfeddol o hardd, roedd hi'n bleser dim ond edrych arnyn nhw. Gallai wneud hynny eto drannoeth yn yr arena, wrth gwrs, ond roedd bod mor agos atyn nhw fel hyn wastad yn brofiad hyfryd, fel edrych ar gerfluniau marmor cain, dim ond bod y rhain o gig a gwaed.

Gwyddai'n iawn nad oedd o ei hun yn enghraifft o ddynoliaeth ar ei gorau: roedd ei ên a'i drwyn yn rhy amlwg a'i glustiau'n rhy fawr. Ond roedd ei fam wastad wedi dweud bod ei wefusau'n hardd, ei fod wedi etifeddu ei cheg hi, ac roedd hi'n ddynes hardd tu hwnt. Wel, nes iddi fynd ar ei nerfau

o. Roedd hi'n bechod ei fod wedi gorfod cael gwared ohoni, roedd hi wedi bod o gymorth mawr iddo fo erioed, ond roedd hi'n bendant wedi bod yn gwneud bywyd yn anodd iddo at y diwedd. Na, roedd yn well ei chofio fel roedd hi cyn iddi fynd yn hen swnan, a byddai'n mwynhau edrych ar y cerflun hyfryd ohoni mewn carreg ddu o flaen ei balas.

Roedd un o bwysigion ei senedd wrthi'n byseddu brestiau un o'r gladiatoriaid benywaidd. Doedd honno ddim yn edrych yn hapus o gwbl, fwy nag oedd gwraig y seneddwr, ond dyna fo, roedd seneddwyr yn bwysig a phwerus a dim ond caethweision oedd y gladiatoriaid wedi'r cwbl. Ystyriodd fynd draw atyn nhw, ond yna sylwodd ar ei wraig, Octavia ynghanol criw o'i ffrindiau yn glafoerio dros ddau o'r dynion: un â chroen du, sgleiniog ac un arall gyda mwng hir o wallt melyn fel cae o ŷd. Roedd y merched yn cyffwrdd stumogau caled, cyhyrog y ddau gladiator ac yn chwerthin fel plant gwirion wrth wasgu rhannau eraill ohonyn nhw: eu breichiau boncyffaidd – a'u penolau tynn. Rhowliodd Nero ei lygaid. Roedd o'n gwybod ers blynyddoedd mai dim ond sioe oedd hyn gan Octavia, doedd ganddi ddim llwchyn o ddiddordeb mewn cyrff dynion mewn gwirionedd. Nid yng nghorff ei gŵr o leiaf. Dyna pam roedd Nero wedi dechrau gweld merched eraill, merched oedd yn mwynhau ei blesio ac yn chwerthin yn iach pan fyddai o'n adrodd ei straeon doniol.

Ar y gair, daliodd lygaid un ohonyn nhw dros y bwrdd, yr ochr arall i fflamingo wedi ei rostio. Roedd hi'n cnoi'n ddel ar un o'r esgyrn ac yn syllu'n ddrygionus i'w lygaid yr un pryd. Tybed pa mor anodd fyddai cael gwared ar Octavia a phriodi hon yn ei lle?

Roedd Heledd eisiau sgrechian. Roedd hyn i gyd yn troi

arni. Y fath sioe o fwydiach drudfawr, a phobl yn gorweddian ar fath o welyau hirion yn eu dillad sidan llachar, yn rhy ddiog i estyn am y bwyd eu hunain ac yn gwneud i gaethweision roi'r bwyd yn eu cegau – fel adar yn bwydo eu cywion. Roedd un gaethferch wrthi'n sychu diferion seimllyd oddi ar ên rhyw ddynes – cyn cael pelten am fod un diferyn wedi glanio ar y wisg sidan felyn. Ond bai yr un oedd yn bwyta oedd hynny, siŵr! Roedd Heledd yn corddi a gallai weld bod Rhiannon yn teimlo'r un fath yn union. Daliodd ei llygaid.

Roedden nhw wedi bod drwy deirawr o hyn bellach: llygaid dieithriaid yn eu bwyta'n gwbl ddigywilydd, dwylo chwyslyd, estron yn eu byseddu ill dwy a gweddill y gladiatoriaid a'r un ohonyn nhw â'r hawl i wrthod na phrotestio – roedd Lupus Lentulus wedi gwneud hynny'n berffaith glir.

Roedd yr ymerawdwr yn troi arni hefyd; dyn mor ofnadwy o hyderus a hunanbwysig ond eto mor gyffredin yr olwg – ar wahân i'r toga porffor ac aur a wisgai. Roedd o wrthi'n glafoerio dros ryw ferch oedd yn cnoi esgyrn aderyn rhyfedd yr olwg, ond o leiaf roedd hynny'n golygu nad oedd raid i Heledd na Rhiannon ei ddioddef yn glafoerio drostyn nhw. Roedd Gogo a Branwen wedi eu rhybuddio mor arteithiol oedd y nosweithiau hyn cyn y gemau, ond roedd o'n dal i fod yn sioc ac yn siom.

'Mae'r wledd hon mor symbolaidd, tydi?' meddai dyn tenau mewn toga gwyn wrthi.

'Ydi?' meddai Heledd.

'O ydi, mae'n cynrychioli'r ffin rhwng bywyd a marwolaeth,' meddai'r dyn gan helpu ei hun i bathew bach arall wedi ei orchuddio â mêl. 'Mae'r anifeiliaid hyn wedi marw er mwyn plesio'n tafodau ni a llenwi ein stumogau ni,' meddai wrth i fêl ddiferu i lawr ei ên, 'a fory, bydd nifer o'n cyd-giniawyr ni fan hyn, yn eich cynnwys chi, efallai, yn marw, er mwyn lleddfu ein hangen am gynnwrf.' Sugnodd y mêl oddi ar ei fysedd. 'Mae'r cyfan yn hynod symbolaidd ac yn hynod gynhyrfus, yn tydi... hoffech chi bathew?'

Gwrthododd Heledd yn glên ac yna esgus ei bod wedi gweld rhywun yn ei hannog draw atyn nhw.

'Pa mor hir sy raid i ni aros yma?' gofynnodd i Rhiannon.

'Dim syniad,' meddai Rhiannon wrth geisio peidio â gwgu ar ddynes mewn coch yn rhedeg ei dwylo'n araf ac awgrymog dros freichiau a chefn Llywarch. 'Aitor fydd yn gwybod. Weli di o?' Ar y gair, daeth Aitor atyn nhw, ei gefn yn sythach nag arfer a'i lygaid yn dywyllach, meddyliodd Rhiannon.

'Iawn, adre,' meddai, 'Dach chi angen digon o gwsg ar gyfer fory. Dowch.'

Gadawodd y gladiatoriaid mewn un fflyd, i gyfeiliant cyfarchion a churo dwylo a llais Lupus Lentulus yn malu awyr uwch ben y dorf fel arfer. Er nad oedd o'n dweud pethau negyddol, gallai Heledd ddweud o dinc ei lais nad oedd o'n hapus eu bod wedi gadael mor ddisymwth.

Wedi camu drwy borth yr ysgol, arweiniodd Aitor nhw at y ffreutur. Roedd o'n sgwrsio'n dawel gyda *doctore* y dynion am sbel, yna rhoddodd nod i Dida a'r caethweision eraill i nôl gwin a dŵr o'r cefn.

'Yfwch yn dawel fan hyn am sbel,' meddai, 'i gael gwared ar y baw a'r aroglau...' Doedd dim angen iddo egluro baw ac aroglau pwy roedd o'n cyfeirio ato.

'Dydan ni erioed wedi gwneud hyn o'r blaen,' meddai Gogo. 'Be sy?'

'Hidiwch chi befo,' meddai Aitor. 'Ond 'dan ni gyd yn haeddu hanner awr fach dawel yng nghwmni ein gilydd. Hanner awr o ddangos parch i'n gilydd. A chyfeillgarwch.' Tywalltodd ddŵr i mewn i'w win a chodi'r cwpan bridd i gynnig llwnc destun. 'I chi.'

'I ni!' cydganodd pawb, cyn cymysgu eu diodydd eu hunain a'u hyfed yn dawel.

'Oes 'na rywun yn gallu canu yma?' gofynnodd Aitor ymhen ychydig. 'Mewn iaith heblaw Lladin?'

Camodd Gogo ymlaen yn syth a gofyn rhywbeth i Audax mewn iaith nad oedd neb arall yn ei deall. Gwenu wnaeth Audax a nodio ei ben cyn dechrau drymian y bwrdd pren o'i flaen. Yna dechreuodd wneud sŵn dwfn yn ei gorn gwddw, sŵn y gallai Rhiannon ei deimlo'n codi o'r ddaear drwy esgyrn ei thraed. Yn raddol, dechreuodd Gogo glapio ei dwylo i rythm pendant ac yna canu mewn llais clir oedd yn asio'n berffaith gyda bas Audax. Doedd gan y gweddill ddim syniad beth oedd ystyr y geiriau ond roedd yr hiraeth a'r tristwch yn eu cyffwrdd bob un.

'Mae gynnon ni ganeuon hapusach, mwy bywiog,' meddai Gogo wedi i'r gân ddod i ben, 'ond dwi'm yn teimlo fel canu'r rheiny heno.'

Fesul un a dau, rhannodd mwy o gladiatoriaid ganeuon eu mamwlad, a phan edrychodd Heledd a Rhiannon ar ei gilydd, roedd y dewis yn amlwg. Mawlgan Taranis. Ymunodd Llywarch efo nhw ar ôl y bennill gyntaf, a phan orffennon nhw, roedd llygaid pawb yn disgleirio'n fwy nag arfer yng ngolau'r tân a'r ffaglau.

Wedi tawelwch llonydd, hyfryd, hir, dywedodd Aitor:

'Wn i ddim amdanoch chi, ond i mi, yr ymerodraeth orau, fwyaf gwâr fyddai un allai eistedd yn hapus yn gwrando ar ganu fel'na am oriau. Pam yn enw'r duwiau fod yn well gan y Rhufeiniaid wylio pobl yn lladd ei gilydd?'

Wrth i bawb droi am eu celloedd, rhai ohonyn nhw law yn

llaw fel Rhiannon a Llywarch, chwiliodd Heledd am wyneb Viratus. Roedd arni angen teimlo breichiau amdani heno. Ac oedd, roedd o'n sefyll yn llonydd, yn chwilio am ei hwyneb hithau. Aeth ato a chydio yn ei law. Roedd hi'n gynnes.

Wnaeth Aitor ddim trafferthu hel neb o gelloedd ei gilydd y noson honno, a phan ddaeth Gogo at ei ddrws o, roedd o'n ddiolchgar iddi.

24

Roedd diwrnod cyntaf y gemau yn grasboeth, ac aros i lawr yn y cysgodion gyda'r anifeiliaid oedd wedi llwyddo i oroesi'r bore wnaeth y rhan fwyaf o'r gladiatoriaid – nes iddyn nhw orfod gorymdeithio drwy'r arena eto fyth, yn gynffon i lif hir o bwysigion a baneri, utgyrn a ffliwtiau.

Cwta ddeg munud yn ôl yn y cysgodion, yna, roedden nhw'n gorfod mynd allan eto fesul dau a dwy gyda'u harfau pren ar gyfer yr *overture*, sef y cynhesu gyda gwrthwynebydd roedd y *lanista* wedi ei ddewis ar eu cyfer. Gogo oedd gwrthwynebydd Rhiannon. Gwyddai'r ddwy yn iawn pam fod Lupus wedi eu rhoi nhw yn erbyn ei gilydd, ac wedi i'r cyhoeddwr floeddio pwy yn union fyddai Gogo yn ei hymladd yn ddiweddarach, gwyddai'r dorf hefyd. Anwybyddodd y ddwy y gweiddi a'r ochneidio, a chanolbwyntio ar ymladd gyda'u cleddyfau pren – gyda steil, a, tasen nhw'n onest, mwynhad, nes i'r utgyrn ganu eto i ddynodi dechrau'r ymladd swyddogol.

Llifodd y gladiatoriaid i gyd yn ôl i'r cysgodion, a daeth swyddogion â'r arfau go iawn, y *ferra acuta* i mewn i'r arena. Dyna ddechrau sioe o brofi pa mor finiog oedd yr arfau a hogi os oedd angen – a hyd yn oed os nad oedd angen.

Y drefn heddiw oedd brwydrau dynion a merched am yn ail, a Heledd a Gogo fyddai gornest olaf y merched. Ond Rhiannon a Meda y ferch o Thracia oedd yr un gyntaf.

Gwasgodd Heledd ddwylo ei chwaer yn dynn.

'Bydd wych, bydd ddewr,' meddai gan wybod nad oedd angen dweud y geiriau mewn gwirionedd. Cofleidiodd

Rhiannon hi'n dynn, ac yna daeth Llywarch ati a'i lapio yn ei freichiau. Rhoddodd gusan ar ei thalcen cyn ei gollwng. Gwyddai yntau mai Rhiannon ddylai ennill ond doedd dim byd yn sicr allan yn yr arena. Edrychodd i fyny i'r awyr a gweddïodd ar Taranis i'w gwarchod. Roedd hi'n llawer rhy werthfawr i'w cholli, ond roedd o wedi gorfod derbyn bod hynny'n bosibilrwydd cryf; os nad heddiw, yna yn y gemau nesaf. Ond, meddai wrtho'i hun, bydden nhw i gyd yn gweld ei gilydd eto yn yr Arallfyd.

Roedd Rhiannon wedi bod yn poeni mwy am frwydr Heledd a Gogo na'i brwydr ei hun, a sylweddolodd yn sydyn y gallai hynny fod yn gamgymeriad. Roedd Meda'n gywir iawn gyda'i rhwyd ac yn athletwr medrus, a doedd fiw i Rhiannon fod yn rhy hyderus yn ei herbyn. Byddai'n rhaid iddi ganolbwyntio o ddifri. Ond eto, doedd hi ddim yn nerfus. Gwyddai fod ychydig o nerfau yn llesol, ond doedd hi ddim yn nerfus a dyna ni. Roedd Taranis gyda hi; gallai ei deimlo yn gefn iddi.

Camodd Rhiannon allan i'r haul tanbaid i gyfeiliant mwy fyth o utgyrn, pibau a drymiau yn chwarae cerddoriaeth rythmig a chyffrous. Doedd olion gwaed adloniant cynharach y dydd ddim wedi eu cuddio'n llwyr, ac roedd carpedi o bryfaid duon yn gwledda yma ac acw.

Trodd i edrych ar ei gwrthwynebydd yn camu i mewn ar ei hôl. Doedd hi ddim wedi dod i adnabod Meda yn dda iawn, diolch byth, ond roedd hi wedi ei gwylio'n ymarfer. Roedd hi'n gryf ac yn gyflym ac edrychai'n arbennig o hardd heddiw gyda'i phlethen hir ddu yn sgleinio yn yr haul.

Roedd y dorf yn gweiddi ac yn udo cyn iddyn nhw hyd yn oed ddechrau ymladd: rhai wedi penderfynu'n barod eu bod am gefnogi Meda oherwydd mai ymladd fel *Murmilla* oedd hi.

A selogion y *sica* a'r dull *Thraex* yn gweiddi dros Rhiannon – neu Amazonia.

Prin allai Heledd sbio arnyn nhw'n waldio ei gilydd. Roedd hi eisiau cyfogi. Roedd hi eisiau rhedeg. Pan feiddiodd hi agor ei llygaid, gwelodd Meda'n taro tarian Rhiannon mor hynod o galed fel bod Rhiannon wedi baglu am yn ôl a glanio ar ei chefn ar y llawr. Daliodd Heledd, Llywarch a'r dorf eu hanadl. Ond diolch byth, drwy fynd din dros ben am yn ôl roedd Rhiannon ar ei thraed eto cyn i Meda fedru rhoi'r farwol iddi, ac yna'n troelli'n gelfydd gan lwyddo i drywanu'r ferch fawr o Thracia yn ei hochr. Cymeradwyodd y dorf. Roedd y *lanista* yn llygad ei le: roedd yr Amazonia 'ma'n ymladdwraig arbennig. Roedd hi cyn gyflymed â neidr efo'r *sica* yna.

Er i Meda wneud ei gorau glas am funudau hirion, poenus, roedd yr anaf yn ormod, a doedd ganddi mo'r nerth i wrthsefyll Rhiannon, oedd fel petae'n cryfhau wrth frwydro. Bloeddiodd ac ochneidiodd y dorf wrth i Meda lithro i'r llawr, os nad yn gelain, yn sicr yn anymwybodol, gyda gwaed yn llifo o nifer o anafiadau. Trodd Rhiannon at lle eisteddai'r Ymerawdwr Nero. Oedd o'n mynd i fynnu ei bod hi'n torri gwddf Meda? Siglodd yntau ei ben yn gwneud sioe o bendroni, yna, er mawr fwynhad i'r dorf, arwyddodd gyda'i fawd y dylai Rhiannon roi'r farwol i Meda. Ceisiodd Rhiannon ddweud wrthi'i hun y byddai Meda wedi gwneud yr un peth yn union iddi hi, a chamodd ymlaen gyda'i *sica* i yrru enaid Meda i'r Arallfyd – neu lle bynnag y byddai ei chrefydd hi am iddi fynd. Cymeradwyodd y rhan fwyaf o'r dorf wrth i Rhiannon godi ei *sica* i'r awyr. Roedd cefnogwyr y *Murmilla* yn flin ond yn gorfod cydnabod bod Amazonia yn rhy dda iddi.

'Mae'n ddrwg gen i,' sibrydodd Rhiannon wrth i enaid Meda adael ei chorff. Doedd hi ddim am edrych ar y gwaed yn llifo, doedd hi ddim wedi mwynhau'r lladd, ond roedd hi'n gorfod cyfaddef ei bod wedi mwynhau'r ymladd a chymeradwyaeth y dorf. Felly ai peiriant ymladd ydw i bellach? meddyliodd.

Gwaeddodd Aitor ar Rhiannon, a chofiodd hithau fod disgwyl i'r gladiator buddugol ddringo i fyny at focs yr Ymerawdwr i dderbyn ei wobr. Brysiodd draw a derbyn ei changen olewydd a'i chwdyn o *denari* yn raslon, er ei bod hi eisiau poeri arno. Oedd, roedd ganddi brofiad o ladd cyn hyn ond roedd 'na wahaniaeth mawr rhwng lladd milwr Rhufeinig profiadol a lladd merch ifanc nad oedd wedi ei phechu mewn unrhyw ffordd.

Yn y cyfamser, roedd corff Meda'n cael ei gario allan o'r arena yn araf ac urddasol, diolch byth, nid yn cael ei lusgo'n frysiog gerfydd y traed fel rhyw Gristion neu lewpart.

Aeth Heledd yn syth at Rhiannon a'i chofleidio. Doedden nhw ddim eisiau gwylio gweddill y brwydrau ond allen nhw ddim peidio. Roedd rhywbeth yn hypnotig am wylio dewrder a doniau'r gladiatoriaid, ac ymateb y dorf hefyd.

'Rhyfedd fel mae rhywun yn dod i arfer efo creulondeb,' meddyliodd Heledd.

Daeth tro Llywarch yn erbyn Crixus o Wlad y Galiaid. Edrychai'r ddau mor wahanol: Crixus yn fychan fel ei *sica* a'i darian, â'i wallt du o'r golwg dan ei helmed; Llywarch y *Retiarius* yn dal ei dryfer – y bicell â thri phig, a'i ddiffyg helmed yn dangos ei wallt hir melyn i'r byd. Roedd Lupus Lentulus unwaith eto wedi gwrthod gadael iddo ei roi mewn plethen gan wybod y byddai mwng rhydd, gwyllt yn edrych yn fwy dramatig. Roedd o'n gywir.

Ond roedd geiriau Llywarch, hefyd, wedi bod yn gywir: roedd hi'n wir yn gystadleuaeth dda. Doedd Rhiannon ddim yn hapus fod Llywarch yn gwisgo bron dim arfwisg, dim ond ar ei draed ac ar y fraich a'r ysgwydd a ddaliai ei rwyd. Roedd gweddill ei gorff yn agored i gael ei glwyfo. Ond roedd Llywarch yn arbenigwr ar drin tryfer a rhwyd bellach ac yn llwyddo i gadw Crixus draw. Ond roedd Crixus yn brofiadol hefyd ac yn llwyddo dro ar ôl tro i osgoi cael ei ddal gan rwyd a thryfer Llywarch. Atseiniai'r glec drwy'r arena bob tro y byddai un ohonynt yn taro tarian neu arfwisg; rhuai ac ochneidiai'r dorf gyda phob ergyd a methiant. Roedd eu traean o blaid y Brython athletaidd ac euraid, a thraean arall yn cefnogi'r gŵr bychan, cyflym. Doedd y trydydd traean ddim yn gallu penderfynu, dim ond yn mwynhau cystadleuaeth mor gyfartal; allai neb ddarogan canlyniad yr ornest hon.

O'r diwedd, llwyddodd Llywarch i ddal y Galiaid yn ei rwyd, ond wrth godi ei dryfer i'w daro unwaith ac am byth, saethodd *sica* Crixus drwy'r rhwyd a'i daro yn ei ben-glin. Rhuodd Llywarch gyda phoen a rhoi ergyd llawn cynddaredd i Crixus nes bod gwaed yn llifo allan o glwyf ar ysgwydd hwnnw.

Aeth y frwydr yn ei blaen, clec yn dilyn clec, clwyf yn dilyn clwyf, a chalon Rhiannon bron â ffrwydro allan ohoni. Pistylliai'r gwaed allan o ben-glin a thalcen Llywarch, ac roedd yn gloff – roedd Crixus yn amlwg wedi torri cyhyr neu rywbeth yn ei ben-glin, ond roedd hwnnw hefyd â rhywbeth mawr yn bod ar ei ysgwydd; gwingai bob tro y byddai Llywarch yn taro ei darian, a doedd o prin yn gallu symud honno. Llifai gwaed i lawr ei wyneb yntau.

Edrychodd Rhiannon ar Aitor a gofyn onid oedd hi'n bryd i'r dyfarnwr ddod â'r ornest i ben?

'Mae o'n troi i edrych ar Nero yn gyson, sbia,' meddai hwnnw. 'Ond mae hwnnw'n dewis peidio ei weld o.'

'A gan Nero mae'r gair ola,' meddai Viratus oedd wedi dod

i sefyll wrth ochr Heledd. 'Ond... mae o'n gwrando ar y dorf weithiau, gan ei fod o gymaint o isio i bobl ei hoffi o. Allen ni drio annog y dorf i weiddi "Stopiwch yr ornest" efallai?'

'Iawn, rown ni gynnig arni,' meddai Aitor yn syth.

O fewn dim, roedd lleisiau fesul dau a thri yn dechrau gweiddi 'Stopiwch yr ornest!' Lledodd hynny fesul pump a chwech nes ei fod fel gwynt yn rhuthro drwy gae o wenith. Roedd o leiaf hanner yr awditoriwm bellach yn galw ar Nero i roi stop ar y brwydro. Doedd yr un o'r ddau yn haeddu colli, ac yn sicr ddim yn haeddu marw.

Crychodd yr Ymerawdwr ei drwyn. Roedd yn well ganddo frwydr lle roedd un yn ennill ac un yn colli. Cymaint taclusach. Ond er y byddai'n hoffi gwybod pa un o'r rhain fyddai wedi ennill yn y diwedd, gallai weld y gallai hyn orffen yn fflat iawn, heb neb â'r egni i roi'r ergyd farwol, neu'r ddau yn llewygu, neu rywbeth diflas felly. Roedd y dorf yn amlwg yn credu eu bod ill dau wedi ymladd yn dda ac yn haeddu cyfle arall, felly iawn, gwnaeth yr arwydd i'r dyfarnwr ddod â'r ornest i ben, yna codi ei wydr er mwyn i'w gaethwas ei lenwi â gwin eto.

Cymeradwyodd y dorf yn uchel wrth i Llywarch a Crixus gael eu helpu allan o'r arena. Wedi tywallt dŵr dros eu hwynebau a rhoi rhwymau sydyn ar y clwyfau gwaethaf i geisio eu rhwystro rhag gwaedu i farwolaeth, fe'u cludwyd yn nes at yr Ymerawdwr er mwyn derbyn eu canghennau olewydd a'u siâr nhw o *denari*. Wrth geisio diolch, llewygodd Crixus. Cafodd y ddau eu cludo i'r 'ysbyty' yn syth, a brysiodd Rhiannon ar eu holau. Cydiodd yn llaw Llywarch wrth i'r meddygon, y caethweision o Wlad Groeg, geisio trin ei glwyfau. Doedd ganddo mo'r nerth i wasgu ei llaw yn ôl. Brwydrodd hithau i gadw'r dagrau draw.

Daeth Heledd ac Aitor draw atyn nhw cyn hir a sefyll wrth ysgwyddau Rhiannon.

'Trueni am ei ben-glin,' meddai Aitor. 'Mae pengliniau'n bethau cymhleth. Dwi wedi gweld sawl un yn gorfod colli hanner ei goes am fod yr anaf wedi mynd yn ddrwg.' Sythodd Rhiannon a throi i edrych arno'n flin. Pesychodd Llywarch.

'Does 'na'm byd o'i le ar fy nghlyw i,' meddai'n gryg.

'Falch o glywed,' meddai Aitor. 'Achos mae 'na wastad haul ar fryn: fyddet ti ddim yn gorfod ymladd petaet ti'n colli hanner dy goes.' Caeodd Llywarch ei lygaid am eiliad cyn ochneidio mewn poen a dweud:

'Ond be wnawn i wedyn? Fel caethwas un goes? Y bwriad oedd ennill digon i gael fy rhyddid a mynd adre i Ynys y Cedyrn.'

'Yli, does 'na'm diben mynd o flaen gofid,' meddai Rhiannon gan gyffwrdd ei dalcen. 'Aros i weld sut welli di.'

'Os ga i afael ar y planhigion cywir, mi fedra i neud eli effeithiol iawn i ti,' meddai Heledd wrtho, cyn cofio'n sydyn: 'Os lwydda'i i guro Gogo, hynny yw.' Crychodd ei thrwyn. 'Bosib y byddai'n syniad i mi eu disgrifio nhw i ti, Rhiannon.'

Doedd Rhiannon ddim yn siŵr sut i ymateb, a bu pawb yn dawel am sbel, ar wahân i riddfan ac ochneidio Llywarch a Crixus wrth i'r meddygon eu trin.

Roedd sŵn yr utgyrn ar gyfer y frwydr nesaf wedi dod i ben.

'Rhaid i mi fynd,' meddai Aitor. 'Branwen sydd wrthi rŵan, yn erbyn merch na wn i ddim amdani.'

'Ddo'i efo chi,' meddai Heledd. Nodiodd Rhiannon, ond roedd hi am aros efo Llywarch, yn helpu'r meddygon hynny allai hi, gan fod eu hanner yn ceisio gofalu am Crixus hefyd.

'Sut mae Crixus?' holodd Llywarch.

'Mi 'neith o fyw,' meddai un o'r meddygon.

'Am ryw hyd,' meddai un arall dan ei wynt, a oedd wedi gweld cannoedd yn marw ar ôl colli gormod o waed.

Bu Rhiannon yn golchi'r gwaed oddi ar wyneb, gwallt a chorff Llywarch nes iddi glywed y dorf yn gweiddi ac ochneidio a chymeradwyo'n uchel. Roedd rhywun arall wedi ei lladd. Deallodd gyda hyn mai Branwen oedd hi.

Suddodd ei chalon, ond ni ddaeth dagrau. Mae'n rhaid ei bod hi wedi dechrau dod i arfer.

'Cer at Heledd,' sibrydodd Llywarch wrthi. 'Mae hi dy angen di.'

Roedd o'n iawn. Cododd Rhiannon a throi am y drws. 'Ond yn gynta, dyro gusan i mi,' meddai wrthi. Gwenodd a dychwelyd ato. Rhoddodd gusan hir iddo ar ei wefusau, a theimlo ei chalon a'i stumog yn troi tu chwith allan. Roedd hi eisiau gwasgu ei hun i'w gesail, ond roedd arni ormod o ofn ei frifo.

25

Wrth chwilio am Heledd, gwelodd Rhiannon goesau hirion Gogo mewn llafn o olau wrth ymyl cawell o lewod blinedig. Roedd hi'n eistedd ar y llawr â'i chefn yn erbyn y wal. Aeth Rhiannon yn agosach ati a gweld bod ei llygaid hi, fel rhai'r llewod, ar gau. Oedd hi'n cysgu? Neu ai fel'na roedd hi'n canolbwyntio cyn gornest? Oedd hi'n dychmygu mynd drwy'r symudiadau fyddai eu hangen arni er mwyn lladd Heledd? Allai Rhiannon ddim peidio – daeth delwedd o dryfer Gogo yn trywanu stumog Heledd i'w meddwl, ac aeth saeth o boen a dicter drwyddi.

Agorodd Gogo ei llygaid yn sydyn, fel petae hi wedi synhwyro meddyliau Rhiannon. Edrychodd y ddwy ar ei gilydd heb ddweud dim. Yna,

'Sut mae Llywarch?' gofynnodd Gogo. Doedd Rhiannon ddim wedi disgwyl hynna am ryw reswm.

'Mae'n bosib mai honna fydd ei ornest ola fo,' atebodd, 'ond mi neith o fyw.'

'Ond yn llai o ddyn,' meddai Gogo. 'Fydd o ddim yn hoffi hynna.'

Gwyddai Rhiannon ei bod hi yn llygad ei lle; byddai'n gas gan Llywarch fethu gwneud pethau. Ond a fyddai ganddo'r cryfder a'r asgwrn cefn i wneud y gorau o bethau? Doedd hi ddim yn siŵr. Wedi'r cwbl, doedd hi ddim yn ei nabod o gystal â hynny. Roedd hi'n ei garu, ond ddim yn ei nabod yn llwyr. Doedd ganddyn nhw mo'r amser i ffidlan o gwmpas a chwarae gemau 'dod i nabod ei gilydd' fel y byddai rhywun fel arfer. Roedden nhw wedi agor i fyny i'w gilydd bron yn syth, ac roedd hynny wedi bod yn hyfryd. Ond doedd hi ddim yn ei nabod go iawn. Roedd hi wir eisiau ei nabod yn well, eisiau gwybod sut un oedd o allan yn y byd go iawn. Sut un oedd o am drin ceffylau a phlant? Oedd o'n un am wylio'r haul yn machlud, oedd o'n dda am drwsio pethau fel rhwyd bysgota neu olwyn cert, oedd o'n hoffi llaeth enwyn, neu flas cawl dail poethion? Sut oedd o'n ymateb i gael ei bigo gan wenyn mêl, oedd o'n gallu nofio, oedd o eisiau bod yn dad? Efallai ei fod yn dad yn barod. Ond, atgoffodd ei hun, efallai y byddai hithau'n cael ei lladd y tro nesaf, felly doedd dim diben poeni am unrhyw ddyfodol.

Ond petae Heledd yn cael ei lladd...

'Does dim diben i ti boeni,' meddai Gogo. 'Dydi'r llew byth yn poeni. Mae o'n ofalus, ond byth yn poeni. Pan mae'n llwgu ac yn gweld y byfflo, mae'n gwybod y gallai'r cyrn ei ladd, ond mae'n rhaid iddo fo fynd amdani. Os caiff o'i ladd, wel dyna fo. Bydd bywyd ei deulu o'n newid, bydd, ac yn anodd am gyfnod efallai, ond mi fyddan nhw'n addasu.' Cododd un o'r llewod ei ben ac edrych ar y ddwy ohonynt, fel petae'n cytuno. 'Ti'n gweld?' sibrydodd Gogo. 'Ac mae'r *Familia Gladiatoria*'n addasu o hyd, tydi?'

Nodiodd Rhiannon yn araf. 'Dim dewis, nag oes?'

'Dim,' cytunodd Gogo.

Roedd traed yn cerdded tuag atyn nhw: dau gaethwas yn tynnu cert fechan yn llawn darnau o gyrff yr anifeiliaid a laddwyd yn gynharach yn y dydd. Cododd y llewod ar eu traed yr eiliad ddaeth yr aroglau i'w ffroenau. Gwyliodd y ddwy ferch yr esgyrn a'r cig yn cael eu taflu i mewn i'r cewyll a'r llewod yn brysio, neidio, rhwygo, ffraeo a chnoi.

'Be bynnag fydd yn digwydd,' meddai Gogo yn dawel, 'paid

â dal dig yn erbyn gladiatoriaid eraill. 'Dan ni gyd yn yr un caets.'

Nodiodd Rhiannon a dweud yr un mor dawel:

'Wna i ddim.' Roedd hi eisiau dweud mwy na hynny, ond doedd hi ddim yn gallu dod o hyd i'r geiriau. Cnodd ei gwefus am eiliad neu ddwy, yna cododd ei hysgwyddau a mynd i chwilio am Heledd.

Roedd hi'n penlinio wrth gorff Branwen, yn gweddïo ar y dduwies Gwernhidw i warchod ei henaid yn yr Arallfyd. Rhoddodd Rhiannon ei llaw ar ei hysgwydd.

'Daeth yr awr, do?' gofynnodd Heledd.

'Naddo, mae'r dynion yn dal wrthi dwi'n meddwl. Ond mae'n siŵr bod Aitor yn dechrau holi lle wyt ti.'

Nodiodd Heledd, a chusanu talcen oer Branwen cyn codi ar ei thraed.

'Be bynnag fydd yn digwydd,' meddai wrth i'r ddwy gerdded i gyfeiriad yr arena, 'diolch i ti.'

'I mi? Am be?'

'Am fod yn chwaer i mi – ac yn gyfaill. Am fod efo fi drwy bob dim sydd wedi digwydd i ni.'

Cydiodd rhywbeth ym mrest Rhiannon a doedd hi ddim yn gallu dweud gair am rai eiliadau. Yna:

'Mi allwn i ddeud yr un peth yn union wrthat ti.'

'Gallet. Felly gwna.'

'Be?'

'Dweda di hynna wrtha i.'

'Ti isio 'nghlywed i'n ddeud o...'

'Oes. Mae'n bwysig i mi. Ac mi fydd yn bwysig i ti.'

Nodiodd Rhiannon, yna stopiodd gerdded a throi i edrych i fyw llygaid ei chwaer.

'Heledd... diolch am fod yn chwaer ac yn gyfaill i mi. Diolch am fod efo fi drwy bob dim sydd wedi digwydd i ni, ac sy'n mynd i ddigwydd i ni. Beth bynnag ddaw, os mai fi fydd yr unig un o'n teulu ni ar ôl yn y byd yma, mi wna'i ofalu bod fy mhlant a phlant fy mhlant yn gwybod amdanat ti.'

Gwenodd Heledd ac anadlu'n ddwfn.

'Diolch,' meddai. 'Ti'n gallu traethu'n eitha da pan mae'n dy siwtio di…'

Chwarddodd Rhiannon a rhoi pwniad bach chwareus iddi yn ei braich. Cerddodd y ddwy yn eu blaenau am yr agoriad i'r arena. Swniai fel petae'r ddau ddyn yn cael brwydr agos.

Wedi rhoi'r arfwisg am ei braich dde, o'i llaw hyd at at ei hysgwydd, ac yna ar ei choesau, heibio'r ddwy ben-glin, gosododd Heledd ei helmed ar ei phen. Roedd rhywun wedi rhoi plu estrys mawr gwyn ynddi.

'Sut dwi'n edrych?' gofynnodd Heledd gan sefyll yn syth â'i gên yn yr awyr.

Edrychodd Rhiannon arni: roedd y plu estrys yn drawiadol ac yn gwneud iddi edrych yn llawer talach nag oedd hi mewn gwirionedd; roedd yr helmed yn cuddio ei hwyneb tlws, ond nid ei chroen a oedd wedi tywyllu yn yr haul Rhufeinig, a'i phlethen dywyll oedd yn cyrraedd bron at ei phen ôl. Gwelai goesau siapus, cryfion a bronnau bychain, ifanc uwch ben gwasg fain.

'Ti'n edrych fel pencampwraig, a dwi'n falch o dy alw di'n chwaer i mi,' meddai Rhiannon. 'Ac mi fyddai Mam a Dad a phawb mor falch ohonot ti.'

'Fydden nhw ddim yn fy nabod i,' meddai Heledd. Trodd i edrych ar ei chysgod yn erbyn y wal. 'Dwi prin yn nabod fy hun.'

Rhuodd y dorf. Roedd Audax newydd ennill ei frwydr. Brysiodd caethweision heibio nhw i gario corff y collwr o'r arena.

'Fi nesa,' meddai Heledd. Sylweddolodd ei bod wedi dechrau crynu – gydag ofn neu gynnwrf, doedd hi ddim yn siŵr. 'Mae gen i syched mwya sydyn,' meddai. 'O, am chydig o laeth enwyn rŵan.'

'Be am win?' meddai Rhiannon.

Nodiodd Heledd. Byddai'n well na dim.

'Ond ti'n gwbod be fyddai'n berffaith?' meddai. 'Diod hud Dewinesau Môn.' Chwarddodd Rhiannon wrth gofio ei chwaer fach yn troi'n anifail ac yn bygwth gwneud pethau mawr i gyrff y milwyr Rhufeinig ar draws y Fenai.

Daeth Rhiannon â chostrel o win i'r ddwy ohonyn nhw.

'Gei di esgus mai Mam a Nain wnaeth o a'i fod o'n llawn o'u hud nhw,' meddai wrth i Heledd dynnu ei helmed a'i rhoi ar y llawr.

Yfodd y ddwy lond ceg o'r gwin. Roedd o'n gynnes ac yn afiach.

'Yn union fel diod hud Mam a Nain!' chwarddodd Heledd, 'dwi'n teimlo fel pencampwraig go iawn rŵan, yr ymladdwraig orau fu erioed!'

'Ti'n dal i or-ddeud, dwi'n gweld,' gwenodd Rhiannon, wrth i Aitor ddod draw.

'Barod?' meddai.

'Barod, ac mae'r dduwies Gwernhidw efo fi,' meddai Heledd, gan roi ei diod i lawr a chofleidio Rhiannon cyn gwenu arni wrth roi'r helmed dros ei phen. Rhoddodd caethwas ei tharian a'i *sica* iddi.

Cerddodd Rhiannon gyda hi at yr agoriad, a sefyll lle roedd Lupus Lentulus wedi ei drefnu, mewn man lle byddai'r dorf yn gallu ei gweld hi a'i hymateb yn glir, a phan ganwyd yr utgyrn, rhedodd Heledd, neu 'Hela' allan i ganol yr arena, yn llawn egni a brwdfrydedd i gyfeiliant cymeradwyaeth frwd.

Yna, ar ganiad arall, camodd Gogo o'r cysgodion, ei choesau hirion yn ymestyn yn araf a gosgeiddig fel panther. Roedd y rhan fwyaf o'r dorf yn cymeradwyo, ond roedd rhai uchel eu cloch am ei gweld yn colli.

26

Roedd hi'n chwip o frwydr. Welodd Rhiannon erioed mo Heledd yn symud mor gyflym a chyfrwys, ac roedd Gogo'n gorfod canolbwyntio o ddifri i ddelio gyda hi. Bob tro y byddai'n meddwl am daflu ei rhwyd, byddai Heledd yn sydyn wedi neidio i gyfeiriad cwbl annisgwyl ac yn mynd amdani gyda'i *sica* fach finiog. Roedd y fraich a ddaliai ei thryfer yn dechrau blino gyda'r holl amddiffyn roedd yn rhaid i Gogo ei wneud. Chwipiai ei rhwyd o amgylch ei phen a daliodd Heledd fwy nag unwaith gyda'r pwysau bychain oedd arni, dim ond i'r rheiny ddawnsio oddi ar ei helmed bluog a'r arfwisg ar ei braich dde. Roedd un o'r plu estrys yn llwch ar y llawr tywodlyd ond fel arall, doedd dim marc ar Heledd, ac roedd honno'n gwbl grediniol mai Gwernhidw oedd yn ei helpu.

Doedd dim marc ar Gogo chwaith o ran hynny, heblaw chwys anarferol. Gwyddai Gogo y gallai Heledd ddal ati i daro a neidio o gwmpas fel hyn am oriau; roedd stamina Gogo yn arbennig hefyd, ond doedd hi ddim am i'r ornest hon fod yn wirion o hir chwaith. Roedd blinder yn gallu achosi camgymeriadau. Y canlyniad gorau fyddai iddyn nhw fod yn hafal ac i'r ddwy gael gadael yr arena yn fyw. Ond nid fel Llywarch a Crixus – roedd angen iddyn nhw ill dwy fod mewn un darn, ond lwc mul fyddai hynny.

O'r diwedd, llwyddodd i ddal ysgwydd Heledd gydag un o bigau ei thryfer ac agor twll go gas. Ond dim ond llwyddo i wylltio Heledd wnaeth hynny. Ymosododd hi'n ôl fel llygoden fawr wedi'i chornelu a bu bron i Gogo faglu wrth orfod bagio'n ôl mor gyflym.

Roedd y dorf wedi gwirioni a mwy a mwy yn bloeddio 'Hela! Hela!'

'Pa un ohonyn nhw sydd isio byw fwya?' meddyliodd Rhiannon wrth eu gwylio. Ond naci, nid dyna oedd o. Efallai mai dim ond byw am ryw fis arall fydden nhw wedi'r cwbl, tan y gemau a'r ornest nesaf. Roedd o'n rhywbeth mwy greddfol. Rhywbeth oedd yn gyffredin i bob gladiator llwyddiannus: yr ysfa i ennill. Roedd hi'n eitha siŵr mai dyna oedd y prif wahaniaeth rhyngddi hi a Meda druan: doedd y greadures honno ddim digon cystadleuol. Ac yn anffodus, roedd Llywarch a Crixus ill dau yn hynod o gystadleuol.

Erbyn meddwl, dyna oedd yn llywio'r Ymerodraeth Rufeinig hefyd: yr ysfa i guro pawb arall, i fod y gorau, y mwyaf, y cryfaf. Dyna fyddai'n gyrru ymerodraethau ac arweinyddion y dyfodol hefyd mae'n siŵr. Nid pob arweinydd chwaith: roedd Cynyr Hen yn arweinydd ond doedd o ddim yn gystadleuol o gwbl. Mae'n siŵr mai dyna pam roedd o wedi colli i Suetonius Paulinus.

Gwyddai Rhiannon nad oedd ei chwaer yr un mor gystadleuol â hi; pan fydden nhw'n rhedeg ras neu'n nofio byddai Heledd yn rhoi'r gorau iddi yn llawer rhy hawdd yn blentyn. Ond efallai y byddai Rhiannon wedi gwneud yr un peth yn union petae ganddi chwaer hŷn oedd yn dalach ac yn gryfach.

Ond fan hyn, yn yr awditoriwm yn Rhufain, edrychai Heledd yn ffyrnig o gystadleuol. Efallai ei bod hi'n flin am fod Branwen wedi cael ei lladd; efallai ei bod hi'n flin am fod Lupus Lentulus wedi ei thrin fel rhyw *overture* cyn yr ornest anochel rhwng Rhiannon a Gogo. Rhewodd Rhiannon wrth i rywbeth ei tharo: petae Heledd yn llwyddo i guro Gogo, a fyddai'r *lanista* yn rhoi Heledd a hithau yn erbyn ei gilydd y tro nesaf? Llyncodd yn galed wrth i flas drwg godi i'w cheg.

Chwibanodd Aitor wrth ei hochr, un chwiban hir llawn edmygedd.

'Dyma'r ornest anodda i Gogo ei chael erioed,' meddai. 'Mae dy chwaer ar ei gorau heno.'

'Ond ydi ei gorau hi'n ddigon da?' meddai Rhiannon, ei llais yn anarferol o grynedig. Cododd Aitor ei ysgwyddau.

'Gawn ni weld. Ond mae Nero wrth ei fodd, yli.'

Trodd Rhiannon ei phen yn syth i edrych ar yr Ymerawdwr. Roedd o'n eistedd ar flaen ei orsedd, yn pwyso ymlaen, yn methu tynnu ei lygaid oddi ar y ddwy i lawr yn yr arena oddi tano. Trodd Rhiannon ei llygaid yn ôl at y frwydr. Doedd ganddi ddim diddordeb yn Nero – oni bai ei fod am adael i'r ornest orffen cyn i'r un gael ei lladd.

Roedd dau farc coch y *sica* ar freichiau Gogo a'r gwaed yn diferu – ond nid yn llifo, nid fel y gwaed a lifai fel nant i lawr o ysgwydd Heledd, ac roedd Gogo yn amlwg wedi llwyddo i'w tharo yn ei choes hefyd. Nid yn ddwfn iawn gan fod Heledd yn dal i neidio a symud fel wiwer. Ond wiwer oedd yn dechrau arafu. Efallai ei bod hi wedi neidio a rhedeg fymryn gormod ar y dechrau. Roedd Gogo wedi bod yn llawer mwy ceidwadol ei symudiadau, yn cadw ei nerth. Allai Aitor ddim peidio â meddwl am lewes hŷn, brofiadol, yn gadael i'r rhai ifanc wneud y rhedeg i gyd cyn llamu i mewn ar yr union eiliad iawn.

Yn sydyn, hedfanodd rhwyd Gogo drwy'r awyr a dal Heledd yn llwyr. Allai hi ddim torri ei hun yn rhydd, roedd y rhwyd dros ei phen a'i breichiau, ei tharian a'i *sica*. Rhoddodd Gogo hergwd iddi gyda'i thryfer nes bod Heledd ar ei chefn ar y llawr, yna camodd Gogo yn ei blaen a gosod pigau ei thryfer dros wddf Heledd fel na allai symud. Fel arfer, byddai'n rhoi ei phwysau i gyd ar ei thryfer rŵan, fel bod ei gwrthwynebydd yn marw bron yn syth. Ond oedodd ac edrych ar y dyfarnwr, yna ar Nero ei hun. Roedd hi'n gofyn a oedd raid iddi ei lladd.

Gweddïodd Rhiannon ar Gwernhidw, Taranis – pawb – i ofalu bod Nero'n gwneud y penderfyniad cywir. Mwythai hwnnw ei ên fel petae'n pendroni. Roedd y dorf yn dal ei gwynt a nifer fawr yn galw arno i fod yn drugarog. Roedd y Frythones wedi ymladd yn ddewr – a dyma ei gornest gyntaf wedi'r cwbl.

Yna gwelwyd rhywun yn sleifio draw gerfydd ei ên bigog i gael gair yng nghlust Nero. Lupus Lentulus. Roedd hwnnw â'i fryd ar ornest fawr, flin a ffyrnig rhwng Gogo a Rhiannon, ac er mwyn i honno fod yn un wironeddol flin a ffyrnig, roedd angen i Hela farw.

Pendronodd Nero eto, yna estynnodd ei fawd.

Ochneidiodd hanner y dorf, ond rhuodd yr hanner arall eu boddhad. Roedden nhw eisiau gweld mwy o waed, mwy o ddrama. Doedd tocynnau i'r gemau ddim yn rhad wedi'r cwbl.

Suddodd ysgwyddau Gogo am eiliad, yna sythodd eto o gofio bod yr holl lygaid arni.

'Mae'n ddrwg gen i, Heledd,' meddai. 'Do'n i wir ddim eisiau gwneud hyn ond diolch i Nero a'r diawl Lupus Lentulus 'na, does gen i ddim dewis. Pob bendith i ti ar dy daith i'r byd nesaf. Roedd hi'n fraint cael dy adnabod.' A gwthiodd i lawr ar ei thryfer â'i holl nerth, yn falch na allai weld llygaid Heledd drwy ei helmed.

Roedd y gri ddaeth o grombil Rhiannon yn ddirdynnol i bawb a'i clywodd. Ceisiodd redeg allan at ei chwaer ond cafodd ei dal yn ôl gan y swyddogion.

Wrth i Gogo gerdded i fyny i nôl ei gwobr, cafodd corff Heledd ei gludo allan yn araf i gymeradwyaeth y dorf. Dim ond wedi i'r corff gyrraedd yr ysbyty y cafodd Rhiannon fynd ati. Roedd hi wedi hen fynd, wedi marw bron yn syth, yn ôl un o'r meddygon. Roedd tryfer Gogo wedi llwyddo i dorri dwy wythïen bwysig oedd yn cludo gwaed i'r ymennydd, felly byddai Heledd yn anymwybodol o fewn dim, meddai'n garedig.

'Yn ddi-boen?' sibrydodd Rhiannon.

'Yn bendant,' meddai'r meddyg.

Clywodd Rhiannon draed yn rhedeg tuag atyn nhw: Viratus yn ei helmed a'i arfwisg lawn. Edrychodd yn hurt arno. Onid oedd o i fod yn yr arena – i gymryd rhan yng ngornest olaf y noson?

'Ydi hi wedi marw?' gofynnodd Viratus yn frysiog.

Nodiodd Rhiannon, er bod yr ateb yn amlwg ar y bwrdd y tu ôl iddi.

Daeth sŵn rhyfedd o wddf Viratus yna camodd yn ei flaen i roi ei law yn dyner ar dalcen Heledd a chyffwrdd ei wefusau yn ei gwefusau hi. Roedd hi'n dal yn gynnes. Yna trodd ar ei sawdl a brysio'n ôl am yr arena. Allai Rhiannon ddim peidio â gwenu drwy ei dagrau. Gobeithiai fod enaid Heledd wedi gweld neu deimlo hynna – gwell fyth, ei bod yn gwybod eisoes.

Daeth sŵn yr utgyrn: roedd gornest Viratus yn erbyn Tetraites, *murmillo* hynod lydan o Belgica ar gychwyn.

Cafodd y dorf a'r *Familia Gladiatoria* cyfan eu synnu gan ffyrnigrwydd Viratus. Roedd o wastad wedi bod yn ymladdwr cyflym, cyfrwys, ond roedd o'n amlwg ar dân i ennill y frwydr hon. Rhuodd y gynulleidfa gyda phleser wrth ei weld yn taflu ei hun at Tetraites drosodd a throsodd gan dynnu gwaed bron yn syth. Wyddai Tetraites ddim sut i ddelio ag o ac roedd y canlyniad yn anochel. Disgynnodd y gŵr o Belgica ar ei benliniau gyda gwaed yn llifo o'i stumog, a heb ofyn i'r dyfarnwr na'r ymerawdwr, chwipiodd Viratus ei gleddyf drwy'r awyr i ryddhau'r dyn o'i boen unwaith ac am byth. Yna cododd ei gleddyf i'r awyr a rhuo. Chwarddodd a chymeradwyodd y dorf a Nero. Roedden nhw'n mwynhau gweld ymladdwr penderfynol, dim nonsens.

Roedd Rhiannon wedi dod i fyny i weld beth oedd yn digwydd eiliadau cyn i Tetraites ddisgyn ar ei liniau, felly gwelodd y lladd a chlywodd y rhuo. Gwelodd hefyd Viratus yn taflu ei gleddyf i'r llawr a brysio i nôl ei wobr. Welodd pawb mo'r hyn ddigwyddodd wedyn gan fod cefn Viratus yn celu'r ffaith fod ganddo gyllell fechan, finiog wedi'i chuddio yn ei wregys lledr a'i fod wedi ei chladdu yn ddwfn yn stumog Lupus Lentulus. Dim ond toga oedd gan hwnnw amdano, a fawr ddim cyhyrau i arafu taith y gyllell, felly llwyddodd Viratus i dorri drwy organau, nerfau a gwythiennau na allai'r *lanista* fyw hebddyn nhw.

Neidiodd gwarchodwyr yr Ymerawdwr ar ben Viratus yn syth, ond roedd hi'n rhy hwyr i achub bywyd Lupus Lentulus. Rhegodd Viratus arno wrth i'r *lanista* edrych mewn syndod ar y gwaed yn llifo drwy ei fysedd o'i stumog.

'Dyna dy haeddiant!' poerodd Viratus. 'Bydded i ti gael dy arteithio yn yr Arallfyd gan Heledd a'i theulu a holl dduwiau'r Brythoniaid!'

Cludwyd Nero i ffwrdd ar frys gan ei warchodwyr, gan wybod y gallai rhai os nad pob un ohonynt dalu'r gosb eithaf am adael i rywun gyda chyllell ddod mor agos at yr Ymerawdwr. Llusgwyd Viratus i ffwrdd i'r celloedd.

Ysgydwodd Aitor ei ben wrth wylio'r cyfan. Viratus o bawb?

Dyn oedd mor dawel a bonheddig bob amser. A doedd o ddim yn gaethwas! Yr unig reswm roedd o'n gladiator oedd er mwyn ennill digon o bres i brynu rhyddid caethferch roedd o wedi syrthio mewn cariad efo hi. Wel, roedd o'n amlwg wedi piso ar ei fara yn fan'na.

Byddai'r creadur gwirion yn sicr yn talu'n ddrud am hyn, rhag i gladiatoriaid eraill gael eu temtio i wneud rhywbeth tebyg. Ond allai Aitor ddim peidio â theimlo edmygedd tuag at Viratus. Cafodd yntau ei demtio droeon i droi ar lanistiaid a swyddogion haerllug yr Ymerodraeth, ond fu ganddo erioed yr asgwrn cefn i weithredu. Gwynt teg ar ôl Lupus Lentulus, ond byddai *lanista* arall yn cymryd ei le dros nos, a doedd dim byd yn mynd i newid mewn gwirionedd.

Trodd yn ei ôl i hel ei gladiatoriaid at ei gilydd – hynny oedd ar ôl ohonyn nhw. Gwelodd Gogo yn edrych ar Rhiannon, yn ceisio magu digon o hyder i fynd ati. Gorau po gyntaf Gogo, meddyliodd. Mi fydd hi'n dallt. Mae'n rhaid ei bod wedi clywed ei feddyliau oherwydd camodd Gogo at y Frythones gyda'i dwylo o'i blaen, un llaw wedi ei chau yn y llall, fel petae'n gweddïo. Edrychodd Rhiannon arni gyda'i llygaid cochion, gweigion, a nodio'n araf, yna lledu ei breichiau er mwyn cofleidio Gogo.

Dyna'r tro cyntaf i Aitor glywed Gogo'n wylo. Swniai fel petae ei holl ofidiau, yr holl dristwch a brofodd ers cael ei dal a'i chaethiwo, yn llifo allan ohoni fel un don dorcalonnus. Hawdd fyddai credu y byddai'n chwalu'n ddarnau mân pe na bai Rhiannon yn cydio'n dynn ynddi a'i dal at ei gilydd.

27

Diolch i Aitor a'r arian roddodd Gogo iddo yn dawel bach, cafodd Heledd ei chladdu yn barchus, yr un pryd â'r gladiatoriaid eraill a fu farw y diwrnod hwnnw, gyda'u cyfeillion o'u hamgylch yn canu a gweddïo i'w hamrywiol dduwiau. Canu i'r dduwies Gwernhidw wnaeth Rhiannon, a rhoi'r blodau melyn gasglodd hi wrth orymdeithio at y beddi ar gorff Heledd cyn i'r pridd ei gorchuddio hi am byth.

Cafodd Viratus y gosb waethaf un yn nhyb y Rhufeiniaid, sef ei hoelio ar groes bren y tu allan i'r ddinas, i farw'n araf a phoenus ac unig, fel hanes nifer fawr o Gristnogion a drwgweithredwyr y gorffennol. Roedd Nero wedi penderfynu y byddai rhywbeth mwy dramatig yn yr amffitheatr yn tynnu gormod o sylw at ddyn oedd yn amlwg yn mwynhau gwneud sioe o bethau.

'Alla i ddim mynd i'w weld o, i mi gael diolch iddo fo?' gofynnodd Rhiannon i Aitor pan glywodd ei hanes. Ysgwyd ei ben wnaeth Aitor.

'Dim ond y *lanista*, dy berchennog, fyddai â'r hawl i roi caniatâd i ti,' meddai. 'A gan fod hwnnw yn ei fedd mi fyddai cael ei ganiatâd o fymryn yn drafferthus.'

'Dydyn nhw byth wedi penodi un newydd, felly?' meddai Gogo.

'Naddo, ond mae'n debyg mai un o'i deulu o gaiff y swydd, ei fab o neu ei frawd o. Gawn ni weld. Yn y cyfamser, mi fydd raid i ni'r *doctore* ddelio efo prynu gladiatoriaid newydd, ac mae 'na griw ffres yn galw fory, mae'n debyg, ar eu ffordd i Gorinth a Halicarnassus.'

Soniodd Rhiannon wrth Llywarch am hyn pan aeth i'r ysbyty i fynd â phryd o fwyd iddo.

'I gymryd fy lle i a Crixus a Viratus...' meddai hwnnw'n flin.

'A Heledd a Branwen,' meddai Rhiannon.

Penderfynodd Rhiannon mai'r ffaith ei fod mewn poen ac yn teimlo'n rhwystredig oedd yn gyfrifol am ei ddiffyg sensitifrwydd. Roedd y meddygon Groegaidd wedi gwneud gwaith da o bwytho'r anaf i'w goes, ac o'i gadw'n lân – hyd yma, ond roedd y chwydd yn dal yn amlwg ac roedd o'n cael trafferth plygu'r ben-glin heb sôn am roi pwysau arni. Soniodd hi ddim nad oedd poen Llywarch yn hanner yr hyn roedd Viratus druan yn mynd drwyddo ers dyddiau.

'Trueni na chafodd Heledd gyfle i ddeud wrtha i pa blanhigion oedd eu hangen i wneud eli i ti,' meddai.

'Dwi'm yn meddwl bod deiliach yn mynd i wella hwn,' meddai Llywarch.

'Does gen ti ddim ffydd mewn planhigion?' gofynnodd Rhiannon yn syn.

Oedodd Llywarch cyn ateb.

'Dwi'm yn siŵr oes gen i ffydd yn unrhyw beth a deud y gwir wrthat ti,' cyfaddefodd. 'Ddim hyd yn oed Taranis a'r duwiau eraill. Ro'n i'n ddigon amheus wedi iddyn nhw adael i'r Rhufeiniaid ein gorchfygu ni, ond ar ôl gadael i hogan ifanc, ddiniwed fel Heledd gael ei lladd, ac i finna gael fy ngadael yn fethedig, dwi'n... dwi'n flin, yn uffernol o flin efo nhw.'

Cyffyrddodd Rhiannon yn ei foch a dweud ei bod yn deall yn iawn. 'Ond alla i ddim peidio â meddwl bod siarad fel'na'n gofyn amdani. Mi gawson ni'n magu ar straeon am bobl yn cael eu taro gan fellt neu eu sugno dan y môr oherwydd iddyn nhw fethu dangos parch i'r duwiau a'r Derwyddon, ac roedd Heledd wedi bod yn deud pethau mawr ers tro.'

'Mi ges i fy magu i gredu'r un straeon,' meddai Llywarch. 'Ond dwi'n dechrau amau mai dyna'r cwbl ydyn nhw, Rhiannon: straeon.'

'Paid â deud pethau fel'na, Llywarch! Efallai mai wedi dallt dy fod yn flin efo nhw oedden nhw, a'u bod nhw wedi dy gosbi di drwy wneud hyn i ti!'

Cododd Llywarch ei ysgwyddau a rhoi ochenaid hir.

'Pwy a ŵyr? Mae o wedi digwydd rŵan. Ond dwi wir yn meddwl dy fod ti ar fai yn beio Heledd am be ddigwyddodd iddi.'

'Dwi ddim yn ei beio hi!' dechreuodd Rhiannon, cyn oedi a sylweddoli bod rhywfaint o wirionedd yng ngeiriau Llywarch. Suddodd ei hysgwyddau. 'Ond – ond dwi rioed wedi amau Taranis, naddo?' protestiodd yn sydyn. 'Ddim yn gyhoeddus o leia, a dwi'n dal yn fyw.'

'Mae hynny oherwydd dy fod ti'n cwffio'n well na Meda,' meddai Llywarch. 'Wyt ti'n well na Gogo hefyd? Yn fy marn i, dim ond ti a Gogo all brofi hynna un ffordd neu'r llall a does a wnelo fo ddim oll â Taranis na Cernunnos na Gwernhidw.'

Syllodd Rhiannon ar y sêr am hir y noson honno yn ceisio gwneud synnwyr o'i meddyliau – a methu. Roedd hi'n gweld colli Heledd fel rhan o'i chorff ei hun.

Roedd y gladiatoriaid, yn chwys i gyd, newydd orffen ymarfer am y bore, pan gyrhaeddodd y criw mawr llychlyd a sychedig o gladiatoriaid oedd ar eu ffordd i Gorinth a Halicarnassus. Brysiodd Aitor a'r *doctore* eraill atyn nhw, a gweiddi ar Dida a chaethweision y gegin i nôl diod i bawb. Dynion oedden nhw i gyd, yn cynnwys un hogyn ifanc, main ond cryf yr olwg, gyda gwallt hir, tywyll mewn plethen flêr.

'Mae hwnna'n rhy ifanc, siŵr!' meddai Gogo. Doedd Rhiannon ddim wedi talu llawer o sylw iddo tan i Gogo ddweud hynny. Edrychodd arno a'i astudio'n fwy manwl: wyneb ifanc gyda thrwyn main, taclus ac ôl mymryn o flewiach yn dechrau tyfu o amgylch ei ên. Roedd o'n ei hatgoffa o rywun. Yna cododd ei lygaid a'i dal yn edrych arno. Llygaid gwyrddlas, cyfarwydd.

'Rhiannon!' meddai'r dyn ifanc gan gamu tuag ati.

'Cynyr?' meddai hithau.

28

Bu Cynyr yn dawel am hir wedi clywed hanes Heledd a Cynyr Hen. Gwyddai y byddai Heledd yn cael amser da yn yr Arallfyd, yn enwedig â Cynyr Hen yno i'w chroesawu hi, ond roedd hi'n rhy ifanc a bywiog i adael y byd hwn mor fuan. Byddai'n cynnal defod fechan o dan y sêr yn hwyrach y noson honno, iddi gael gwybod ei fod yn meddwl amdani ac yn gweld ei cholli. Nid ei fod wedi disgwyl gweld yr un o'r ddwy chwaer eto wedi iddo gael ei werthu i'r snichyn afiach hwnnw oedd yn chwipio ei gaethweision ar ddim. Diolch byth bod tri caethwas wedi troi arno a'i ladd pan wnaethon nhw, neu mi fyddai Cynyr ei hun wedi gorfod ymosod arno gyda'i bicwarch. Doedd wybod beth fyddai ei hanes wedi hynny. Byddai un ai'n dal i guddio rhag y milwyr mewn coedwigoedd ac yn byw ar bryfetach ac ambell wiwer neu wedi ei ddal a'i ddienyddio fel drwgweithredwr.

Gwraig y snichyn afiach achubodd o, mewn ffordd. Roedd hi wedi penderfynu gwerthu hanner y caethweision er mwyn talu dyledion ei gŵr a Cynyr oedd un o'r rhai cyntaf i gael ei brynu.

'Gan y dynion ddaeth â chi yma?' gofynnodd Rhiannon.

'Naci, gan deulu Rhufeinig oedd wedi dianc o Lundain ac yn gwneud eu ffordd yn ôl adra. Roedd eu cartre nhw wrth droed mynyddoedd anhygoel o uchel, oedd yn gwneud i Eryri edrych fel twmpathau tyrchod daear.'

'O ia, welson ni nhw. Rhoi cric yng ngwar rhywun. Dianc rhag Buddug oedd y teulu 'ma, dwi'n cymryd?'

'Ia, a'r tywydd. Rhy oer a rhy wlyb, medden nhw. Ond 'swn i'n rhoi'r byd am gawod o law Môn rŵan. Mae'n hurt o boeth yma, tydi?' meddai Cynyr gan gymryd llowciad da arall o win dyfrllyd.

'Mi fydd hi'n boethach fyth yng Nghorinth, yn ôl y sôn,' meddai Rhiannon.

'O'r uwd. A finna'n chwysu fel hwch ar fin gori fel mae hi,' meddai Cynyr, gan sychu'r chwys oddi ar ei dalcen gyda'i fraich. Braich oedd wedi tyfu hyd yn oed yn fwy cyhyrog ers iddyn nhw ei weld ddiwethaf, sylwodd Rhiannon.

'Dwyt ti ddim braidd yn ifanc i fod yn gladiator?' gofynnodd hi iddo.

'Does 'na neb wedi gofyn fy oed i,' meddai, 'ond dwi'n gry ac yn gyflym, a hynny sy'n cyfri, yn de? Gweld hynny wnaeth y teulu brynodd fi, a gan eu bod nhw wedi gwirioni efo'r gemau a gladiatoriaid, aethon nhw â fi at *doctore* lleol, ac mi wnaeth hwnnw gytuno efo nhw a dechrau fy hyfforddi i'n syth. Mi wnes i gymryd at y rhwyd a'r tryfer fel llo at deth, ac er mawr syndod i dorf yr amffitheatr, mi enillais i fy mrwydr gynta yn hawdd.'

Roedd Cynyr yn ei hwyliau, yn siarad fel pwll y môr, gan nad oedd o wedi gallu siarad ei iaith ei hun efo neb ers amser maith.

'Mi enillais i'r ddwy ornest wedyn hefyd. Roedd pawb wedi gwirioni efo fi! A rŵan mae gen i berchennog newydd, hen foi iawn, chwarae teg, sydd isio mynd â ni yr holl ffordd i Gorinth a rhywle pellach fyth o'r enw Halicarnassus, fydd hyd yn oed yn boethach, mwn! A dwi'n meddwl y dylet ti ddod efo ni.'

Roedd Aitor o'r un farn. Roedd wedi cael gwybod mai mab Lupus Lentulus fyddai'n debyg o etifeddu swydd y *lanista*, ac roedd hwnnw wedi cymryd yn erbyn Aitor ers ei blentyndod, pan roddodd Aitor lond pen iddo am daflu cerrig at y merched pan oedden nhw'n ceisio ymarfer. Ddeuddydd yn ddiweddarach, roedd Aitor wedi dod o hyd i'w gi doniol a ffyddlon wedi ei grogi ar goeden, a chafodd wybod gan Dida ei fod wedi gweld mab Lupus yn chwarae gydag o yn gynharach. Pan welodd y wên faleisus ar wyneb y bachgen drannoeth, gwyddai'n iawn mai fo oedd yn gyfrifol. Ond doedd wiw i gyn-gaethwas gyhuddo mab y *lanista* o unrhyw gamwedd. Bu'n rhaid i Aitor gladdu ei ddicter gyda'i gi a throedio'n ofalus o hynny ymlaen. Ond gwyddai ym mêr ei esgyrn nad oedd lladd ei gi wedi bodloni'r bachgen, a bod y pryd o dafod gafodd o gan Aitor wedi parhau i'w gorddi am flynyddoedd. Bachgen fel'na oedd o. A rŵan ei fod yn ddyn, byddai'r cythraul â'i gyllell yn Aitor a'i ffefrynnau yr eiliad y byddai'n cael ei benodi'n *lanista*. Doedd ganddo fawr o ddewis; brysiodd Aitor i gael sgwrs gyda'r *doctore* eraill a'r gŵr oedd yn mynd â'r gladiatoriaid i Gorinth.

Ar ôl swper y noson honno, galwodd Rhiannon a Gogo ato a chyhoeddi y byddent ill tri yn cychwyn am Gorinth ymhen deuddydd. Nodiodd Gogo yn fodlon. Roedd hi wedi cael llond bol o Rufain, beth bynnag, a gwyddai fod pobl Rhufain wedi cael llond bol ar ei gwylio hi'n ennill.

Syllu arno'n fud wnaeth Rhiannon.

'Ond be am Llywarch?' holodd.

'Fydd neb isio'i brynu o,' meddai Aitor ar ôl eiliad o oedi. 'Nid fel y mae o, o leia.'

'Ond mi allai ei goes o wella ar y daith!' protestiodd Rhiannon, gan deimlo ei dwylo'n dechrau crynu a chrafanc oer yn cau am ei llwnc.

'Gwranda, mi wnes i sôn, ond doedd gan y rhain ddim

diddordeb mewn prynu *retiarius* clonc. Eu disgrifiad nhw, gyda llaw, nid f'un i.'

'Ond os ydi'r *lanista* newydd 'ma yn gymaint o snichyn â'r sôn, be fydd yn digwydd i Llywarch fan hyn?'

Codi ei ysgwyddau wnaeth Aitor. Trodd Rhiannon at Gogo. Codi ei hysgwyddau wnaeth hithau.

'Os wyt ti isio aros yma efo fo, iawn, dy ddewis di fydd hynny, ond efallai y byddi di'n cael dy ladd yn y gemau nesa a fydd gynno fo neb wedyn. Pawb drosto'i hun ydi hi yn y byd yma, cofia...' Cyfeirio at y ffaith iddi ladd Heledd roedd hi, gwyddai Rhiannon hynny'n syth a theimlodd ei dyrnau'n cosi.

'Os neith o leddfu dy gydwybod di, does gen ti ddim dewis p'un bynnag,' meddai Aitor wrth Rhiannon. 'Yr ysgol sy pia ti ac mae'r ysgol wedi penderfynu dy werthu di – a dyna ni.'

'Wyddost ti byth, efallai y caiff o'i gadw mlaen fel *doctore* i gymryd lle Aitor,' meddai Gogo. Nodiodd Aitor. Roedd o'n hoffi'r syniad hwnnw a gallai'n hawdd sôn wrth y *doctore* eraill. Brysiodd i gael gair â nhw, cyn i Rhiannon dorri'r newyddion i Llywarch.

Daeth yn ei ôl gyda gwên ar ei wyneb. Roedden nhw, hefyd, wedi hoffi'r syniad o roi cyfle i Llywarch fel *doctore*. Felly aeth Rhiannon yn syth i mewn i'r ysbyty at Llywarch, cyn iddi gael traed oer.

'Felly dwi ddim yn siŵr pa mor hir fyddwn ni i ffwrdd,' meddai wrtho, 'ond dwi'n addo dod yn ôl y cyfle cynta ga i. Mi fyddi di'n *doctore* profiadol erbyn hynny!' ychwanegodd gan geisio gwenu.

Edrych ar y wal bridd o'i flaen roedd Llywarch, felly welodd o mo'i gwên hi.

'Corinth...' meddai. 'Ddim fanno oedd un o ddinasoedd

223

pwysica'r Groegiaid nes i Rufain chwalu'r lle'n rhacs? Ti ddwedodd hynna wrtha i, yn de, Nico?'

Cododd Nico y meddyg ei ben o'i lestri llawn eli a chytuno.

'Ia, mi wnaethon nhw ladd pob dyn a gwerthu'r plant a'r merched i gyd fel caethweision cyn llosgi'r ddinas i'r llawr,' meddai. 'Roedd hynny sawl cenhedlaeth yn ôl, ond penderfynodd Julius Caesar ei hail-adeiladu, ychydig cyn iddo fo gael ei ladd. Mae'r lle'n werth ei weld eto rŵan a'r amffitheatr, er yn fychan, yn un dda.'

'Be am Halicarnassus? Lle mae fanno?' gofynnodd Llywarch, oedd yn dal i edrych un ai ar y wal neu ar Nico, byth ar Rhiannon.

'Yn bellach i'r dwyrain, dros y dŵr i Asia. Dyna mae'r Rhufeiniaid yn galw'r lle o leia,' meddai Nico, gan fethu cuddio'r tinc o chwerwder yn ei lais.

'Mae'n ddinas hardd, meddan nhw, yndi?' gofynnodd Rhiannon.

'Meddan nhw. Fûm i erioed yno,' meddai Nico.

'Sbia lwcus wyt ti, Rhiannon, yn cael mynd i lefydd na welais i na Nico erioed,' meddai Llywarch, gan edrych arni o'r diwedd. Doedd hi erioed wedi sylwi o'r blaen pa mor oer allai'r glas yn ei lygaid ymddangos. Roedd o'n flin efo hi. Ond doedd hi ddim wedi gwneud unrhyw beth o'i le, meddyliodd, gan deimlo dicter yn codi drwyddi.

'Llywarch... dwi'n gwybod dy fod ti'n flin, ond dwi ddim yn gweld pam fod angen i ti fod yn flin efo fi,' meddai gan geisio swnio'n rhesymol.

'Na, ti'n iawn, dwi ar fai yn gneud i ti deimlo'n annifyr,' meddai Llywarch. 'Cer at dy gladiatoriaid newydd, iach. Dwi'n siŵr y cei di hwyl garw efo nhw.'

'Llywarch–!' dechreuodd Rhiannon gan estyn ei llaw i'w gyffwrdd.

'Na, anghofia amdana i,' meddai gan ysgwyd ei llaw i ffwrdd. 'Cer, ac edrycha ar ôl dy hun. Ond dwi'n gwybod y gwnei di. Un fel'na wyt ti, yn de?'

Syllodd Rhiannon arno gyda dagrau yn ei llygaid. Sut yn y byd roedd rhywun oedd wedi dweud ei fod yn ei charu'n fwy na dim erioed yn gallu oeri tuag ati mor sydyn? Gwyddai ei fod yn chwerw oherwydd ei anaf, ond nid bai Rhiannon mo hynny! Ac roedd hi wedi egluro wrtho nad oedd ganddi ddewis ond mynd i Gorinth. Ac yn fwy na hynny, roedd hi wedi dadlau'n daer iddyn nhw gael mynd â Llywarch efo nhw.

'Pawb drosto'i hun yn y byd 'ma, yn de?' meddai Llywarch wrth Nico. Yna trodd at Rhiannon eto. 'Wyt ti'n dal yma? Cer! Dos! A gwynt teg ar dy ôl di.'

29

Roedd hi'n bythefnos o daith i Gorinth o Rufain. Llong hwylio fechan aeth â nhw i lawr yr arfordir a thrwy'r culfor heibio ynys Sicilia. Roedd yr awyr yn las a'r gwynt a'r môr yn ddigon caredig drwy gydol y daith, ac roedd hwyliau rhyfeddol o dda ar bawb, heblaw Rhiannon. Edrychai fel petae cysgod wedi llithro i mewn i'w chorff.

Bu Aitor a Cynyr yn ceisio ei chysuro drwy chwarae gemau fel *tesserae* o'i blaen a cheisio ei hannog i ymuno â nhw. Edrychai Rhiannon ar y darnau esgyrn gyda niferoedd gwahanol o gylchoedd wedi eu crafu arnynt ac ysgwyd ei phen.

'Gêm wirion,' meddai.

'Ond na, sbia, mae 'na chwe chylch ar yr ochr yma, tri fan hyn, pedwar fan hyn–' ceisiodd Cynyr egluro, ond torrodd Rhiannon ar ei draws.

'Fel ddeudis i, gêm wirion.'

'Ofn colli wyt ti?' gofynnodd Aitor. Ond weithiodd hynny ddim chwaith. Na phan gynigwyd ffrwyth o'r enw *ficus* iddi ei flasu.

'Hoff ffrwyth Bacchus, duw hwyl a gwin,' meddai Aitor. Ond ysgwyd ei phen wnaeth Rhiannon.

'Waeth i chi heb,' meddai Gogo gan estyn am y *ficus* ei hun, 'mae merch angen amser i ddod dros gael ei siomi gan ddyn.'

'Ia, ond mae'n wythnos a mwy bellach!' meddai Cynyr.

'Mae gen ti dipyn i'w ddysgu,' meddai Gogo wrtho, cyn troi at Rhiannon a chydio yn ei llaw. 'Ty'd, mae'n hen bryd i ni ymarfer,' meddai.

Cododd Rhiannon yn ufudd a'i dilyn at ochr y dec lle bydden nhw'n gwneud ymarferiadau amrywiol bob dydd: gweithio ar eu breichiau a'u hysgwyddau drwy bwyso eu dwylo yn erbyn ochr y llong gyda'u traed yn eithaf pell y tu ôl iddyn nhw, a chodi eu cyrff i fyny ac yn ôl i lawr yn araf, drosodd a throsodd. Yna'r un peth ar eu gwastad ar lawr y llong. Yna'r un anodd: codi ei gilydd uwch eu pennau. Byddai Rhiannon yn gadael i Gogo glymu rhaff am ei chluniau a'i hysgwyddau er mwyn cael rhywbeth i gydio ynddo, ac yna'n codi Rhiannon uwch ei phen – fwy nag unwaith. Yna byddai Rhiannon yn gwneud yr un peth i Gogo, a cheisio curo cyfanswm Gogo. Roedd y ddwy yn pwyso tua'r un faint, felly roedd yn gystadleuaeth gwbl deg. Byddai Gogo yn curo Rhiannon fel arfer, ond heddiw, teimlai Gogo ei hun yn cael ei chodi am yr wythfed tro, a hithau wedi bod yn hapus i gyrraedd saith. Roedd bod yn flin a chwerw yn amlwg yn corddi cyhyrau'r ferch o Fôn – neu ei hysfa i guro rhywun neu rywbeth.

Mae'n well gwaredu'r corff a'r pen rhag teimladau blin a chwerw, meddyliodd Gogo. A pha ffordd well o wneud hynny na thrwy ymarfer corff a thipyn o chwysu? Efallai mai dyna pam fod pobl yn dechrau rhyfela, meddyliodd wedyn. Brenhinoedd ac ymerawdwyr efo gormod o amser ar eu dwylo a phŵer yn eu dwylo, yn creu esgus i ddechrau ffrae neu ryfel er mwyn i'w pobl fod yn martsio neu'n brwydro, neu'n ymarfer brwydro drwy'r adeg. Fyddai gan y milwyr mo'r amser, yr egni na'r awydd i gwyno wedyn. Roedd malu pennau 'gelynion' yn cael gwared â'u teimladau negyddol.

Dydw i ddim mor siŵr am hynny chwaith, meddyliodd wedyn. Dwi'n gwneud mwy o ymarfer corff na'r milwr arferol, dwi'n siŵr, a dwi'n dal i gasáu Nero â chas perffaith.

'Tydi hi'n braf gallu gadael Rhufain yn bell y tu ôl i ni?'

meddai wrth Rhiannon, wrth i'r ddwy bwyso eu cefnau yn erbyn ei gilydd a dechrau gweithio ar gyhyrau'r coesau.

'Pella'n byd, gorau'n byd,' cytunodd Rhiannon, wrth i'r ddwy blygu eu pengliniau nes bod eu penolau bron ar y llawr ac yna sythu eto, yn araf, gan barhau i fod gefngefn. Roedd hi'n mwynhau'r ymarfer hwn yn arw, yn enwedig gan fod Gogo a hithau yn asio'n berffaith o ran pwysau, taldra, cryfder, bob dim. Roedd hi wedi rhoi cynnig arno efo Llywarch un tro, ond roedd hwnnw gymaint talach a chryfach – a thrymach, doedd o ddim wedi gweithio'n rhy dda.

Llywarch... anadlodd allan wrth blygu mlaen a chymryd pwysau Gogo i gyd ar ei chefn. Cyfrodd i bump yna sythu a gadael i Gogo gymryd ei phwysau hithau. Stwffio Llywarch, y babi hunanol, plentynnaidd iddo fo.

Gwenodd Gogo wrth deimlo corff Rhiannon yn ymlacio'n llwyr ar ei chefn. Bron na allai weld cysgod Llywarch yn llithro ohoni a chael ei sugno i fyny i'r awyr i'r ychydig gymylau uwch eu pennau. Byddai glaw yn disgyn o'r cymylau bob hyn a hyn wrth gwrs, a chysgod Llywarch efo fo, ond gwyddai bod y gwaethaf drosodd.

Wrth weld arfordir Gwlad Groeg yn dynesu, allai Rhiannon ddim peidio â gwenu. Roedd hi newydd ennill tair gêm *tesserae* un ar ôl y llall, ac roedd Cynyr wedi esgus ei fod wedi pwdu efo hi a'i galw'n bob enw dan haul, yn cynnwys 'cesail camel'. Roedd o wedi penderfynu mai'r camel oedd y creadur mwyaf diolwg a drewllyd iddo ei weld erioed.

'Ond dwyt ti ddim wedi gweld yr ymerawdwr Nero eto, cofia,' meddai Gogo. Roedden nhw i gyd wedi piffian chwerthin, nes i Aitor roi edrychiad llawn rhybudd iddyn nhw. Roedden nhw'n chwarae â thân: gallai'r capten neu un o'i forwyr ddweud wrth yr awdurdodau eu bod wedi clywed y gladiatoriaid yn bychanu Nero. Wedyn byddai hwnnw'n siŵr o feddwl am ffordd erchyll o ddial arnyn nhw. Rhoddwyd y gorau i chwerthin yn syth, ond allai neb weld wyneb Rhiannon yn gwenu dros ochr y cwch.

Daeth Cynyr i sefyll wrth ei hochr wrth iddyn nhw hwylio i fyny'r gwlff llydan i Gorinth.

'Bron fel croesi'r Fenai, tydi?' meddai.

'Bron. Ond dydi'r tir ddim cweit mor wyrdd,' atebodd hithau. Roedd coed tenau i'w gweld ar hyd y llethrau, ond roedd hi'n amlwg yn rhy boeth yn y rhan hwn o'r byd i goedwigoedd trwchus, mwsoglyd fel rhai tiroedd yr Orddwig ffynnu.

'Ac mae'r pysgod dipyn mwy!' chwarddodd Cynyr wrth weld haid o gannoedd o bysgod enfawr yn chwarae a neidio heibio.

'*Delphinus*,' galwodd y capten.

'Del ydyn nhw, yn de?' meddai Rhiannon. 'Mi fyddai Heledd wrth ei bodd yn gweld rhain,' ychwanegodd yn bwyllog. Doedd hi ddim wedi crybwyll enw ei chwaer ers tro.

'Mi fyddai hi wedi neidio i mewn atyn nhw,' meddai Aitor wrth osod ei hun wrth ei hochr arall. 'Dros ei phen, heb feddwl dim. Dwi'n cael fy nhemtio i wneud hynny fy hun a deud y gwir. Ydw, o ddifri.' Gwaeddodd ar y capten a chododd hwnnw ei ysgwyddau.

'Ond maen nhw mor fawr – be os fyddan nhw'n eich taro chi wrth neidio?' chwarddodd Rhiannon wrth weld Aitor yn tynnu amdano.

'*Dulce periculum*,' atebodd Aitor, 'mae perygl yn felys.' A phlymiodd dros ochr y cwch. Roedd y rhan fwyaf o'r *delphinus* wedi hen basio, a cheisiodd Aitor nofio â'i holl nerth ar eu holau.

'Sgen ti'm gobaith! Sgen ti'm cynffon!' gwaeddodd Rhiannon. Yn sydyn, roedd tua dwsin ohonynt yn neidio a phlymio a gwichian o amgylch Aitor, ond yr un yn ei gyffwrdd – nes i un, gyda gwich flin, roi hergwd dda iddo gyda'i gynffon, hergwd a edrychai fel 'Cer o'n ffordd ni, y lembo gwirion.' Diflannodd y pysgod, gan adael Aitor yn pesychu a thagu.

'Doedd gynnyn nhw ddim awydd stopio i sgwrsio,' galwodd Rhiannon dros yr ochr. 'Anifeiliaid gwyllt ydyn nhw wedi'r cwbl. A fyddet ti byth wedi neidio i ganol haid o geirw neu eliffantod – neu geffylau hyd yn oed, oedd ar ganol ras, na fyddet?'

Ysgydwodd Aitor ei ben wrth ddringo'n ôl ar y cwch. 'Ond roedd o'n hwyl,' meddai. 'Rhaid i ti gofio nad ydw i wedi cael y wefr o frwydro fel gladiator ers tro byd, a ges i jest yr ysfa sydyn i wneud rhywbeth gwirion a pheryglus. Mwy peryglus na wnes i sylweddoli achos efallai fod 'na rywbeth mwy a llawer mwy peryglus wedi bod yn eu hela nhw...'

Syllodd pawb i lawr i'r dyfnderoedd. Roedd o'n iawn. Doedd wybod pa fwystfilod oedd yn llechu yno. Cofiai Rhiannon i un o'r meddygon yn Rhufain sôn am yr holl fwystfilod oedd yng Ngwlad Groeg, fel y ddynes efo llond pen o nadroedd yn lle gwallt, a'r bwystfil anferthol a drigai yn y môr oedd â nifer o bennau nadroedd yn lle un pen call, a bob tro y byddai rhywun yn torri un o'r pennau i ffwrdd efo cleddyf, byddai dau ben arall yn ymddangos. Camodd yn ôl o'r ochr.

Roedd yr amffitheatr yng Nghorinth yn llai na'r un yn Rhufain, ond yr un mor brysur a swnllyd. Enillodd Gogo a Rhiannon eu gornestau yn hawdd, a chafodd y ddwy eu synnu gan allu Cynyr. Roedd o wedi dysgu sut i drin ei arfau yn arbennig o dda, ac roedd ei egni, ei gyflymdra a'i gryfder yn mwy na gwneud iawn am ei oedran.

'Mae'r trefnydd yn hapus iawn gyda chi i gyd,' meddai Aitor wrth iddyn nhw fwynhau pryd o fwyd môr ar ddiwedd eu hwythnos yng Nghorinth. 'Felly mae o am drefnu croeso arbennig i chi yn y lle nesa, Halicarnassus.'

'Be mae hynny'n ei olygu?' gofynnodd Rhiannon.

'Dwi ddim yn hollol siŵr. Ond mi fydd pwysigion y rhan honno o'r byd i gyd yno, wrth reswm.'

'Ond ddim Nero, yn de,' meddai Gogo. 'Rhy bell iddo fo deithio mae'n debyg?'

'O, rhy bell o lawer i ddyn sensitif fel hwnnw,' gwenodd Aitor.

Roedd hi'n gryn dipyn o daith unwaith eto: teithio ar droed nes cyrraedd y môr lliw glas y dorlan yr eildro, yna gwau eu ffordd heibio dwsinau o ynysoedd tlysion mewn llong hwylio harddach na'r un flaenorol. Roedd y trefnydd yn amlwg eisiau i'w gladiatoriaid gyrraedd mewn steil.

Fe gawson nhw lanio ar ynys Mykonos er mwyn treulio noson yno. Doedd hi ddim yn ynys arbennig o hardd, gyda llawer mwy o greigiau na gwyrddni. 'Cyrff y cewri ar ôl brwydr efo Zeus,' eglurodd y capten wrth bwyntio at ambell graig go fawr.

'Mwy o dduwiau...' meddai Cynyr wrth Rhiannon. 'Dim ond newydd ddysgu pwy ydi duwiau'r Rhufeiniaid ydw i, a rŵan mae gen yr hen Roegiaid domen ohonyn nhw hefyd. Ydi'r holl dduwiau gwahanol yma i gyd yn yr Arallfyd efo'i gilydd, ti'n meddwl?'

'Pwy a ŵyr? Felly... wyt ti'n dal i gredu yn ein duwiau ni?' gofynnodd Rhiannon.

'Wrth gwrs. Mae Taranis wedi edrych ar fy ôl i ers y dechrau un,' meddai Cynyr. 'Dwi wedi colli'r gadwyn oedd gen i, ond dwi am neud un arall unwaith y bydda i wedi hel digon o bres i brynu chydig o aur.'

'Gei di f'un i os wyt ti isio,' meddai Rhiannon, gan lusgo'r gadwen dros ei phen. 'Dwi wedi hen golli ffydd ynddo fo.'

'Rhiannon!' ebychodd Cynyr mewn braw. 'Fedri di'm siarad fel'na a ninnau isio mynd ar long eto fory! Meddylia am dy gyd-deithwyr yn gorfod wynebu llid Taranis a nhwthau'n gwbl ddiniwed!'

Dim ond codi ei hysgwyddau wnaeth Rhiannon. Doedd ganddi ddim mynedd cega na'i gyfeirio at y tyllau yn ei resymeg. Roedd yn well ganddi fanteisio ar y cyfle i nofio yn y bae hyfryd ar ynys Mykonos, lle roedd y dŵr yn glir ac yn lasach nag unrhyw fae a welodd erioed o'r blaen. Tueddu i fod yn fwy o lwyd neu wyrdd fyddai pob bae o amgylch Môn, ac roedd y dŵr yn Rhufain yn sglyfaethus, fel crochan o uwd yn llawn cyrff anifeiliaid un ai wedi pydru neu ar fin ffrwydro'n gawod o ddrewdod. Ond roedd dŵr Mykonos yn berffaith. Gallai weld pob cragen, pob carreg a physgodyn yn bell, bell oddi tani. Os oedd yno fwystfilod efo pennau nadroedd, byddai'n eu gweld yn dod o bell. Ac roedd o'n ddŵr cynnes, gwahanol iawn i ddŵr y Fenai.

Plymiodd yn ddwfn i gydio mewn cragen fawr droellog a'i chodi i'r wyneb. Roedd rhywbeth yn byw ynddi, felly gadawodd iddi ddisgyn yn ôl i ymuno gyda'i chymdogion eto.

Trodd yn araf i edrych ar y tai bychain a'u toeau cochion a atalnodai'r ynys.

'Mi allwn i fyw yn rhywle fel hyn,' meddyliodd. 'Yr haul yn gwenu a'r dŵr yn gynnes bob dydd, digonedd o bysgod a dim gormod o bobl. A dim atgofion.'

30

Disgleiriai Halicarnassus yn yr haul. Roedd hi'n dref hardd arall, wedi ei fframio gan fryniau a chydag adeilad anferthol yn edrych i lawr arni. Rhyfeddai'r criw at brydferthwch hwnnw, yr holl golofnau marmor a'r cerfluniau cain a rhyfeddu mwy o ddeall mai bedd oedd o.

'*Mausoleum* mae'n cael ei alw, wedi ei godi i gofio am Mausolus oedd yn rheoli'r ardal yma rhyw dri chan mlynedd yn ôl,' eglurodd y caethwas aeth â nhw i fyny yno. 'Fan hyn rhoddwyd ei weddillion o a'i wraig Artemisia, oedd hefyd yn chwaer iddo fo.'

'Priodi ei chwaer?' meddai Cynyr. 'O ddifri?'

'Ia, fydden nhw ddim yn cael gwneud hynny heddiw. Ond dacw nhw ar y top yn y cerbyd rhyfel yna.'

Gellid gweld pedwar ceffyl anferthol ar ben uchaf yr adeilad, yn tynnu cerbyd wedi ei baentio'n aur, â chwpwl urddasol a hardd yn hwnnw.

'Mi fyddan nhw efo'i gilydd am byth,' sibrydodd Rhiannon. Roedd hi wastad wedi bod yn falch o waith celf yr Orddwig; roedd hwnnw'n hardd mewn ffordd wahanol, ond fyddai o ddim yn para, pren ac efydd meddal oedd y cyfan. Ond byddai cerfluniau marmor a charreg y Groegiaid a'r Rhufeiniaid yn para am oesoedd. Brensiach, onid oedd y *Mausoleum* hwn yn hynafol yn barod ac yn dal i edrych fel newydd?

'Wnewch chi neud cerflun ohona i ar ôl i mi farw?' gofynnodd Gogo yn sydyn.

Trodd pawb i edrych arni.

'Mi fyddai'n haws gneud un tra ti'n dal yn fyw,' meddai Cynyr. 'Os wyt ti isio iddo fo edrych fatha ti...'

'Ond o be wela i, mae'n rhaid i ti farw'n gynta,' meddai Gogo, 'oni bai dy fod ti'n ymerawdwr neu rywbeth.'

'Oes, ti'n iawn, ac mae'n help os wyt ti'n gyfoethog, achos bydd angen talu i'r cerfluniwr,' meddai Aitor.

'Ond aros funud, rwyt ti'n gladiator enwog, uchel dy barch,' meddai Rhiannon, 'sy rioed wedi colli gornest ers – pryd?'

'Anodd deud... tua pump tymor glaw?' meddai Gogo. 'Ond mae 'na ddynion wedi bod wrthi'n llawer hirach na fi sy'n dal heb gerflun.'

'Ia, ond mi gollais i'r ffeit ola honno, yn do...' meddai Aitor.

'Be nath i ti feddwl mai sôn amdanat ti o'n i?'

Cododd Aitor ei aeliau a hanner gwenu arni. Roedd hi'n berffaith amlwg mai cyfeirio at Aitor oedd hi. Chwarddodd pawb. Ond wedi iddyn nhw i gyd dawelu, trodd Gogo at Rhiannon.

'Mae'r ornest ola'n mynd i ddod i ni i gyd yn hwyr neu'n hwyrach. A ti'n gwbod mai ein rhoi ni'n dwy yn erbyn ein gilydd neith y trefnydd y tro yma, yn dwyt?'

Roedd Rhiannon wedi amau hyn ers y dechrau, ond doedd neb wedi sôn gair wrthi am y peth tan yr eiliad honno. A mwyaf sydyn, roedd hi'n teimlo'n sâl. Roedd geiriau Gogo wedi bod fel cic yn ei stumog gan asyn gan wneud i'w chinio hi fygwth ailymddangos. Brwydrodd i reoli ymateb ei chorff, a llwyddo. Doedd hi ddim am i Gogo wybod faint roedd hi'n ofni'r frwydr olaf honno – neu eu brwydr gyntaf nhw yn erbyn ei gilydd, mewn gwirionedd. Roedd hi wastad wedi mwynhau ymarfer gyda hi, ond allan yn yr arena a bywydau'r ddwy yn y fantol, byddai'n fater cwbl wahanol.

Gallai weld yr amffitheatr o risiau'r *Mausoleum*. Felly yn y fan honno byddai'n digwydd. Roedd 'na fannau gwaeth i farw, meddyliodd. Trodd ei phen i edrych ar y môr o flodau gwyllt ar y bryniau o'i hamgylch, yna ar y môr ei hun, oedd heddiw'n las clychau'r gog.

'Ond efallai na fydd Nero'n fodlon i'r ornest rhyngoch chi'ch dwy ddigwydd y tu allan i Rufain,' meddai Aitor. 'Mae'n gas gynno fo feddwl ei fod o'n colli'r hwyl i gyd.'

'Efallai na fydd Nero'n gwybod nes y bydd hi'n rhy hwyr,' meddai Gogo. 'A dydw i ddim yn meddwl ein bod ni mor bwysig â hynny iddo fo; mae 'na wastad waed newydd i gymryd ein lle ni.'

Caeodd Rhiannon ei llygaid i fwynhau'r heulwen ar ei hwyneb. Byddai'r gemau'n dechrau ymhen tridiau, felly efallai mai dyma ei thridiau olaf ar y ddaear. Roedd hi am eu mwynhau, ond roedd hynny'n mynd i fod mor anodd mewn gefynnau. Doedd hi ddim am fentro ceisio dianc, gan y byddai hynny'n golygu mai Aitor fyddai'n cael ei gosbi, a ph'un bynnag, i ble fyddai hi'n dianc? Roedden nhw wedi cael gwybod bod y mynyddoedd fan hyn yn berwi efo bleiddiaid, baeddod, eirth a chathod gwyllt. Er bod cannoedd wedi eu dal ar gyfer y gemau, roedd miloedd yn dal allan yna, a'r rheiny yn flin, yn fwy blin a dialgar ac amheus o bobl nag arfer.

'Aitor?' galwodd. 'Gawn ni nofio yn y môr? Mi fydd yn ymarfer corff da i ni.' Welai Aitor ddim byd o'i le efo hynny, ac i dawelu ofnau'r trefnydd, oedd yn poeni am golli ei gladiatoriaid cyn y gemau, trefnodd i ddau gwch eu goruchwylio yn y bae.

Cafodd y criw brynhawn i'w gofio yn rasio, chwarae a phlymio yn y dyfroedd cynnes. Doedd Gogo ddim yn wych am nofio ac allai Rhiannon ddim peidio â theimlo fel brenhines wrth ei churo'n rhacs ym mhob ras.

'Ia, wel, does 'na'm crocodeiliaid na'r un hipopotamws yn dy wlad di, nag oes?' meddai Gogo. 'Roedden ni'n cael ein magu i osgoi llynnoedd ac afonydd, am fod cymaint ohonon ni'n cael ein bwyta ganddyn nhw.'

'Mi fyddwn i wedi disgwyl i hynny'ch dysgu chi i nofio'n gyflymach,' meddai Rhiannon, a nofio i ffwrdd cyn i Gogo esgus ceisio ei boddi hi.

Penderfynodd Aitor fod awr neu ddwy o nofio yn ymarfer heb ei ail i'r gladiatoriaid, felly bob dydd cyn y gemau, bu'r criw yn ymdrochi ac yna'n gorweddian ar y traeth yn rhannu ffrwythau a'r cnau bychain gwyrddion a dyfai'n wyllt ar y coed o'u hamgylch.

'Pistasio, ia?' meddai Cynyr. 'Neis iawn, ond ddim cystal â'n cnau cyll ni ym Môn.'

'Disgrifia'r cnau cyll yma,' meddai Aitor. Ac yna, wedi gwrando ar y disgrifiad hwnnw, aeth â nhw i redeg i fyny un o'r bryniau cyfagos, ac ar waelod llethrau hwnnw, chwarddodd Cynyr wrth nabod y coed, y dail a'r cnau cyll a dyfai'n dew yno. Ond roedd yn dal i fynnu bod blas gwell ar gnau Môn.

Cafodd y criw gymaint o hwyl yn ystod y tridiau hwnnw, doedd Rhiannon ddim am i'r cyfnod ddod i ben o gwbl, byth. Ar y noson cyn y gemau, wedi dod yn ôl o'r *Forum* a'r wledd (oedd yn llawn cnau cyll a phistasio) aethon nhw i gyd i eistedd allan ar do eu llety, yn yfed gwin gwan a gwylio'r sêr – heb gyffion na rhaffau na dim. Roedd y rhyddid yn hyfryd, a doedd y *Forum* ddim wedi bod yn rhy ddrwg.

'Roedd hynna gymaint gwell na Rhufain,' meddai Gogo. 'Dim ond un pwysigyn geisiodd roi ei ddwylo bach chwyslyd mewn mannau personol.'

'Ac roedd y bwyd yn flasus tu hwnt,' meddai Cynyr. 'Bwyd call. Dim o'r lol pathew mewn mêl 'na.'

'Ac mae'r pennaeth – y Conswl – i'w weld yn ddyn rhyfeddol o gall,' meddai Rhiannon. 'Wel, callach na Ner–'

'Sssssh!' hisiodd pawb. Chwarddodd Rhiannon. Roedden nhw'n iawn; doedd wybod faint o glustiau moch bach oedd yn gwrando. Ond roedd y Conswl yn sicr wedi ymddangos yn ddyn digon teg a rhesymol.

'Ia, y math o ddyn fyddai wedi dewis gadael i Heledd fyw,' meddai Gogo.

Nodiodd a mwmiodd pawb yn dawel.

'Mi ddwedodd Heledd ei bod hi isio dod yn ôl fel tylluan,' meddai Rhiannon yn dawel. Ac ar y gair, dechreuodd tylluan hw-hŵian o'r coed cyfagos. Roedd o'n ormod o gyd-ddigwyddiad. Heledd oedd hi, doedd dim dwywaith amdani. Cododd Rhiannon ar ei thraed a hw-hŵian yn ôl. Atebodd y dylluan yn syth, ac o fewn eiliadau, roedd tylluan frech wedi glanio'n dawel ar wrn tal ar gornel y to. Syllodd pawb arni'n fud. Fflachiai ei llygaid yn ddu yng ngolau melyn y lamp olew fechan, ac yn araf, trodd ei phen i edrych ar bob un ohonynt yn eu tro. Oedodd wrth syllu ar Rhiannon.

Llwyddodd pawb i rwystro eu hunain rhag ebychu neu regi. Rhiannon a Heledd oedd pia'r tawelwch.

Llyncodd Rhiannon yn galed. Gallai deimlo ei chalon yn crynu a'i bysedd yn binnau bach i gyd. Gwyddai fod dagrau yn cronni yn ei llygaid hefyd.

'Heledd?' sibrydodd. Trodd y dylluan ei phen ar ei hochr fymryn. 'Ti sy 'na?' gofynnodd Rhiannon eto. Rhoddodd y dylluan un 'hw' fer cyn hedfan i ffwrdd a diflannu i'r coed. Wedi eiliad neu ddwy, trodd Cynyr at Rhiannon.

'Nath hi'm aros yn hir, naddo?'

'Os mai hi oedd hi,' meddai Aitor. 'Wyt ti'n meddwl mai hi oedd hi?'

Cododd Rhiannon ei hysgwyddau. Doedd hi wir ddim yn siŵr. Chafodd hi ddim cyfle i ddefnyddio ei thrydedd glust.

'Wrth gwrs mai hi oedd hi,' meddai Gogo, cyn plygu ei phen yn sydyn o synhwyro symudiad yn yr awyr uwch ei phen. Roedd y dylluan yn ei hôl, â rhywbeth yn ei phig. Heb wneud yr un smic, hedfanodd at Rhiannon a gollwng ei phrae yn ei glin. Llygoden. Neidiodd Rhiannon yn ei hôl mewn braw a syrthiodd corff celain y llygoden i'r llawr.

'Heledd! Y diawl!' meddai gan hanner chwerthin. Edrychodd y gweddill ar ei gilydd yn ddryslyd. 'Mae gen i ofn llygod,' eglurodd Rhiannon. 'Ei ffordd hi o dynnu 'nghoes i oedd hynna.'

'Felly mae hi wedi'n dilyn ni o Rufain?' meddai Cynyr yn syn.

'Paid â gofyn i mi egluro na dallt y petha 'ma,' meddai Rhiannon. 'Y cwbl dwi'n ei wybod ydi mai Heledd oedd honna.'

'Wedi dod i ofalu amdanat ti,' meddai Gogo, heb lwyddo i guddio'r tywyllwch yn ei llais.

31

'O BLE MAEN nhw i gyd wedi dod?' meddai Cynyr wrth weld strydoedd Halicarnassus yn forgrug o bobl ar fore'r gemau. 'Mae hi'n ddinas gymaint llai na Rhufain!'

Pwyntiodd Aitor at y coedwigoedd o gychod a llongau yn yr harbwr ac allan ymhell i'r môr.

'O'r ynysoedd – mae 'na lwythi ohonyn nhw, ac mae'r arfordir i gyd yn brysur, heb sôn am y berfeddwlad, a phawb yn awchu am weld gwaed a drama ac urddas a thrasiedi a beth bynnag arall mae'r Trefnydd wedi ei baratoi ar eu cyfer nhw.'

'Yr un hen ladd diangen ddywedwn i,' meddai Gogo, o glywed sŵn anifeiliaid gwyllt yn rhuo mewn poen, ofn a'r angen dybryd am fwyd.

'Pawb yn barod am y sioe?' gofynnodd Rhiannon wrth godi ar ei thraed ar ôl gorffen clymu ei sandalau.

'Barod,' meddai pawb.

'Naci, peidiwch chi â cherdded efo'ch gilydd,' meddai Aitor wrth Rhiannon a Gogo. 'Mae'r *lanista* isio gwneud sioe o'r ffaith eich bod chi'n casáu eich gilydd, cofiwch. Yr ornest wenwyn ydi hi i fod rhyngoch chi.'

'Paffio talu pwyth...' meddai Cynyr. 'Hen lol wirion, yn de?' Os oedd o'n disgwyl i'r ddwy ferch gytuno ag o, wnaethon nhw ddim. Yna gwelodd Cynyr y llanc fyddai yn ei erbyn o. Llanc? Edrychai o leiaf ddeng mlynedd yn hŷn nag o, yn gyhyrau mawr fel y rhinoseros welodd o yn gynharach, ac yn flewog hefyd. Un o'r mynyddoedd i gyfeiriad y Môr Du mae'n debyg, lle bynnag oedd hwnnw. Byddai'n rhaid i Cynyr fod ar ei orau i guro hwn.

Roedd milwyr ar hyd y stryd yn cadw'r dorf rhag eu cyffwrdd, ond roedd 'na rywbeth gwyllt am y bobl hyn a'u gwalltiau tywyll a'u crwyn lliw lledr. Bron na allai Cynyr weld gwaed yn sglein eu llygaid.

'Maen nhw'n rhyfelwyr ers cyn co,' meddai Aitor, 'ac wrth eu bodd yn gwylio rhywun yn ymladd. Ond mi wnawn nhw barchu rhywun sy'n dangos dewrder a chalon hefyd. Mwy na phobl Rhufain.'

Er bod yr amffitheatr yn llai na'r un yn Rhufain a Chorinth, roedd y sŵn yn llawer uwch. Pan orymdeithiodd y gladiatoriaid o amgylch yr arena heb eu gwisgoedd a'u helmedau, roedd y croeso yn ysgytwol; pawb yn rhuo a bloeddio, stampio'u traed, curo dwylo a chwibanu. Roedd hi'n wyrth nad oedd y galerïau yn disgyn.

Gaius Antonius oedd Conswl yr ardal hon, gŵr tal, hynod o fain a edrychai'n debyg i hebog gyda'i drwyn hir, pigog. Eisteddai yng nghwmni'i bwysigion mewn cadair fawr aur, yn codi ei law bob hyn a hyn ac yn derbyn diodydd ac ambell ffrwyth neu gneuen gan gaethweision. Fo oedd y Nero fan hyn. Fo fyddai'n penderfynu a fyddai rhywun yn haeddu byw neu farw. Yn ôl y sôn, doedd dim dal pa ffordd y byddai ei fawd yn symud; dibynnai'n llwyr ar ei hwyliau ar y pryd.

Bloeddiodd y *lanista* yr un straeon â'r noson flaenorol yn fersiwn Halicarnassus o'r *Forum*. Enwodd Amazonia ac Achilia, a rhuo mai dyma'r ddwy ymladdwraig orau yn Rhufain, mai dyma'r tro cyntaf iddyn nhw wynebu ei gilydd mewn gemau, a bod Achilia wedi lladd chwaer fach Amazonia a bod y Frythones yn ysu am gael dial.

'Dyna egluro pam fod cymaint yma,' meddai Aitor wedi iddyn nhw i gyd gilio i'r celloedd aros i gyfeiliant yr anifeiliaid yn rhuo a gwichian mewn poen. 'Mae'ch stori chi wedi lledaenu fel tân gwyllt, ac welwch chi'r criw crand acw fan acw?' meddai gan amneidio at griw o bobl mewn dillad drutach na'r gweddill, 'glywais i neithiwr eu bod nhw wedi dod yr holl ffordd o Rufain yn unswydd i weld eich gornest chi. Mae 'na griw wedi'n dilyn ni o Gorinth hefyd.'

Edrychodd y ddwy ar ei gilydd.

'Mi ddylen ni gael ein talu, felly,' meddai Gogo. 'Os ydan ni wedi denu cymaint.'

Chwarddodd Aitor. 'Caethweision ydach chi o hyd, cofiwch.' Ar hynny, daeth caethweision ymlaen i ailosod eu cyffion.

Anogodd Aitor y gladiatoriaid i orffwys cyn eu gornestau. Doedd hi ddim mor boeth bellach, a'r gaeaf yn sicr ar ei ffordd, felly o leiaf fydden nhw ddim yn chwysu fel y bydden nhw yn Rhufain.

'Ydach chi'n hapus i rannu cell?' gofynnodd Aitor i Rhiannon a Gogo, 'neu fyddai'n well gynnoch chi rannu efo rhywun arall?'

Edrychodd y ddwy ar ei gilydd.

'Dim gwahaniaeth gen i,' meddai Gogo. Oedodd Rhiannon. Doedd hi ddim yn siŵr. Roedd hi mor anodd credu bod disgwyl iddyn nhw ymladd o ddifri ymhen ychydig oriau – ymladd hyd at y diwedd. A fyddai'n well iddyn nhw gadw draw o'i gilydd tan hynny? Ond i be? Pa wahaniaeth fyddai'n ei wneud bellach?

'Iawn efo finna,' atebodd hithau.

Wedi iddyn nhw gael eu cloi mewn stafell fechan oedd yn debycach i gaets, aeth Gogo i orwedd yn syth ar bentwr o sachau, yna hanner codi eto a thaflu sach neu ddwy i'r ochr arall ar gyfer Rhiannon. Doedd dim angen iddi daflu'n bell iawn.

Gorweddodd Rhiannon ar ei chefn ar y sachau cras a chau ei llygaid. Gallai glywed Gogo yn crafu. Mae'n siŵr bod chwain ar y sachau. Yna tawelodd y crafu. Roedd sŵn y dorf yn rhy uchel i unrhyw un fedru cysgu, a doedd y rhuo a'r cymeradwyo, yr ebychu a'r griddfan am yn ail ddim yn suo rhywun fel y byddai tonnau'r môr neu'r gwynt yn y coed. Daeth atgof iddi o wrando ar wynt cryf yn chwibanu drwy'r tyllau yn ei chartref ar y Fenai. Roedd ei thaid wedi dweud yn y tywyllwch mai Taranis oedd yn chwibanu'n flin am fod Nain wedi llosgi'r bara eto. Roedd ei nain wedi ateb mai sŵn Taid yn gollwng rhechfeydd hirion oedd o. Gwenodd iddi ei hun o gofio pawb yn chwerthin.

A fyddai hi'n clywed y gwynt o'r Fenai eto tybed? Neu sŵn y tonnau'n torri ar greigiau'r fam ynys? A'r morloi yn canu o'r traethau? A gâi hi arogli'r heli a'r gwymon a'r cyfnodau hynny pan fyddai'r meysydd llawn blodau yn rhyddhau ton ar ôl ton o aroglau mêl?

Neu oedd Gogo yn mynd i'w lladd hi?

Agorodd ei llygaid. Yna trodd i edrych ar Gogo. Gorweddai honno ar ei hochr â'i chefn ati. A gallai synhwyro ei bod hi'n cysgu – ynghanol yr holl dwrw!

O'r diwedd, roedd y cannoedd o gyrff anifeiliaid wedi eu llusgo i ffwrdd a'r cyfnod hirfaith o boenydio drwgweithredwyr bron â dod i ben. Roedd hi'n amser i'r gladiatoriaid swyno'r dorf.

'Siapiwch hi'r diogwn!' bloeddiodd Aitor gan redeg pastwn yn ôl a mlaen ar hyd rhes o bolion. 'Gwisgwch, dadwisgwch, twtiwch eich gwalltiau! Mae'n amser perfformio.'

Helpodd Gogo a Rhiannon ei gilydd i roi mwy o olew

olewydd dros eu cefnau a'u coesau. Soniodd neb yr un gair am eironi'r sefyllfa.

Roedd y dorf yn amlwg wedi mwynhau adloniant y bore, ac os oedd un neu ddau wedi penderfynu osgoi gweld lladron a gwehilion, Cristnogion a chaethweision yn cael eu rhwygo'n ddarnau, ac wedi mynd allan am ginio go lew yn lle hynny, roedden nhw'n ôl erbyn y prynhawn.

Bu'n gryn siom i'r dorf pan gafodd y ffefryn lleol, Astyanax ei anafu'n ddrwg gan ddyn tal o Facedonia. Bu'r Conswl yn ddigon clên (neu'n ddigon hirben) i adael i Astyananx gael ei gludo i ffwrdd at y meddygon yn hytrach na mynnu bod y gŵr o Facedonia yn ei ladd. Roedd angen edrych ar ôl ffefrynnau'r dorf – am ryw hyd o leiaf.

Yna, cyhoeddwyd gornest Cynyr yn erbyn Saturus o ddinas Palmyra. Byddai hon yn ornest ddiddorol, meddyliodd Rhiannon. Er bod cyhyrau Saturus ychydig yn fwy, roedd y ddau yr un maint a'r un pwysau, a'r ddau yn gyflym. Roedd sgiliau Cynyr wedi ei phlesio'n arw yng Nghorinth, ond roedd 'na rywbeth peryglus am y dyn blewog o Balmyra.

Aeth yr ornest ymlaen am hir: bob tro y byddai Cynyr yn edrych fel petae'n blino, byddai'n neidio fel gwenci a phob tro y byddai Saturus yn methu gyda'i gleddyf a cholli ei gydbwysedd, byddai'n codi ei darian jest mewn pryd i ddal cleddyf Cynyr. Roedd stamina'r ddau yn rhyfeddol.

'Pwy sy isio ennill fwya?' mwmiodd Aitor dan ei wynt. Ond gwylio'r Conswl roedd Gogo. Roedd o'n amlwg yn colli diddordeb. Roedd o, fel nifer fawr o'r dorf, am weld rhywbeth yn digwydd, ac wedi laru ar sŵn undonog cleddyf yn canu yn erbyn cleddyf neu darian. Sylwodd Gogo arno'n dweud rhywbeth yng nghlust caethwas moel a hwnnw'n brysio i lawr at lle sefai y *lanista*, yn gwgu. Trodd ei wg yn syndod, yna'n godi ysgwyddau, yna'n drafodaeth ddatblygodd yn orchymyn i gaethweision eraill. Brysiodd y rheiny i'r cysgodion. Cydiodd Gogo ym mraich Aitor ac amneidio ei phen. Yna trodd at Rhiannon, oedd â'i sylw wedi'i hoelio ar Cynyr, a sibrwd yn ei chlust bod rhywbeth ar fin digwydd.

Roedden nhw'n gwybod y byddai'n rhywbeth cas ac annheg, ond doedden nhw ddim wedi disgwyl gweld dau lewpart yn cael eu rhyddhau i'r arena. Ochneidiodd Aitor. Roedd o wedi gweld hyn yn digwydd o'r blaen, ond doedd y dorf yn amlwg ddim. Ffrwydrodd yr amffitheatr yn gôr o ebychiadau a chynnwrf. Gwyddai pawb y byddai'r ddau anifail ar lwgu, ac y byddai anafiadau bychain y ddau gladiator, lle roedd gwaed yn sgleinio a diferu, yn eu denu. Dyma sut i wneud brwydr hir a diflas yn fwy diddorol!

Cynyr welodd gyntaf fod ganddyn nhw gwmni. Roedd o wedi blino, wrth gwrs ei fod o, ac am eiliad, chwalwyd ei ben gan y sicrwydd ei bod hi'n ddiwedd arno. Ond eiliadau wedyn, saethodd rhywbeth drwy ei wythiennau, rhyw fath o gryfder neu wylltineb – efallai mai gwallgofrwydd oedd o, wyddai o ddim, ond roedd ei synhwyrau ar dân eto.

'Saturus! Mae gynnon ni gwmni yma!' bloeddiodd. Am eiliad, credai Saturus mai ceisio ei dwyllo oedd Cynyr, er mwyn iddo fethu canolbwyntio, ond yna gwelodd y corff smotiog, cyhyrog o gornel ei lygad a gwelwodd. Rhegodd dan ei wynt.

Roedd ei reddf yn dweud wrtho i gydweithio gyda'r Brython i ladd y llewpart. Cywiriad: y ddau lewpart. Ond beth petae Cynyr yn troi arno fo ar yr eiliad olaf? Ond fe allai yntau droi ar Cynyr wrth gwrs. Mater o amseru fyddai hi.

Gallai Cynyr weld bod Saturus yn pendroni, efallai'n cynllwynio. Doedd yntau ddim wedi penderfynu beth fyddai gallaf chwaith. Allai o ddim ymddiried yn Saturus, roedd hynny'n bendant. Felly penderfynodd geisio defnyddio ei drydedd glust.

Nodiodd Rhiannon yn dawel a gweddïo ar yr hen dduwiau i helpu Cynyr. Allai hi ddim peidio â throi atyn nhw er gwaethaf popeth; roedd o yn ei gwaed hi. Gwyliodd â dagrau yn ei llygaid a chnoi yn ei stumog wrth i Cynyr syllu i lygaid un o'r ddau lewpart. Roedd hwnnw'n sicr wedi llonyddu, ond roedd yr ail anifail y tu ôl i Cynyr, ei ben yn isel a'i ysgwyddau'n uchel, ei gynffon led llaw o'r ddaear y tu ôl iddo. Roedd o'n symud yn araf, fesul cam a hanner cam â'i lygaid melyn wedi eu hoelio ar gefn Cynyr. Gwasgodd Rhiannon ei dyrnau'n dynn a cheisio defnyddio ei thrydedd glust hithau. Wyddai hi ddim a fyddai'n gweithio heb gysylltiad y llygaid, ond go brin bod Cynyr Hen wedi gallu syllu i fyw llygaid pob un o'r morfilod soniodd o amdanyn nhw.

Yn sydyn, trodd Cynyr a'r llewpart llonydd fel un, eiliad cyn i'r llewpart arall lamu am Cynyr. Aeth cleddyf Cynyr yn ddwfn i frest y creadur, ond chafodd Saturus ddim cyfle i arbed ei hun rhag y llewpart arall. Llwyddodd hwnnw i gladdu ei ddannedd yn ei wddf, ac o fewn eiliadau, fyddai hyd yn oed mam Saturus ddim yn gallu ei adnabod.

Rhuodd a sgrechiodd y dorf, a chododd Cynyr ei fraich a'i gleddyf gwaedlyd yn fuddugoliaethus. Cerddodd heibio i'r llewpart arall. Cododd hwnnw ei ben i roi edrychiad sydyn iddo cyn troi'n ôl i wledda ar y corff cynnes oddi tano.

Clapiodd y Conswl. Roedd honna wedi datblygu i fod yn ornest hynod ddifyr wedi'r cwbl. Doedd o ddim yn siŵr ai hud a lledrith oedd wedi cynorthwyo'r Brython, ond doedd hynny'n poeni dim arno cyn belled â'i fod wedi gallu swyno'r dorf. Derbyniodd lond gwydraid arall o win gorau'r

Ymerodraeth wrth ddisgwyl i'r Brython ddod i fyny i dderbyn ei wobr. Roedd hwnnw'n cymryd ei amser ond o'r diwedd, daeth ymlaen i dderbyn ei frigyn olewydd a'i gwdyn lledr o *denari*.

Wedi ei longyfarch, edrychodd y Conswl yn fanwl arno a dweud:

'Roedd honna'n ornest ddiddorol iawn. Edrychai fel petaet ti a'r llewpart wedi cyfathrebu mewn rhyw ffordd, ond mi fyddai hynny'n amhosib, wrth gwrs.'

'Wrth gwrs, hybarch Gonswl,' cytunodd Cynyr.

'Achos does 'na'm llewpartiaid ym Mhrydain, nag oes?'

'Nag oes, hybarch Gonswl.'

'Felly sut wyt ti'n egluro beth ddigwyddodd? Sut gwyddet ti fod y llewpart ar fin ymosod arnat ti o'r cefn, a pham fod y llall wedi ymosod ar dy wrthwynebydd di yn hytrach nag arnat ti?'

'Dwi ddim yn siŵr, hybarch Gonswl. Lwc mul am wn i.'

Gwenodd y Conswl.

'Fyddai mul ddim wedi bod mor lwcus. Ond da iawn ti – bydd raid i drefnwyr y gemau dalu'n ddrud iawn i dy gael di i gymryd rhan o hyn ymlaen.'

'Gobeithio, hybarch Gonswl,' gwenodd Cynyr.

Ym marn y rhan fwyaf o'r dorf, roedd y ddwy ornest a ddilynodd yn ddigon diddorol, ond ddim yn arbennig. Estynnodd un ferch ifanc ei bawd at y dyfarnwr ar ôl cael ei chlwyfo, i ddynodi ei bod am ildio. Roedd y dorf a'r Conswl yn ddigon bodlon iddi wneud hynny a chael cyfle i wella a brwydro eto. Wedyn roedd yr ornest rhwng *retiarius* a *secutor* yn un lawn cynnwrf, fel y bydden nhw o hyd: helmed y *secutor* yn ei rwystro rhag gweld llawer ac felly'n cael ei orfodi i fynd mor agos â phosib at ei wrthwynebydd, ond hynny'n ei gwneud hi'n haws i'r *retiarius* daflu ei rwyd ato – ond yn agor ei hun i gleddyf y *secutor* yr un pryd. Bu'r ddau yn ofalus am sbel, yna'n wyllt a byrbwyll – a dewr. Pan orffennodd yr ornest gyda'r ddau ohonynt wedi ymlâdd ac wedi eu clymu yn y rhwyd a heb y nerth i dorri eu hunain yn rhydd, unwaith eto, roedd y dorf – ac o'r herwydd – y Conswl, yn berffaith hapus iddyn nhw gael gadael yr arena yn fyw.

Trodd Rhiannon at Gogo wrth eu gweld yn cael eu cynorthwyo allan yn waed a chwys a thywod i gyd. Crychodd Gogo fymryn ar ei thrwyn. Roedden nhw'n deall heb orfod dweud dim: dwy ornest ddi-farwolaeth yn syth ar ôl ei gilydd... byddai'r dorf yn ysu am waed yn y nesaf.

Wrth i gaethweision frysio i ail-farcio'r cylch paffio gyda sialc, dechreuodd sŵn dyrnu'r drymiau eto, arwydd i'r gerddorfa danio'r cyffro ymhellach.

'Ac yn awr gyfeillion, yr ornest rydan ni gyd wedi bod yn awchu amdani...' cyhoeddodd yr arweinydd. 'Achilia yn erbyn Amazonia!'

32

Gan adael Gogo ar ôl yn y cysgodion, camodd Achilia allan i ganol yr arena, lle roedd pelydrau'r haul yn chwarae ar ei chroen llyfn, yn llyfu sglein yr olew olewydd ar hyd ei chefn a'i stumog a'i choesau. Tra bu'r arweinydd yn traethu am ei doniau a'i buddugoliaethau, a'r ffaith ei bod yn hanu o rannau poethaf, creulonaf y byd, chwifiai Achilia ei rhwyd o amgylch ei phen, gan ddangos ei bod wedi ei llwyr meistroli. Cymeradwyodd a rhuodd y dorf. Roedd yr enw Achilia yn enwog hyd yn oed yma, ym mhen draw'r Ymerodraeth, a hynny ers tro. Ac roedd y ferch hon yn hardd, hyd yn oed a hithau wedi torri ei gwallt yn fyr fel bachgen. Golygai y diffyg gwallt fod siâp urddasol ei phen yn fwy amlwg, a'r gwddf hir, gosgeiddig yn atgoffa rhai o brydferthwch alarch, ac eraill o ffyrnigrwydd gŵydd. Edrychai fel pencampwraig cyn cychwyn. Dim rhyfedd nad oedd hi erioed wedi colli gornest.

'A dyma ei gwrthwynebydd!' bloeddiodd yr arweinydd. 'Amazonia o wlad y derwyddon, ymhell, bell yng ngorllewin Prydain, lle mae'r tywydd yn oer a gwlyb a'r gwyntoedd yn rhuo, a'r bobl yn galed fel eu creigiau llwydion...'

'Mae'r haul yn dod allan weithiau,' meddai Cynyr dan ei wynt. Roedd o'n dallt mai ymgais i danlinellu'r gwahaniaeth rhwng cefndiroedd y ddwy oedd hyn, ond chwarae teg!

'Cafodd Hela, chwaer fach Amazonia ei lladd yn ddidrugaredd gan Achilia, ac mae Amazonia wedi bod yn awchu am y cyfle i dalu'r pwyth yn ôl,' cyhoeddodd yr arweinydd yn ddramatig.

Roedd ymateb y dorf yn gymysgedd o fŵian, ebychiadau a chynnwrf pur. Trodd ymhell dros eu hanner yn erbyn Achilia yn syth.

Gwisgodd Rhiannon ei helmed a chamodd Amazonia i mewn i'r arena i gyfeiliant cymeradwyaeth frwd. Disgleiriai ei chorff tal hithau yn haul hwyr y prynhawn. Edrychai ei choesau hyd yn oed yn hirach gyda'r darnau efydd hirion a warchodai flaen ei choesau o'i fferau hyd at led llaw uwchlaw ei phengliniau. Roedd y trwch o liain gwyn arferol wedi ei lapio am ei braich dde a'i glymu yn ei le gyda darnau o ledr o'i garddwrn hyd at ei hysgwydd er mwyn arbed ei braich, ond roedd Aitor a'r *lanista* wedi penderfynu y dylai gael tarian fwy nag arfer. Roedd mwy a mwy o *doctore* wedi gweld ei bod hi'n anodd i unrhyw un guro *retarius* a bod angen mwy o amddiffynfa ar eu gwrthwynebwyr. Felly daliai Rhiannon darian hirsgwar o'i blaen, gyda dau gylch melyn a choch a du wedi eu paentio arni. Roedd y patrwm a'r lliwiau yn ei hatgoffa o waith celf yr Orddwig. Efallai ei bod hi'n gorfod ymladd fel Amazonia, ond Rhiannon, un o Orddwig Môn oedd hi o hyd.

Roedd yr arweinydd wedi gorffen traethu ac roedd y dorf wedi ymdawelu'n llwyr. Rhythai pawb ar y ddwy athletwraig a gerddai'n araf o amgylch yr arena. Edrychent ar ei gilydd wrth droelli eu harfau.

Brysiodd ambell fasnachwr i bocedu'r betiau munud olaf. Byddai'r gemau wastad yn golygu cryn dipyn o gamblo, ond roedd yr ornest hon wedi profi'n un broffidiol iawn hyd yma. Dim bwys pa un ohonyn nhw fyddai'n ennill, byddai'r masnachwyr yn dal i wenu ac yn gallu dathlu o ddifri wedyn.

Synhwyrodd y dyfarnwr ei bod hi'n hen bryd i'r ornest ddechrau, felly gorchmynnodd y merched i mewn i'r cylch sialc, yna cyfarth arnynt i ddechrau arni.

Achilia oedd y gyntaf i symud. Roedd hi wedi taflu ei rhwyd at Amazonia bron cyn i rai sylweddoli bod yr ornest wedi dechrau. Llwyddodd Rhiannon i'w hosgoi, ond cafodd glec ar ei hysgwydd gan un o'r pwysau bychain yn y rhwyd. Brysiodd i anelu ei *sica* at Gogo cyn i honno daflu'r rhwyd eto, ond neidiodd Gogo am yn ôl gyda gwên a chwipio'i rhwyd ar ei hôl yn ddiogel.

Er bod y wên yn ei chorddi, doedd Rhiannon ddim eisiau lladd Gogo, ond roedd brwydro wedi dod yn ail antur iddi bellach ac allai hi ddim peidio ag ymosod arni – drosodd a throsodd. Ar ôl sbel o hyn, diflannodd gwên Gogo; roedd hi'n gorfod canolbwyntio o ddifri ar gadw'n ddigon pell o lafn y *sica*. Rhywsut, er mawr fwynhad i'r dorf, roedd Rhiannon yn llwyddo i osgoi tri llafn ei thryfer dro ar ôl tro, ac er iddi ddal ei tharian gyda'r rhwyd, roedd Rhiannon, fel roedd hi wedi ymarfer droeon, wedi plygu a throelli ac ysgwyd y rhwyd i ffwrdd cyn i Gogo fedru ei dal gyda'i thryfer.

Erbyn hyn, roedd y dorf yn gweiddi a chymeradwyo pob symudiad. Roedd hyn fel dawns, dwy ferch ryfeddol yn dangos doniau a chyflymdra aruthrol, a'r cyfan, mewn ffordd ryfedd, mor brydferth a gosgeiddig.

Oedodd y ddwy i gael eu gwynt atynt a rhythu ar ei gilydd. Doedd dim atgasedd yn eu llygaid, dim ond parch – a chynnwrf. Doedd Gogo ddim eisiau lladd Rhiannon chwaith, ond doedd hi'n sicr ddim eisiau marw; roedd hi'n ifanc ac roedd ganddi freuddwydion. Doedd hi ddim yn siŵr a oedd gan Rhiannon freuddwydion, gan eu bod wedi osgoi trafod y dyfodol, yn sicr ers i Heledd fynd. Efallai y byddai Rhiannon yn fodlon i'w duwiau fynd â hi i'r Arallfyd neu beth bynnag roedden nhw'n galw'r lle er mwyn cael bod efo Heledd a'i theulu eto. Neu droi'n dylluan neu'n sgwarnog wrth gwrs. Roedd hi'n hoffi'r syniad hwnnw. Doedd duwiau Gogo ddim yn credu mewn Arallfyd fel y cyfryw. Seren fyddai hi pan fyddai'n marw, yn ymuno gyda'r miloedd o'i hynafiaid yn awyr y nos. Ond byddai dychwelyd ar ffurf panther yn apelio.

'Gogo – canolbwyntia!' meddai wrthi ei hun. 'Dwyt ti ddim yn mynd i farw heddiw.' Troellodd ei rhwyd uwch ei phen a chamu ymlaen gyda'i thryfer yn anelu'n gadarn am ei gwrthwynebydd. Symudodd Rhiannon fel llewpart i'r chwith, ei phen yn isel a'i choesau'n barod i lamu. Taflodd Gogo ei rhwyd – a'i dal! Tynnodd ei phrae yn gyflym tuag ati a thrywanu gyda'i thryfer. Tarodd yr helmed a chlywodd waedd o boen, tynnodd yn ôl ac anelu eto – a tharo'r lliain trwchus ar ei braich. Ond yn sydyn, roedd Rhiannon yn taranu tuag ati fel rheino a theimlodd Gogo ei hun yn cael ei thaflu'n ôl gan y darian. Syrthiodd yn galed ar ei chefn a theimlo'r gwynt yn cael ei gnocio allan ohoni, ond diolch byth, roedd Rhiannon yn rhy brysur yn ceisio torri a thynnu ei hun allan o'r rhwyd iddi anelu ei *sica* i mewn iddi. Dringodd Gogo yn ôl ar ei thraed yn boenus a thynnu ei chyllell fechan o'r gwregys lledr am ei chanol. Brysiodd i'w phlannu yn Rhiannon – doedd hi ddim am anelu am ei chalon, byddai anafu ei braich yn ddigon, siawns. Ond fel roedd hi'n taflu ei hun ati, neidiodd Rhiannon i'r awyr gan ymestyn ei choesau o'i blaen a rhoi cic ddwbl i Gogo yn ei stumog. Aeth y dorf yn wallgof.

Wrth ddisgyn ar ei chefn eto fyth, gwyddai Gogo ei bod hi wedi colli ei chyllell fechan, drapia! A thorri asen neu ddwy hefyd. Ond y cwbl wnaeth y boen oedd ei ffyrnigo. Cododd ar ei thraed yr un pryd yn union â Rhiannon, yna trodd yn ei hunfan gyda'i thryfer yn ei dwy law a tharo Rhiannon gydag anferth o glec nes roedd honno ar ei hwyneb yn y tywod.

Rhuodd ac ebychodd y dorf. Roedden nhw i gyd wedi teimlo honna!

Roedd y ddwy yn siglo ar eu traed bellach. Roedd yr ornest hon wedi para'n hirach nag unrhyw ornest arall heddiw – hyd yma. Wrth i'r haul guddio y tu ôl i gwmwl, caniataodd y dyfarnwr iddyn nhw gael hoe fechan a diod o ddŵr. Edrychodd i fyny at y Conswl. Dal ati ai peidio? Amneidiodd y Conswl y dylid dal ati. Roedd o'n ysu i gael gweld pwy fyddai'n ennill yn y diwedd. Ac am unwaith, doedd ganddo'r un ffefryn. Roedd o wedi hoffi'r ddwy, Amazonia ac Achilia. Tybed pwy oedd ffefryn y dorf? Ond roedd hi'n amhosib dweud. Roedden nhw'n bloeddio cymeradwyaeth bob tro y byddai unrhyw un ohonynt yn eu swyno gyda'u gallu.

'Ar bwy fyddet ti'n mentro dy arian?' gofynnodd Aitor i Cynyr.

'Dwi isio deud Rhiannon, wrth reswm, ond dwi wir ddim yn gwbod,' meddai hwnnw. 'Mae Gogo'n anhygoel hefyd.'

Gorchymynnodd y dyfarnwr y dylen nhw ailddechrau. Anadlodd y ddwy yn ddwfn, sythu eu cefnau a chydio'n gadarn eto yn eu harfau. Am gyfnod hir arall, aeth y frwydr yn ei blaen, gydag un yn edrych fel petae am lorio'r llall, yna honno'n llwyddo i droi pethau i'r gwrthwyneb yn llwyr.

'O, rho'r gorau iddi, 'nei di?' ebychodd Gogo wrth neidio allan o gyrraedd *sica* Rhiannon eto fyth.

'Mi wna i, os 'nei di aros yn llonydd am unwaith, damia di,' chwyrnodd Rhiannon.

'Ha!' gwenodd Gogo wrth anelu ei thryfer ati eto – dim ond i Rhiannon godi ei tharian jest mewn pryd, 'o leia dan ni'n rhoi chwip o ffeit iddyn nhw.'

''Dan ni'n siŵr o gael ein cofio am byth,' meddai Rhiannon gan ruthro tuag ati eto.

'Ella gawn ni gerflun...' ochneidiodd Gogo, gan roi stop ar y rhuthr drwy waldio helmed Rhiannon gyda'i thryfer.

Pan gododd Rhiannon, gallai pawb weld bod gwaed yn llifo i lawr ei gwddf o dan ei helmed. Doedd hi ddim yn siŵr pa ran o'i phen oedd wedi ei anafu gan fod y cyfan yn brifo, yn union fel y boen erchyll gafodd hi wedi i fuwch flin roi cic ar ei thalcen un tro.

'Yr ast...' chwyrnodd drwy ei helmed, cyn dod o hyd i'r nerth i droelli yn ei hunfan i gael y cyflymdra i roi cic fel buwch i Gogo yn ei hasennau. Hedfanodd Gogo am yn ôl a tharo ei phen yn galed ar y ddaear. Rhegodd. Roedd hi'n gweld sêr.

Ond doedd hi ddim yn barod i fod yn un ohonyn nhw eto. O weld Rhiannon yn brysio tuag ati gyda'i *sica*, rhowliodd i'r ochr ar y funud olaf, a llwyddo i fachu ei chyllell fechan o'r tywod. Nid pawb sylwodd ar hynny, ond roedd rhai wedi gweld y fflach sydyn pan ddaliodd y llafn olau'r haul. Doedd Rhiannon ddim yn un o'r rhai hynny. Cyn i Rhiannon fedru anelu ati eto, taflodd Gogo y gyllell ati – saethodd heibio'r darian a'i tharo yn ei hysgwydd dde. Doedd hi ddim wedi bod yn dafliad gref iawn a hithau ar y llawr, felly doedd y llafn ddim wedi mynd yn ddwfn, ond yn ddigon dwfn i wneud i Rhiannon weiddi a sgrialu i stop. Bloeddiodd y dorf a chododd y Conswl ar ei draed, fel nifer o'r gwylwyr. Doedd y diwedd ddim yn bell rŵan!

Cododd Gogo yn sigledig gyda chymorth ei thryfer. Roedd ei phen yn dal i droi, ond gallai weld bod Rhiannon yn cael trafferth i godi ei braich dde, braich ei chleddyf. Dyma ei chyfle. Daliodd ei thryfer o'i blaen gyda'i dwy law. Daliodd Rhiannon ei tharian o'i blaen hithau gyda'i braich chwith. Edrychodd y ddwy ar ei gilydd. Yna, fel mellten, taflodd Rhiannon ei tharian at ben Gogo a chydio yn y gyllell yn ei hysgwydd a'i rhwygo allan. Pistylliodd y gwaed i lawr ei chorff, ond camodd yn ei blaen. Ceisiodd Gogo ei tharo gyda'i thryfer, ond roedd y darian wedi rhoi cnoc i'w thrwyn ac allai hi ddim gweld yn iawn, felly roedd yr ergyd yn rhy wan. Llwyddodd Rhiannon i daro'r dryfer i'r ochr ac allan o ddwylo Gogo gyda nerth ei braich chwith yn unig, ond roedd o'n boenus. Yna, allai hi ddim deall sut, ond roedd Gogo bellach ar ei gliniau yn y baw o'i blaen hi, gwaed yn llifo o'i thrwyn a dagrau o'i llygaid.

Daliodd yr amffitheatr gyfan ei hanadl. Safodd Rhiannon yno am rai eiliadau heb drafferthu i edrych i fyny at y Conswl i weld beth oedd ei farn. Yna gollyngodd y gyllell i'r llawr a thynnodd ei helmed. Gosododd honno yn araf a phoenus o flaen Gogo.

Trodd hi, a phawb yn y dorf i edrych ar y Conswl. Roedd hwnnw'n gegrwth. Doedd o erioed wedi gweld y fath beth o'r blaen.

Gwrandawodd ar dawelwch y dorf ac ystyriodd. Roedd y ddwy wedi ymladd mor wych, y ddwy wedi bod mor ddewr. A dyma Amazonia, oedd eisiau dial ar Achilia, yn dangos nad oedd hi am ei lladd wedi'r cyfan, ac yn mentro torri'r rheolau a gwrthod rhoi diwedd pendant i'r ornest. Roedd gladiatoriaid wedi cael eu lladd am feiddio gwrthod cyn heddiw.

Ysgydwodd ei ben yn araf. Roedd o angen arwydd gan y duwiau. Edrychodd i fyny i'r awyr, a dyna pryd y sgubwyd cwmwl yn araf o'r neilltu gan adael i belydrau'r haul daro ochr orllewinol yr amffitheatr, yr ochr lle'r eisteddai'r Conswl. Gwenodd wrth i'r duwiau ei gyffwrdd â'u gwres a'u golau.

Llyncodd Aitor ei boer. Gwyddai am sawl Conswl fyddai'n gwenu'n glên cyn rhoi'r gorchymyn gwaethaf posib. Gwyddai hefyd y byddai hwn yn cymryd ei amser i benderfynu, er mwyn cadw'r ddrama i fynd.

O'r diwedd, wedi cael gair gyda'i swyddogion, cododd y Conswl ar ei draed yn araf. Syllodd Rhiannon i fyny arno yn fud, yn clywed dim ond sŵn ei chalon yn curo'n boenus o gyflym. Dim ond syllu ar y pyllau o'i gwaed yn y tywod o'i blaen wnaeth Gogo, yn crynu drosti ac yn ceisio dygymod â'r ffaith mai dim ond eiliadau oedd ganddi ar ôl ar y ddaear. Yna, clywodd lais y Conswl yn cyhoeddi ei fod wedi ei blesio'n arw gyda'r wledd hon o ddewrder a dawn a thrugaredd.

Rhewodd Gogo. Aeth y Conswl yn ei flaen:

'Felly mae'r ddwy yn haeddu eu gwobrwyo!'

Allai Rhiannon na Gogo ddim anadlu.

'Ydych chi'n cytuno?' gofynnodd y Conswl i'r dorf. Rhuodd y dorf yn frwd a gwenodd y Conswl. 'Amazonia ac Achilia, dewch i dderbyn eich gwobr,' meddai, 'mae gen i yn fy nwylo ddau *rudis*...' Ebychodd, bloeddiodd a gwichiodd y dorf gyda syndod a phleser. Cleddyf bychan pren oedd y *rudis*, a fyddai'n cael ei roi i gladiatoriaid fel arwydd o'u rhyddid.

Sigodd coesau Rhiannon oddi tani. A hithau'n dal ar ei gliniau, cododd Gogo ei hwyneb i'r awyr ac yngan geiriau yn ei hiaith ei hun. Doedd neb arall yn deall y geiriau, ond roedden nhw'n deall hefyd. I gyfeiliant cymeradwyo a chwibanu'r dorf, brysiodd Aitor a Cynyr draw i helpu'r ddwy i sefyll. Clymodd Aitor liain yn dynn dros yr anaf yn ysgwydd Rhiannon, ac un arall am ei phen gan fod gwaed yn llifo o'i harlais. Gwingodd Gogo wrth godi. Roedd nifer o'i hasennau yn sicr wedi eu torri, ac roedd hi'n eithaf sicr bod ei thrwyn hefyd. Roedd un llygad eisoes wedi dechrau chwyddo. Brysiodd caethwas i helpu Cynyr i godi Gogo yn ofalus. Erbyn gweld, roedd hithau angen rhwymyn ar gyfer y gwaed ar gefn ei phen.

Yn araf, ymlwybrodd Rhiannon, Gogo a'u cynorthwywyr

draw at y Conswl, a derbyn eu *rudis* a'u rhyddid. Er gwaethaf y boen, ceisiodd y ddwy gofleidio ei gilydd.

'Aw, ddim yn rhy galed,' meddai Gogo, 'ti wedi malu'n asennau i'n barod.' Bodlonwyd ar gydio llaw a chodi'r ddwy fel un i'r awyr.

Ffrwydrodd y dorf. Dyma, yn bendant, oedd y canlyniad cywir. Doedden nhw ddim i gyd yn sylweddoli'r ffaith, ond teimlai pawb ryw fath o hapusrwydd annisgwyl ac anarferol. Ysu am waed a chnawd ac esgyrn yn cael eu malu a'u rhwygo fydden nhw fel arfer mewn gemau, ac yn teimlo siom os nad oedd digon o ddrama waedlyd. Ond roedd diweddglo'r ornest hon wedi eu plesio'n fwy nag unrhyw ddienyddiad. Rhyfedd o fyd. I'r rhan fwyaf, byddai'r teimlad hwnnw'n angof erbyn yr ornest nesaf a'r awch am drais dramatig yn ei ôl. Ond byddai eraill yn awchu am weld mwy o ddyngarwch a charedigrwydd.

Sychodd Aitor y deigryn yng nghornel ei lygad. Chwarddodd Cynyr o'i weld yn ceisio cuddio hynny, a rhoi ei fraich am ysgwydd y *doctore*, a gwasgu. Roedd y dagrau'n llifo'n gwbl agored allan o'i lygaid o.

'Roedd hi'n fraint cael bod yma doedd, Aitor?' meddai.

'Oedd. Dwi mor hynod o falch o'r ddwy.'

'Ond does gen ti ddim genod i edrych ar eu holau nhw rŵan, nag oes? Be 'nei di? Ymddeol?'

Nodiodd Aitor. Roedd o wedi cael ei dalu'n dda am y daith hon ac roedd ei gynilion yn ddigon bellach, siawns. Byddai'n chwilio am gwch neu long yn ôl i gyfeiriad Gwlad y Basg cyn gynted â phosib. Efallai y byddai'n gofyn i Gogo a hoffai hi ddod efo fo. Efallai. Efallai mai gwrthod fyddai hi. Roedd hi'n anodd dweud efo Gogo. Ac efallai mai anelu'n ôl am beithiau sych y llewod a'r eliffantod oedd ei bwriad hi. Câi weld.

Y noson honno, talodd y bobl ariannog o Rufain i Rhiannon a Gogo gael aros mewn llety gweddol foethus yn wynebu'r môr. Gorweddai'r ddwy ar y cadeiriau hardd, hirion, yn ceisio peidio â symud gormod wrth helpu eu hunain i win a danteithion.

'Gwynt gei di, sti,' meddai Rhiannon wrth i Gogo gnoi llond llaw o ddatys.

'Aw. Paid â gneud i mi chwerthin,' meddai Gogo. 'Dwi mewn poen fan hyn.'

'Paid â disgwyl cydymdeimlad gen i; mae gen i dwll yn fy ysgwydd.'

Wedi chwerthin a gwingo nes i'r sêr ymddangos, dechreuodd y ddwy drafod eu dyfodol.

'Wyt ti am fynd yn ôl i Rufain at Llywarch?' holodd Gogo.

'Hm,' meddai Rhiannon gan grychu ei hwyneb. 'Dwi'm yn siŵr ydi o'n haeddu fy nghael i'n ôl.'

Nodiodd Gogo.

'Be am drio mynd adre i Ynys Môn, 'ta?'

'Dwi'm yn siŵr. Mae o braidd yn bell. Dyna wyt ti am neud? Mynd adra?'

Crychodd Gogo ei thrwyn hithau. 'Braidd yn bell. Ond o bosib, "yn ara deg a fesul tipyn,"' ychwanegodd yn Gymraeg.

'...Mae gwthio bys i din gwybedyn!' meddai Rhiannon yn syth, a phiffian chwerthin. 'Cofio Heledd yn trio egluro hynna i ti?'

'Ydw, siŵr. Mae'n dal yn beth gwirion i'w ddeud,' gwenodd Gogo. 'Dach chi'n bobl od iawn.'

'Hynod,' cytunodd Rhiannon. 'A sbia, dwi'n siŵr bod 'na fwy ohonon ni fan acw,' meddai gan amneidio at sgerbwd hen goeden i'r chwith iddi. Pan edrychodd Gogo, gwenodd eto. Ar un o'r canghennau roedd rhes o dylluanod yn syllu arnyn nhw: un oedolyn a thair ifanc.

'Mae rhywun wedi bod yn brysur,' meddai. Yn dawel a disymud, astudiodd y merched a'r adar ei gilydd.

'Roedd Heledd wastad isio bod yn fam,' meddai Rhiannon.

'Mae hi'n falch ohonot ti heno,' sibrydodd Gogo heb dynnu ei llygaid oddi ar y tylluanod.

'Yn falch ohonon ni'n dwy,' meddai Rhiannon. ''Dan ni'n rhydd. 'Dan ni ddim yn gaethweision. Gawn ni neud be bynnag fynnan ni a mynd lle bynnag fynnan ni.'

'Dydi 'mhen i ddim yn barod i ddelio efo hynna eto, heb sôn am fy nghorff i,' meddai Gogo.

'Na finna. Na fy nghwdyn arian i. Ond does 'na'm brys, nag oes?'

'Dim brys o gwbl,' cytunodd Gogo. 'Ara bach a bob yn dipyn…'

Nodyn yr awdur

Gwylio rhaglen deledu o'r enw *Warrior Women* o'n i pan ddeallais i am y tro cyntaf yn fy myw fod merched wedi ymladd fel gladiatoriaid. Roedden nhw wedi dod o hyd i lechfaen yn Nhwrci yn dangos dwy ferch yn ymladd, a hwnnw wedi ei gerfio am fod y ddwy wedi cael eu rhyddid yn sgil y frwydr.

A'r dyddiad? Tua 60–62 OC. Cydiodd y ddwy ferch yn fy nychymyg yn syth a dyma sylweddoli bod y Rhufeiniaid wedi ymosod ar dderwyddon Ynys Môn tua 60–61 OC. A bod Buddug wedi gwrthryfela yn yr un flwyddyn. Roedd hynny ynddo'i hun yn sgrechian am nofel!

Yna darllenais gofnod Tacitus o'r ymosodiad ar y derwyddon, a rhyfeddu – a synnu – nad o'n i wedi cael gwybod am hyn yn ystod fy nyddiau ysgol. Pam nad oes cofnod o'r digwyddiad yn rhywle ar y Fenai?

Doedd hi ddim yn nofel hawdd i'w sgwennu gan fod cyn lleied o wybodaeth am y derwyddon a phobl y cyfnod yng Nghymru. Roedd y Rhufeiniaid, wrth gwrs, yn honni mai barbariaid oedd y derwyddon, a nhw, yn anffodus, oedd yr unig rai fyddai'n cofnodi pethau bryd hynny. Traddodiad llafar oedd gan y Brythoniaid; pobl yn dysgu a chofio ac yn adrodd y straeon a'r ffeithiau o amgylch y tân gyda'r nos efallai, a'r straeon yn aros yn fyw fel hynny, o genhedlaeth i genhedlaeth. Ond rhywsut, fe gollwyd ein fersiwn ni o hanes y derwyddon a'r gyflafan. Oedd unrhyw bobl o Fôn wedi cael byw i ddweud yr hanes, tybed?

Golygai hyn fod gen i rwydd hynt i ddychmygu sefyllfa'r derwyddon. Os oes rhywun yn anghytuno â fy syniadau i – iawn, digon teg. Ond allwch chi brofi fy mod i'n anghywir? Dwi'n gwybod bod pobl yn anghytuno ers tro ynglŷn â lle'n union y croesodd y Rhufeiniaid y Fenai, ond dyfalu a damcanu yw'r cyfan – does dim prawf o fath yn y byd, a dyna pam mod i wedi bod yn reit amwys.

Mae'r un peth yn wir am y merched fyddai'n ymladd fel gladiatoriaid: mae gwybodaeth bendant yn brin iawn. Mae ambell gofnod gan bwysigion o ddynion oedd yn gwaredu bod merched yn ymddwyn yn y fath fodd, ond efallai nad dyna oedd barn y dorf. Roedd yr Ymerawdwr Nero wrth ei fodd efo nhw – a digwydd bod, fo oedd yn rheoli yn ystod 60–62 OC. Bingo!

Roedd angen cryn ymchwil ar gyfer popeth arall: y duwiau, y daith, y bwyd, patrwm bywyd gladiatoriaid ac ati. Bu'r llyfr gan Fik Meijer sydd wedi ei gyfieithu i'r Saesneg o'r Iseldireg: *The Gladiators, History's Most Deadly Sport* o gymorth amhrisiadwy. Diolch o galon i Lyfrgell Gwynedd am adael i mi ei fenthyg am gyfnod mor hir. Ond mae 'na straeon ynddo oedd yn llawer rhy erchyll i mi eu cynnwys yn y nofel hon. Felly i'r rhai sy'n teimlo fy mod i wedi cynnwys gormod o waed a lladd, cofiwch y gallai fod gymaint gwaeth.

Enw Lladin gan y Rhufeiniaid oedd yr 'Ordovices', felly tybed beth oedd yr enw cynhenid? Gwyddwn fod â wnelo'r enw Orddwig/Orwig rhywbeth ag o, a diolch o galon i Guto Rhys a'r criw ar dudalen 'Iaith' ar Facebook am eu syniadau. Yn ôl Guto Rhys: daw 'ordd' o 'gordd' ac ystyr 'gwig' yw 'ymladdwyr', felly 'y rhai sy'n ymladd â gordd'. Felly 'Yr Orddwig' fyddai'r enw yn ei farn o. Ond mae Alun Ceri Jones, sy'n gyfrifol am lyfrau Asterix yn Gymraeg, yn credu mai 'Yr

Orddwy' fydden nhw. Dadl arall na chawn ni fyth ateb iddi!

'Iceni' yw'r sillafiad arferol ar gyfer llwyth Buddug, ond mae darnau arian o'r ganrif gyntaf OC yn defnyddio'r sillafiad 'Eceni' (*Perkins, C. H. "Celtic Coinage"*) sy'n gwneud llawer mwy o synnwyr i'r llygad a'r glust Gymraeg. Roedd hi'n amlwg mai'r Tegeingl oedd llwyth y Deceangli, a dwi'n siŵr mai rhywbeth fel y Cornowi oedd y Cornovii, ond dwi wedi bodloni gydag enwau Lladin ar gyfer llwythau eraill; roedd pethau'n mynd yn gymhleth.

Mi fu'n andros o nofel ddifyr i'w sgwennu a gobeithio eich bod chi wedi'i mwynhau hi.

Y llechfaen

Darnau o greiriau o gyfnod y nofel a gafodd eu darganfod ar lethrau Cadair Idris

Disgrifiad Tacitus o'r gyflafan ym Môn

Tacitus *Annals* XIV

xxix

He [Suetonius Paulinus] prepared accordingly to attack the island of Mona, which had a considerable population of its own, while serving as a haven for refugees; and, in view of the shallow and variable channel, constructed a flotilla of boats with flat bottoms. By this method the infantry crossed; the cavalry, who followed, did so by fording or, in deeper water, by swimming at the side of their horses.

xxx

On the beach stood the adverse array, a serried mass of arms and men, with women flitting between the ranks. In the style of Furies, in robes of deathly black and with dishevelled hair, they brandished their torches; while a circle of Druids, lifting their hands to heaven and showering imprecations, struck the troops with such an awe at the extraordinary spectacle that, as though their limbs were paralysed, they exposed their bodies to wounds without an attempt at movement. Then, reassured by their general, and inciting each other never to flinch before a band of females and fanatics, they charged behind the standards, cut down all who met them, and enveloped the enemy in his own flames.

Llyfryddiaeth

- *The Gladiators, History's Most Deadly Sport*, Meijer, Fik (wedi ei gyfieithu o'r Iseldireg)
- *Y Derwyddon: Cylch y Cedyrn*, Istin, Jean-Luc
- *Vindolanda*, Goldsworthy, Adrian Keith
- *Trioedd Ynys Prydein – The Triads of the Island of Britain*, Bromwich, Rachel
- *Y Celtiaid Cynhennus a'r Rhufeiniaid Rhyfygus*, Stevens, Catrin
- *The Eagle of the Ninth*, Sutcliff, Rosemary
- *Y Celtiaid Cythryblus*, Deary, Terry
- *The Celts*, Chadwick, Nora Kershaw
- *The Gladiators*, Koestler, Arthur

I oedolion:

BETHAN GWANAS
I BOTANY BAY

y Lolfa

£8.99

bethan gwanas

hi yw fy ffrind

£8.99

bethan gwanas

hi oedd fy ffrind

£7.95

I bobl ifanc:

Y MELANAI: EFA — Bethan Gwanas
'Rhoddaf i ti fy nghoron, fy ngwlad a fy mywyd.'
£5.99

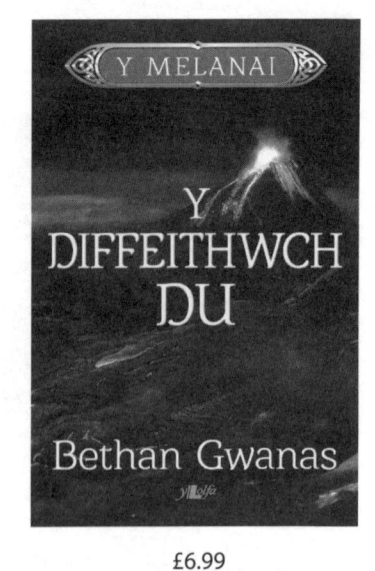

Y MELANAI: Y DIFFEITHWCH DU — Bethan Gwanas
£6.99

Y MELANAI: EDENIA — Bethan Gwanas
£6.99

Trioleg Y MELANAI — Bethan Gwanas
'Fel y fam y bydd y ferch'
£15

Holwch am bris argraffu!
www.ylolfa.com